光文社文庫

スカイツリーの花嫁花婿

青柳碧人

光 文 社

スカイツリーの花嫁花婿

目次

カーテンコール　結婚式当日　7
第一幕　出会い　10
幕間（まくあい）　78
第二幕　再会　83
幕間　157

第三幕　ロマンスと危機　162
第四幕　決心した夜　231
第五幕　プロポーズ　313
第六幕　スカイツリーの花嫁花婿　327
ダイアローグ　二次会　408
解説　藤崎（ふじさき）翔（しょう）　416

カーテンコール　結婚式当日

五月。ガラス窓の向こうには、清流のように澄み渡った空が広がっている。

東京にもこんな空があるのだと、嬉しくなる。

まるで今日の私たちを祝福してくれているようだと、子どもじみた言葉を真実のように受け止められるほど、心は素直だった。

東京の街を高い位置から俯瞰すると、小学校の頃に集めていた空き箱のコレクションを思い出すと彼は言っていた。

ビスケットや石鹸、何かの景品。そういう空き箱を二百個くらい集めていたらしい。それをごっそり近所の神社に持っていくのだそうだ。――そこには、ビールケースの上にベニヤ板を渡した台があってさ、ボール紙の空き箱を全部組み立てて並べて、ゆっくり眺めまわすんだ。『これは全部俺のものだ』って、優越感というか独占感というか、この世の贅沢を独り占めした気分になるんだよ――。

初めて聞いたとき、なんだそれ変わった人だな、と思った。

　まさかその一年後、自分がその相手と結婚することになるとは思わなかった。今では、彼のこういうところを、可愛いとすら思うようになっている。

「本当に、きれいね」

　母の声に振り返る。

　式場で借りた着物に身を包んだ母は、目を潤ませ、ハンカチを握りしめていた。

「ねえ、お父さん」

　同意を求める母に、隣の父は、ああ、とだけ返事をする。

　だいぶ小さくなってしまったと、父の姿を見て思った。勉強にもスポーツにも習い事にも、まじめに取り組まないと怒鳴り散らした父も、髪に白いものが交じり、顔中にしわが刻み込まれ、柔和な顔つきになっている。

　この二人に、ウエディングドレス姿を見せることができてよかった。母よりもむしろ父の顔を見て、強く心に感じた。

　父は照れくさそうに目頭のあたりを掻きながら、こちらへ歩み寄ってくる。

「近くで見ると、立派なものだな」

「ありがとう」

「お前のことじゃないよ」

　すぐ横に立ち、父は窓の外を見た。その視線の先を見て、「やだもう」と笑う。

そこには、五月の晴天に向かってそびえる、高さ六三四メートルの塔——東京スカイツリーの堂々たる姿があった。

第一幕　出会い

1　池原翔一(いけはらしょういち)

左の頰に、じゃりじゃりとしたブロック塀の感触。

右の頰に、金属製の格子の、押し付けてくるような痛み。

肋骨(ろっこつ)も、前からはブロック塀、背中からは黴(かび)だらけの壁で挟まれ、肺がつぶされそうだった。

「ぐぬ……」

くぐもった声を出しながら頭を抜こうとするが無駄な抵抗とばかりに頰の痛みが激しくなる。右に無理やり曲げられている状態の首の筋がおかしくなりそうになる。

いいことなんて何もない。今月、五月三十一日には三十二歳の誕生日を迎えるというのに、なんという様(ざま)だ。

みゃあ、と左下のほうから鳴き声が聞こえた。その声すらも今の翔一を馬鹿にしているように思えてきた。ダチョウ形のビニールバッグを携えた、ツインテールの少女の姿が頭に浮かぶ。

「あのガキ……」

姿勢よく走って消えたあの子に文句を言っても始まらない。この三毛猫を助ける選択をしたのは、自分なのだから。

一息つこうと視線を斜め上に向けると、せせこましい建物のあいだにちょうど、あいつが見えた。パリコレモデルのようなスタイリッシュなフォルムの塔――東京スカイツリーだ。

どうして、よりによって。

学生の頃、墨田区内の学習塾で働いていたときには気にもかけなかった東京スカイツリー。いつしか翔一の人生に重苦しい影を落とすようになっていた。やっぱりあの塔は、俺に不幸をもたらす存在だ。

もう何時になるのだろう。休日は腕時計をしないし、スマホも城野の部屋に置いたボディバッグの中だから時間は確認できない。感覚的には午後四時くらいだった。

池原翔一は目を閉じ、昨日から続く暗黒の運命を呪った。

＊

今日、翔一が東武伊勢崎線の曳舟駅に着いたのは、午後三時をすぎた頃だった。本当はもう少し早く着く約束だったが、昨晩の酒が残っていて、昼すぎまでベッドの上でのたうち回っていたのだ。

昨晩の、職場の同僚との飲み会。——ショックな話題があり、気づけば明け方四時まではしご酒をしてしまっていた。午前十一時に目が覚めたときには、寺の鐘に頭を突っ込んでいるのではないかというくらいにガンガンとこめかみから脳にかけて響くような痛みが続いていた。胃薬と頭痛薬とシジミ汁でなんとかごまかし、着古しのベージュのパーカーに身を包み、ボディバッグに財布とスマホだけを入れて中野の家を出たのが午後二時のことだった。

城野のことなんか放っておいてもいいのだが、一人でいたら、余計に気が滅入る気がした。それに、久しぶりにあいつの顔を拝んでおきたいという気持ちはあった。今日を逃せば、次はいつ会えるかわからない。今夜あいつは、東京を出ていくのだから。

「俺は、義理堅いんだ」

ダサくてほろ苦い学生時代の思い出の心の傷に蓋をし、地下鉄を乗り継いできた。曳舟駅に着く頃には、頭の痛みも胃のむかつきもほぼ消えていた。まだ若いさと自分を奮起させる。

電車を降り、ホームから改札階へ下りる階段に向かう途中、線路の向こうの景色を見て、思わず立ち止まる。

空を目指して凛とそびえる東京スカイツリーが見えた。

せっかく蓋をした心の傷が、またえぐられた。

城野のやつ、俺への当てつけでわざとこんなところに住んでやがったんじゃないのか！と邪推したが、そんなわけもなかった。

西口の改札を出ると、小規模な店舗が立ち並ぶ、人懐こい街並みが広がっていた。建物が密集しているので、東京スカイツリーを見なくても済むのが嬉しかった。

細く曲がりくねった道を行く。小さなクリーニング屋や、地元の中華料理店、単身者用の古いアパート……。方向感覚に自信のあるほうではないのでたどり着けるかどうか心配だったが、三分も歩かないうちに、ブロック塀の前に停まっている軽トラが目に飛び込んできた。荷台の脇に、見覚えのあるずんぐりした体形があった。

「城野」

声をかけると、彼はこっちを振り返った。タオルを頭に巻き、薄汚れた丸レンズの眼鏡の向こうの顔は、汗ばんでいた。

「おい翔ちゃん、遅かったじゃないか！」

場違いなほど大きな声だった。

「昔のあだ名で呼ぶんじゃねえ、恥ずかしいだろ」

「いいじゃん、翔ちゃん」

汚れた軍手で、遠慮もなく翔一の腕を叩いてくる。

「荷造りは進んでるか？」

「ああ、まあ、ぼちぼち。でも、仕事は残ってるよ。早く、早く」

手招きをしながら、アパートの敷地に入っていく。

《アボシコート》という名の、見栄えだけは新しい二階建てアパート。各階に四つずつ部屋がある。城野の部屋は一階の、手前から三番目だった。

開け放されたドアの前には満杯になったゴミ袋が四つ積まれ、そのままドアストッパーの役目を果たしていた。間取りは1Kで、狭い玄関を入ると左手にキッチンスペース、右手にユニットバスと思しき折れ戸がある。正面の開いている扉の向こうが生活スペースだが、段ボール箱が三つ積んであるのが見えた。

部屋に入って驚いたのは、右側の壁一面に設置されている棚だった。アニメのフィギュアが所狭しと並んでいるのだった。少なく見積もっても百はあるだろう。

「お前、なんだよこれ」

ボディバッグをその棚の前の床に置きながら、翔一は言った。

「なんだよって、知ってるでしょ、俺の趣味」

たしかに、知っていた。

学生時代、小藤、川畑という二人の同級生とともに押しかけた城野の下宿の部屋にも、猫耳のフィギュアが三体ほどあった。酔っていた翔一はそれを馬鹿にしたが、小藤と川畑も城野サイドの人間で、そのアニメがどれほど壮大な世界観と魅力的なキャラクターによって形成されているのかというのを、一晩中聞かされる羽目になった。

翔一はその方面にはまったく疎く、話を聞いていても熱さしか伝わってこず、ただただ「こいつらは絶対に結婚できない」と心の中で毒づき続けた夜だった。

翔一、小藤、川畑、そして城野の四人は、大学一年の必修科目のフィールドワークで無理やり作らされた班のメンバーだった。なんとなく馬が合い、それ以降もつるんでいた。他の三人は翔一に比べ、明らかに冴えない感じだった。翔一以外に恋人がいたようなやつは三人の中にはおらず、今思えば馬鹿にする相手がいるのがぬるま湯のように心地よかったような気もする。

小藤が結婚したのは、大学を卒業して七年目の冬だった。ビルの十階でトイレかと思って開けたドアが足場のない外につながっていたくらいに、翔一にとっては突発的で衝撃的な出来事だった。

二十九歳という年齢は結婚するには早すぎるというのが当時の翔一の感想だった。だが結婚式に出席して、その考えは揺らいだ。新婦が女優クラスの美女だったのだ。その横でデレデレとする小藤を見ていたら、腹立たしくて仕方がなくなった。当時翔一は、学生時代から付き合っていた彼女に「あなたは他人の気持ちを考えようとしない」と、一方的に別れを告げられたばかりだった。まだ早すぎると思っていても、いずれは結婚しようと思っていた相手だった。

披露宴で同じテーブルの川畑と城野が、子どものようにはしゃいで新郎新婦の写真を撮り、おめでとうおめでとうと正月の挨拶のように唱えているのが余計に翔一をいらいらさせた。二人に、「今、彼女はいるのか?」と訊かずにいられなかった。「いるわけないじゃないか」と相好を崩す二人を見てようやく、翔一は学生の頃のぬるま湯気分に浸れて落ち着いたのだった。

ところがそれからわずか一年後、川畑も結婚した。相手は元地下アイドルだという女性で、ぽっちゃりはしているものの、可愛らしい顔立ちをしていた。翔一は再び、結婚を考えた彼女と別れた直後のことで、仮病を使って式を欠席しようかと本気で考えたほどだった。

結婚は早ければ早いほうがいいというわけではない。そんなことはじゅうぶんわかっている。しかし、学生時代、いつまでも童貞だと見下していたやつらに「先を越された」という感覚は確実にあった。

小藤の結婚式はホテル、川畑の結婚式は式場で行われたが、その二か所とも、東京スカイツリーがばっちり見えるロケーションだった。式のあとに送られてきた集合写真で共に、バックに堂々とそびえるその塔は、翔一の中ではそこはかとない敗北感を感じさせる象徴となった。

翔一にとって最後の砦（とりで）は城野だった。四人の中で最もどんくさく、最も醜（みにく）く、最もダサい城野に先を越されたら、もう立ち直れなくなる。お前は一生結婚できないのだと、超自然的な何者かに宣告されているような気になる。

城野が会社の命令で大阪に転勤することになり、その引っ越しの手伝いをしてくれないかと翔一が頼まれたときに二つ返事でオーケーしたのは、城野の近況を知るという目的もあった。

フィギュアだらけの棚の前に進む。床に、カード状のものが落ちている。拾い上げると、それは名刺だった。

『株式会社コメドウ　営業担当　城野学』とあり、その下に０８０から始まる電話番号があった。

「お前、この名刺捨てるのか？」

「ああ、うん。向こうではまた新しい名刺、作るから。あげるよ記念に」

いらねえよと思いつつもう一度名刺に目を落とす。電話番号のあとに（個人）と但（ただ）し書きがある。

「この電話番号、会社のじゃないのかよ？」

「俺個人のだよ。そういう会社なんだ」

オフィス用品の会社だと聞いている。自社の携帯電話も用意しない、名前も聞いたことのないような小さな会社に大阪支社があるのかと疑問に思ったが、それは口にしない。

「それよりさ、その『衣類』っていう段ボールをトラックに運んでもらってもいいかな？」

翔一に指示を出すと、城野はいそいそと新しく段ボール箱を組み立てはじめた。いらねえよとは思ったが、社会人の性で名刺をその場に放り出すのはなんとなく気が引けて、デニムパンツの右ポケットにしまい込み、指示された段ボール箱を持ち上げる。

段ボールを軽トラまで運びながら翔一は、安心していた。フィギュアだらけのあんな部屋に住んでいる男に、彼女などいるわけがない。部屋全体が埃っぽく、汗と洗濯物の生乾きの臭いが入り交じっていた。あいつだけは、ずっと独身でいてくれる。そう思えば、観音様のようにありがたく思えてきた。いや、あの体形ならさしずめ、恵比寿様か大黒様か。

われながらうまいことを思いつくもんだとにやけつつ、衣類の段ボールを軽トラに載せる。荷台にはすでに、いくつかの段ボール箱と衣装ケースが、運転席側に寄せるように積まれている。

「ん？」

翔一は少し考える。たしか、冷蔵庫も洗濯機もまだ部屋にあったはずだ。

「……あの馬鹿」

すぐさま部屋に取って返す。

「おい城野、お前、冷蔵庫とか洗濯機とか、重い物を先に載せるんじゃないのか、普通」

城野はぼんやりした顔をこちらに向け、「ん？」と間抜けな声を上げた。

「冷蔵庫と洗濯機はさ、向こうで新しいものを買うことにしたんだ。引き取り業者の対応は大家さんがしてくれることになったから、古いのはこの部屋に置いとく」

けっこう抜け目のないところがある。だとしても……。

「その棚はどうするんだ？　それもこっちで処分か？」

「たな……あっ！」

城野は今気づいたかのように目を見開いた。

「そうだ！　これは持っていくよ。そうかそうか。先にああいう荷物を載せちゃうと、この棚、入んないね」

「解体はできないのか、これ」

「無理だよ。組み立ててあったのを買ったんだ」

「いっそのこと、棚も新調したらどうだ？」

「いやでも、社会人になって初めて買ったものだし、この子たちも、並び慣れた棚がいいと思うし」

真夏のアスファルトに落としたアイスクリームのように、城野の顔は歪（ゆが）んでいく。

「できるだけ息苦しい思いをさせたくなかったんだよ。この部屋での最後の夜を一緒にすごしたかったしさ。ねえ、翔ちゃん、どうしよう」

両手を翔一のほうに伸ばし、縋(すが)ってきた。

「わかったわかった。服をつかむな。いいか、嘆いたってしょうがないだろ。物を大事にするのはお前のいいところだ。俺も手伝ってやるよ」

と、棚に手を伸ばすと、

「触らないでっ！」

強引に翔一の腕をひねった。

「いたたた、なんだよ！」

「ごめん。でも、いくら翔ちゃんでも、気安く触ってほしくないんだ。箱詰めは俺がやるから、翔ちゃんは荷台を整理して、棚の部分のスペースを」

カチンときたが、抑えた。学生時代からこういうやつなのだ。

「わかったよ」吐き捨てるように言って再び玄関に向かう。

「あ、翔ちゃん」

城野は呼び止め、デニムの尻ポケットから財布を出し、一万円札を差し出してきた。

「ガムテープ、追加で買ってきてくれないか。この先、大きな通りに出たら、スーパーがあるんだ。余ったお金で飲み物とかつまみとか、買ってきていいから。俺、発泡酒」

「お前今夜、大阪まで運転するんだろ」

「ああそうだ。じゃあ、ラムネ」

心底とぼけたやつだ。怒る気も失せ、翔一は部屋を出た。

城野の言う大きな通りというのがどっちなのかわからず、スマホも置いてきた。ボディバッグの中だ。少し歩いてわからなかったら戻ればいいと適当に歩いていたら、スーパーマーケットはすぐに見つかった。

店頭の果物や野菜が並べられているあいだを縫って買い物カゴを手にし、開きっぱなしの自動ドアから入っていく。休日ということもあってか、客はそこそこいる。生鮮食品コーナーを素通りし、日用品コーナーへ。ガムテープは三種類あった。

少しでも丈夫なほうがいいだろうと、布タイプのガムテープを取り、ふと考える。あれだけのフィギュアだ。三巻き買っていったほうがいいだろう。それから、自分用の軍手も必要だ。いぼがあるほうがすべらなくていい。ビニール紐。これも必要なときがくるだろう。カッターナイフ、必要なときに出せるようなところに城野が置いているとも思えない。買っておこう。

あれよあれよという間に買い物カゴの中身は増えていく。城野が言っていたラムネを買おうと日用品コーナーを離れようとしたそのとき、どすんと誰かにぶつかった。

ハンチングに茶色いネルシャツといういでたちの肌の浅黒い男が、乾物コーナーの棚に身を潜める(ひそ)ようにしている。その視線の先は、冷蔵加工食品のコーナーだ。手にしたちくわのようなものを、じっと眺めている赤い服の女がいる。高校生くらいだろうか。まるで刑事の張り込みのようだが、ひょっとしたら、ストーカーかもしれない。いずれにせよ、かかわらないに越したことはない。

知らん顔をして飲料コーナーへ行き、ラムネの瓶をカゴへ入れた。自分は何にしようかと迷っていると、今度は誰かがぶつかってきた。さっきの赤い服の女子高生だった。翔一の顔を睨み(にら)つけ、去っていく。直後、ハンチング男がどすどすと翔一の脇を抜けていった。

なんだか変なスーパーへ来てしまった。コーラをカゴに放り込み、レジへ行く。ポリ袋も買い、尻ポケットから一万円札を出して六千円ちょっとの釣り銭を受け取る。商品をポリ袋へ入れ、翔一は自動ドアを出た。

「ちょっと、すみません」

さっきのハンチング男が近づいてきて、翔一の左腕を取った。

「お会計、お済みでないもの、ありますよね?」

「えっ?」

夕方のニュース番組でたまに見るシーンが脳内にフラッシュバックする。

——万引きGメン?

本物に初めて会った。報酬は一現場いくらという計算なのか、万引き犯一人につきいくらなのか、訊いてみたいとテレビの前で思っていた。だが、そんな悠長な質問をぶつけられる状況にはないことを、翔一はすでに悟っていた。

「ちょっと、一緒に来ていただけます？」

「い、いや、なんにもしてないですよ、俺」

「お話は、裏で聞きますので」

「いやです」

腕をつかむその手を振り払いつつ、翔一は右足を上げ、相手の左足の甲にかかとを落とした。

「あ、いたっ！」

Gメンが怯んだすきに、猛ダッシュで逃げる。

「待てこらっ！　お前、あの子の仲間だろ！」

あの子の仲間——？　何を言っているのか。とにかく、面倒はごめんだ。まいてしまおうと、最も近い路地で曲がる。

「待て、おい！　警察を呼ぶぞ」

Gメンの声が追ってきた。行き止まりだったらどうしようと思ったが、幸い道は分かれながら続いている。ガムテープ三巻きとビニール紐とラムネとコーラの重量を煩わしく感じながら、右、左とやみくもに走る。するとやがてアパートの庭のようなところへ出た。ブロック塀沿いの、じめじめした建物の陰に、ヤツデの植え込みがある。その陰にしゃがみ込み、気分を落ち着かせた。これで表からは完全に身を隠せているはずだ。

城野の部屋への戻り方を調べようとパーカーのポケットに手を入れる。スマホの感触の代わりに、何かかさりとした感触があった。

「なんだ、これ」

引っ張り出して、えっ、と思う。「チーズかまぼこ」と書かれた、ビニールパッケージ。スマホは城野の部屋に置いてきたことを、どこか遠い国のクラウドサーバーが処理するように、脳が思い出していた。

「あっ」

さっきの女子高生だ。万引きしたところをGメンに狙われていることに気づき、飲料コーナーでぼんやりしていた翔一にぶつかった瞬間、パーカーのポケットにねじ込んだのだろう。それにしても……

「なんでチーズかまぼこなんだ」

右手にそれを持ったまま、首をかしげるが、答えが見つかるはずもない。とにかくここを出ていこう。翔一はそのアパートの敷地を横切り、さっき入ってきたのとは逆側にあたる、道路への出入り口からおそるおそる出た。

はす向かいに製紙工場があり、その屋根の向こうに、東京スカイツリーのてっぺんが見えた。あれが目印にならないだろうか。なんとなく唇に人差し指を当て、目をつむって思い出そうとする。城野の家と、スカイツリーとの位置関係は——。

「すみません」

背後から声をかけられ、飛び上がりそうに驚いた。振り返ると、ツインテールの少女が立っていた。レギンスの上にハーフパンツをはき、ダチョウが首を曲げたおかしなデザインのビニールバッグを左手に持った、小学校四、五年生ぐらいの女の子だった。細い目で翔一を見上げている。

「すみません」

ダチョウ少女はもう一度言った。

「なんだよ？」

「猫ちゃんが、お腹(なか)をすかせています」

「はっ？」

「ごはんをあげないと、弱って、死んじゃうかも。それ、分けてください」

ダチョウ少女は、翔一の右手のチーズかまぼこを指差した。

「図々(ずうずう)しいやつだな。これは俺の……でもないんだが……」

お会計がお済みではない品物なんだ、などと言えるわけはなかった。くるりとダチョウ少女は翔一に背を向け、歩き出す。やけに姿勢がよく、足取りはきびきびしていた。

「おい、どこ行くんだよ」

「聞いてなかったんですか？　猫ちゃんのとこですよ、早く」

勝ち気で、強引で、せっかち。将来は男を振り回すタイプになるだろうと苦々しく思いながら、翔一はついていく。

ダチョウ少女が入っていったのは、すぐ近くのアパートの敷地だった。ブロック塀で囲まれていて、城野のアパートより二十年は古そうな建物だった。二階建てで、各階に二部屋ずつ。階段は部屋と部屋のあいだに挟まれるように設置されている。ブロック塀と建物に挟まれた、幅一メートルくらいの空間を、少女はずんずん進んでいく。一階の手前の部屋の窓のすぐそばを通るので、中の住人に見られたらどうするつもりだと思ったが、朱色のカーテンが閉められているので大丈夫そうだった。

「ほら、あそこです」

ブロック塀の角のところで、ダチョウ少女はさらに奥を指差した。

翔一は少女のそばまで行き、建物の裏をひょいと見る。ブロック塀が続いているが、建物との距離はわずか二、三〇センチしかない。二つの部屋のちょうど真ん中ぐらいの位置に、取り残されたように小さな三毛猫がいて、みゃあ、みゃあとか細い声で鳴き続けているのだ。

「親猫が近くにいて、他に三匹、ああいう子がいるんです」

「じゃあ親猫、連れてこいよ」

「見当たらないんです。きっと、どこかに連れていく途中で落としちゃったんじゃないでしょうか。そのまま見捨てられてしまったとか……。助けようにも狭くて入れないし。せめて、ごはんだけでもって思って」

「これやるから、持っていってやれ」

「ごめんなさい」

突然慇懃(いんぎん)な態度になると、彼女はきっかり四十五度のお辞儀をした。

「私、これから習い事があるんです、ダンスの」

顔を上げ、腕時計に目をやる。

「もうほとんど遅刻。遅れたら怒られちゃう。だから、お願いします」

もう一度頭を下げると、きびきびとした動作で九十度方向を変え、走り去っていった。

「おい、おい……」

ダンスを習っているのか。どうりで動作にキレがあると思った。いや、それより、いったいなんなんだ、今日は。万引き犯に間違われ、押し付けられたチーズかまぼこのせいで、こんな狭いところにいる三毛猫の空腹を満たす責務を負わされるとは。

放っておいて、さっさと城野のアパートを探すか。ええと、あのアパート、なんて言ったか。

みゃあ、みゃあと、三毛猫は鳴き続けている。薄い桃色の口。いっちょまえにぴんと伸びたひげ。触るだけで幸せを感じられそうな小さな前足。そして何より、憂(うれ)いの潤(うるお)いをたたえた、二つのつぶらな瞳……。城野のアパートの名なんて思い出せそうになかった。

「ああ、わかったよ！　俺は、義理堅いんだ」

ポリ袋をその場に置き、チーズかまぼこのパッケージをひと思いに破った。万引きGメンだって、腹をすかせた三毛猫にまで酷(こく)じゃないはずだ。

「おい、ほら、やるぞ」

しゃがみ込んで腕を伸ばし、隙間に内装フィルムをすっかり剝(む)いたチーズかまぼこを振って誘うが、三毛猫はみゃあみゃあと鳴き続けるだけで近づいてくる気配もない。ブロック塀とアパートの壁のあいだを改めて目で測る。三〇センチ程度。

学生時代より体重が増えたとはいえ、入れない幅じゃない。問題があるとしたら、一メートルほど先にある、すりガラスの窓に設けられた金属製の面格子だ。ちょうど顔の高さにあるあそこだけ、ブロック塀との幅が五、六センチ狭まっている。いけるか？　うん、顔を横にすればいけるだろう。

翔一はブロック塀側を腹に、壁を背にし、三毛猫に近いほうの左手にチーズかまぼこを握りしめ、隙間に入っていった。外から見ていたよりずっと狭く感じる。ゆっくりゆっくりと進み、ついに面格子のポイントにたどり着いた。

ここからが正念場だ。

顔を前に向けていくより、後頭部からいくほうがイメージできた。顔を右に向け、頭の後ろに三毛猫の鳴き声を聞きながら、さらにゆっくり入っていく。

一本目の格子は抜けた。よし、このままならいける。二本目を抜け、三本目まできたとき――、

「あっ」

左足首をひねった。体感にして一〇センチほど全身が沈み込み、ぐきりと耳元で音がした気がした。

「あがが」

頭部両側が削られる感覚。首筋が無理に引っ張られる感覚。体勢を立て直そうと、足の裏を固定し、曲がった膝を伸ばそうとするが、頭がびくともしない。

「うう……うう……」

こうして池原翔一は、忌々（いまいま）しい東京スカイツリーが視界に入るその位置で、身動きが取れなくなったのだった。

2　来宮（くるみや）めぐみ

木曜の夜に帰宅してからずっと布団をかぶっているので、時間がどれくらいすぎたのかわ

からない。

いや、金曜の朝に一度、起き上がって職場に欠勤連絡を入れたので、少なくとも二度と戻りたくない木曜日が終わったことは確実だった。あのときはベッドから下りて、何か食べられるような気がした。でも、ついくせでスマホの電源ボタンを押してしまい、待ち受けの画像を見て再び絶望感に襲われた。

そんなふうに取り乱したのは初めてだった。それほどまでに自分が自分らしくなくなっていることに戸惑い、悲しみ、やるせなくなり、残ったのはやっぱり、どうしようもない罪悪感だけだった。

少しだけ布団をずらす。閉め切った朱色のカーテンの向こうは明るい。さすがに月曜日というわけではなさそうだから、土曜日か、日曜日。五月の休日はぽかぽかして気持ちがいいだろう。きっと手をつないで遊園地に行ったりピクニックに行ったりする恋人たちも――。出し切ったと思った涙がまた出てきた。頭の中が混乱する。二十七年間生きてきて、一度も抱いたことのない感情だった。

「しにたいよ」

ぽつりとつぶやく。

何十時間ぶりに発したのかわからない自分の言葉に、現実味を感じた。

死にたい、と口にしたのは初めてではない。高校生のとき、将来が漠然と不安で、父親も母親も何もわかってくれなくて、仮面をかぶった友だち付き合いを毎日繰り返し、恋人とはポーズだけの交際だった。心を唯一さらけ出せた祖母に「死にたいよ」と言ったら、そんなこと言うたらいけんと、厳しく叱られた。

　めぐみっていうあんたの名前は、一生幸せに恵まれますようにというのと、私たちにとってすばらしい恵みをありがとうというのと、あんたを迎える家族の二つの気持ちが重なっとるんだで——あの頃のめぐみにとっては、綺麗すぎて虫唾が走るような言葉だった。でも涙があふれて止まらなかった。もう少し生きてみようと思い、大学受験に身を入れて合格、上京し、就職もし、頑張ってきた。

　でも今、あの祖母の言葉を思い出しても、生きる意欲はわいてこない。むしろ、両親への申し訳なさと、自分の情けなさでつらくなるだけだった。祖母は四年前に死んだ。

「……おばあちゃん、ごめん」

　ベッドからのそりと出て、キッチンのシンクの前に立つ。水切りカゴには、木曜の朝に洗った食器とまな板がそのままの状態で置いてあった。カゴの脇のラックに差したままの包丁を抜き出す。

　勢いでやれば、ためらわずにできる……と思っていた。でも、いざ刃物を目の前にすると気持ちが揺らいだ。あんなにひどいことをし続けてきたというのにまだ生きたいのかと自分が嫌になる。

ここで大量に出血したら、後片付けが大変だからと妙に冷静に言い訳をして、包丁を手にバスルームへ足を運ぶ。包丁を一度タイルの上に置き、バスタブに栓をして、蛇口からお湯を入れはじめる。水の中で手首を切ったら楽に死ねると何かで読んだ気がする。水よりはたぶんお湯のほうが楽だろう。ネットで裏取りをしたい気もしたが、スマホの待ち受けはもう二度と見たくないし、パソコンを起動する気力もない。

お湯の温度を手で確かめ、これでよしと思ったら、今度は頭がかゆくなってきた。もうずっと、入浴していないのだ。バスルームの鏡を見て、自分がぼろぼろであることに気づいた。死体が見つかったとき、汚い恰好だったら嫌だ――死ぬというのに、変な欲が頭をかすめた。

めぐみは服を脱ぎ捨て、頭を洗いはじめた。シャワーが出ているあいだはバスタブに入る湯の量は減るけれど仕方がない。いつもどおり、しっかりとトリートメントまでしてから、今度は念入りに体を洗った。

脱衣所の洗濯機の上の棚に畳んでしまってあるバスタオル。普段使いしているのを取ってから、どうせなら下の段にしまってある高級なものを使おうと、引っ張り出した。愛媛県の今治のタオルだそうで、同僚が引っ越し祝いに贈ってくれたものだった。洗濯して一度だけ使ったとき、あまりの気持ちよさに「もったいなさ」を感じ、特別なことがあったときにだけ使おうとしまっておいたのだ。まさか、二回目に使うのが人生最期のときになるとは思いもしなかった。

頭と体を拭いたあとで、落ち着かなくていつもどおりバスタオルを体に巻き付けた。別に誰に見られるわけでもないというのに。

バスタブにお湯はけっこう溜まっていた。でも、やっぱり髪は乾かさないと落ち着かない。ドライヤーを持ち出し、プラグを洗面台のコンセントに差し込んで乾かしはじめた。

鏡に映る自分の顔。ずいぶんやつれてしまった。

もうすぐ死ぬんだ。そう思ったら、やっぱり祖母の顔が浮かんできた。

二十七歳にして自ら命を絶つ孫のことを、祖母は向こうで優しく迎えてくれるだろうか。それともまた、叱るだろうか。嘆くだろうか。何を言われても、もう私の絶望のやり場はどこにもない。

臼が落ちたような衝撃が部屋中をびりりとさせたのは、そのときだった。ドライヤーの音ではっきり聞こえなかったが、どこかで声がした気もした。めぐみはドライヤーの電源をオフにし、バスルームを出た。

「えっ」

足が止まった。ノートパソコンを置いた机の向こうのすりガラス窓に、人影がある。

「……おばあちゃん？」

とっさにそう思った理由は三つあった。一つ目は、今まさにめぐみが祖母のことを考えていたこと。二つ目は、その人影が祖母の好きだったベージュの服をまとっていること。そして最後の一つは、その窓の向こうは隣のアパートのブロック塀との間が数十センチの幅しかないことだった。あんな隙間に、生身の人間が入り込めるわけがない。

「おばあちゃん！」

めぐみは駆け寄り、クレセント錠を外して窓を開けた。

「ううう……」

「きゃああっ！」

思わず叫んで尻もちをつく。そこにいたのは、見たこともない男性だった。ブロック塀と、窓の外に取り付けられた面格子とのあいだに頭を挟み、充血した目をこちらに向けている。口元からはよだれが垂れ、その頭上から額（ひたい）にかけて、紫色の女性用ショーツが載せられていた。

「変態！」

「ち、違う、ちょっと待ってくれ」

瞬間、めぐみは自分が風呂上がりでバスタオル一枚であることに気づいた。きゃああっとまた叫び、右手で胸を押さえ、左手で窓を勢いよく閉めた。その衝撃とともに、ぎゃっと叫び声が上がる。

「警察に、電話しなきゃ……」

床に落ちたままのスマホを取り、電源ボタンを押す。とたんに待ち受け画像が見えて、ベッドの上に放り投げる。

「けいさつは、まずいよ、かんべんしてくれ」

すりガラスの向こうから、挟まり男が懇願してきた。警察がまずいという事情は一致だ。自殺の直前に警察を呼ぶ人間なんていない。

「まずは、誤解を解かせてくれないか。そしてできれば、俺を助けてくれないか」

挟まり男の情けない声。しょうがない。いずれにせよ彼を帰さないことには、自殺はできない。

「ちょっと待ってて」

めぐみはチェストから適当な着替えを出すと、一度バスルームに引っ込んで手早く身に着けた。部屋に戻り、窓を開ける。挟まり男は充血した目をめぐみのほうに向け、へへ、と愛想笑いをした。改めて見ると、見事な挟まりっぷりだった。

「まずはその頭に載っているものから、説明して」

めぐみは紫色のショーツを指差す。

「これは、上から落ちてきたんだ。あんたの上の部屋の住人、外に干してるぞ、下着を」

「ああ……サブリナさんの」

納得して、めぐみは面格子の隙間から手を出し、男の頭からショーツを取った。両手で広げると、ずいぶんと面積が小さく、向こうが透けて見えた。

「こんなのはいてるんだ、サブリナさん」

「外国人か？」

「日本人、だと思う。ニューハーフのショーダンサー」

「ショーダンサー……」

「あ、違う。三か月前に靭帯を痛めたのをきっかけにダンスは引退したって言ってた」

「どうでもいいよ、そんなことは」

挟まり男の情けない顔を見ながら、めぐみはまずいことを思い出した。サブリナさんにお皿を返さないといけない。

サブリナさんとは、五年前に就職とともにこのアパートに引っ越してきたその日からの付き合いだった。引っ越し作業をしていると、ネグリジェにヘアバンドという、海外の白黒映画に出てくる女の人みたいな恰好で階段を下りてきたのだ。恰好こそ女性で、下着のせいで胸も盛り上がっていたけれど、男性であることはすぐにわかった。顔が長く、ごつごつした頬骨が出ていたからだ。それでいてつるつるの肌は脱毛にもスキンケアにも余念がないことをまざまざと物語っていた。

引っ越しだって大家さんから聞いてたわよあたしサブリナよろしくね、と酒やけの早口で言うと、これお祝いねと、真空パック詰めのいぶりがっこを差し出してきた。秋田のかあちやんが送ってくるのよあたしいらないっていうのに。

　サブリナさんは世話好きで、それからも新巻鮭だの乾燥わかめだの、いろんなものをお裾分けしてくれた。めぐみのほうも作りすぎたシチューだとかロールキャベツだとかを持っていくうちに仲良くなった。いい人なのだけれど、その世話好きが干渉好きになるのがたまにきずで、一度健吾が遊びに来たときに、精力がつくわよとわざわざまむしドリンクを差し入れてくれたときには顔から火が出そうなくらい恥ずかしかった。

　そんなサブリナさんが、水曜の夜、中華ちまきを差し入れてくれた。渋い深緑の瀬戸物の浅いお皿に三つ載せて、丁寧にラップまでかけてあった。ありがたくいただいたものの、お皿は洗ったまま、まな板やなんかと水切りカゴの中だ。やっぱり、自殺の前に返しておくべきだろう。私が死んで警察が入ったら、お皿は遺品と勘違いされて持っていかれてしまうかもしれない。

「おい、何、ぼーっとしてるんだ」

　挟まり男の声にはっとした。

　そうだ。お皿のことは後回しにして、自殺を企てていることを勘づかれる前にこの男を追い払わないと。

「なんで、そんなところに挟まってるの?」

　とりあえず訊ねると、彼はそれまでのいきさつを語りはじめた。

自殺をしようという人間がそう感じるのもおかしいけれど、信じられないくらいに運の悪いストーリーだった。まさか、めぐみが頭と体を洗っている十分ちょっとのあいだに、小学生と一緒に部屋の外をうろうろしていたなんて……。

*

「運が悪かったね」

「まったくだ。今月の最終日は、誕生日だっていうのに」

それは、めぐみの知ったことではなかった。

「ところで、その三毛猫は、今どうしてるの？」

「知らねえよ。……そういや、声が聞こえないな。首がこっちを向いてるからどうなってるか見えないんだ」

めぐみはベッドに片膝をつき、挟まり男とは逆のほうの窓を開けた。面格子に顔をギリギリまで近づけ、左方向を見るけれど、三毛猫などいない。

「親猫が来て、連れていったんじゃないかな」

「なんだと。こっちはずっと握りしめているんだぞ、チーズかまぼこを」

面格子の隙間から、挟まり男の左手に目を落とす。剝き出しのチーズかまぼこが、猛暑の日の水不足の植物みたいにだらりとしている。

もう一度挟まり男のほうの窓を開く。

「抜け出せそうにない……ですか？」

今さら改まるのもおかしかったけれど、一応、敬語を使ってみた。

「抜け出せそうだったらとっとと抜け出してるよ」

向こうはぞんざいな口調を変えない。そのつもりならこちらもだ。

「誰か人を呼ぶのだけはやめてほしいんだけど」

「何？　まあ、それはこっちも一緒だ。あのボンクラ万引きGメン、まだそこらへんをうろうろしているかもしれないからな」

「パッケージ開けちゃったから、もう立派な万引き犯だもんね。しかも、住居侵入、下着泥棒」

「部屋には侵入してない」挟まり男はそう弁明して少し間を開け、「下着泥棒もしてない！」

「大きな声を出さないで」

そのときふと、面格子の一部に目がいった。そして、気づいた。

「ねえ見て。この格子、横棒に、ねじで一本ずつつながれてる」

「そういうもんだろ、普通」

「このねじを外せばいいんじゃないの？」

一瞬のあと、

「おお！」

挟まり男は反応し、はずみで首を痛めたのか「いてて」と顔を歪めた。

「たのむ。ど、ドライバー」

この部屋にドライバーがあっただろうかとめぐみは考えを巡らせ、ベッドの足元、チェストの隣にあるカラーボックスに目をやる。一年ほど前、ネットで買ったあれは組み立て式だった。そのときはたしか……

「あ」

「なんだよ」

「サブリナさんだ」

あれが届いた日、組み立て式を買っておきながらドライバーすら持ってないことに気づいためぐみはサブリナさんに借りに行った。するとサブリナさんは親切にもこの部屋にドライバーを持ってきて、全部組み立ててくれたのだった。

「上のショーダンサーか。借りてきてくれ。ついでにパンツも返しながら誤解を解いてくれ」

「図々しいな」

と言いながらもめぐみは、それはある意味、好都合だと思った。サブリナさんは土日の昼はいつも仲間とどこかに遊びに出かけているから、きっと今日もいないだろう。ドライバーは借りることができないが、今の提案に乗っかればとりあえず、お皿は返してこられる。

「まあ、しょうがないか」

水切りカゴの中からサブリナさんのお皿を取り出す。冷蔵庫の上の箱から、こういうときのために取ってある紙袋を一枚出して開いた。

「何、やってんだよ」

「一緒にお皿も返してくるの」

机のほうに戻ってくると、メモ帳を一枚ちぎり、ペンでサブリナさんにメッセージをしためる。

「おいおい、目的忘れてないだろうな。なんで書き置きをしてるんだ」

「留守のときのため」

ショーツを畳み、お皿とメモを一緒に紙袋の中に入れる。

「留守って……」

「行ってきます。くれぐれも、騒がないでね」

玄関に脱ぎ捨てたままのパンプスの脇のクロックスを履き、外へ出る。黒ずんだブロック塀の向こうの植え込みを見るのも最後になるのかと思ったら、急に寂しくなった。余計なことは考えまいと、中央の階段から二階へ上がり、インターホンを押そうとして、ためらった。

けた。

もし万が一、サブリナさんがいたら……。結局、インターホンは押さず、紙袋をノブにか

　これで、よし。

　ドライバーのほうは、忘れているだけで部屋のどこかにあるかもしれない。カラーボックスを買ったタイミングで、必要だからと買ってきたような気もする。あるとすれば、クローゼットの中の小物入れだ。

　一分ほど待って、下りていく。自分の部屋の玄関を入ってすぐ、左手のバスルームのほうに違和感があった。

「あっ！」

　扉を開けると、もうもうと湯気が出てきた。蛇口から出続けるお湯はとっくにバスタブを満たし、あふれている。タイルの上に置きっぱなしだった包丁は、排水口の近くまで流されていた。

　蛇口を閉め、脱衣所に上がって今治のバスタオルで足を拭く。

「もったいなかったな。……まあ、いいか今さら」

　銀行口座に残っているお金は、電気、水道、ガス、インターネット、電話、すべて払うのにじゅうぶんな額だ。自殺もちゃんとしようとすると、いろいろ気を回さなければならず、面倒くさい。

バスルームを出て、部屋に戻ると、挟まり男はやっぱり、挟まったままだった。

「サブリナさん、いなかった。他の部屋の人も、休日のこの時間はいないの」

「ああ……」

さっきより元気がなかった。挟まったまま元気がいいほうがおかしいのだけれど。

「大丈夫よ。たぶんある、ドライバー」

クローゼットを開ける。コートの下にある箱を引っ張り出すあいだ、挟まり男はずっと黙っていた。固定されている首の角度から、自分の背中に視線が向けられるわけがないことはわかっているけれど、なんだか気味が悪い。

小物入れを持ってきて、彼にも見える机の上に置いた。そのときだった。

「なあ」

挟まり男は口を開いた。

「間違ってたら悪いんだけどさ……」

「何よ？」

「あんた、自殺しようとか考えてないか？」

小物入れの蓋を開けようとしためぐみの手が、止まった。

3　池原翔一

図星だったらしい。彼女は青ざめた顔で、翔一を見つめている。

「どうして……」

「初めから気になってたんだ。キッチンの水切りカゴ」

バスとトイレが別のワンルーム。翔一の位置からは、すぐ近くのノートパソコンの載った机と、奥のキッチン台だけが見える。

「食器とまな板、洗ったまま放っておいたんだろう」

「そんなこと、よくあるわ。一人暮らしだもん。洗ったまま特に片付けず、次の食事のときにそのままこのカゴから持ってくることだって」

「そこじゃないよ。水切りカゴのその脇についてるのは、包丁を立てて干しておくやつだ。まな板を使ったのに包丁がないのはおかしい。シンクの中にも見当たらない。どこに持っていったのかって」

「ああ……」なるほど、という言葉を彼女が飲み込んだように、翔一には思えた。

「『警察を呼ぶのは勘弁してくれ』っていう俺の言葉をすんなり受け入れるし、おまけに、『大声は出さないで』なんて指示をそっちから出すし。女の一人暮らしだぜ。部屋の外に挟まっているこんな人間を見たら、大声を出して警察を呼ぶのが普通だろ」

「まあ……ね」

「何か事情があるんじゃないかと思ってよく観察してたら、さっき皿に添えたメモに書いたろ、『大変お世話になりました』って」

「見てたの？」

「こんなに目の前で書かれたら見るだろう。ドライバーを借りにいくつもりはないんだろうなってことはわかっていたにせよ、『大変お世話になりました』なんて、皿を返しにいくにしてはずいぶん大げさな言葉だ」

彼女はすでに、隠すつもりはないようだった。

「あんたが出ていったあと考えてたら、水音が聞こえたんだ。バスタブに湯を張っているのか、とふと思った。だけどそれはおかしいとすぐに思い直した。この窓を開けて初めて目が合った瞬間、あんたの髪は乾かした直後だった」

はっとして彼女は髪に手をやる。

「髪を乾かしたあと、もう一度入浴するやつなんているか？　いるとしたらどういう状況だ？　身を清めて、身辺整理をしたあと、湯を張ったバスタブの中で手首を切る。そんなことを計画している人間だったら、警察を呼んでほしくない理由はじゅうぶんにある。包丁はもう風呂に持っていって準備してある……そう思ったんだ」

彼女は息をついて、頭を掻いている。沈黙は、肯定だった。

「なんでだ？」翔一は訊ねた。

「どうして訊くの？」

「目の前に自殺志願者がいたら訊くだろ、理由」

机に腰かけるようにして、彼女はそんなもんだろうか、と考えているようだったが、不意に口を開いた。

「騙されたの」

「詐欺か？」

「詐欺……まあ、そんなようなものかな。私も騙したし」

妙な言い回しだ、と翔一は思った。

「いくら盗られたんだ？」

「一円も盗られてない。二人で会うときのお金はいつも、向こう持ちだった」

デート詐欺か、結婚詐欺……いや、そういうものでもなさそうだった。

「不倫」

何よりも重い神託のように、彼女は言った。不倫。もちろん翔一は経験もないし、身近に経験者もいない。

「上司か何かか」

何と言葉をつないでいいかわからず、そう訊ねた。

「大学の先生」

「大学？　あんた、学生か？」

「学部の事務員をやってるの。二年前の四月、学生のゼミ名簿への登録がきちんとされていないって、健吾……その先生、事務室にやってきたのね。結局それは、学生のマークシートの記入ミスが原因で、私が再登録を担当したんだけど、なんだかんだで手続きに二週間くらいかかったの」

そのあいだ当該の学生はまったくやってこなかったが、健吾という不倫相手のほうは毎日、事務室へやってきて彼女をせっついた。ずいぶんと学生のために動く先生だと彼女は思っていたが、いざ登録が済んだことが確認できたその日、仕事を終えて家路につく彼女の前に、健吾は現れたのだという。花束を携えて。

「『この二週間、あなたにはだいぶ迷惑をかけた』ってね。バラが三本だけの、本当に小さなもので、初めは困ったんだけど……、なんていうか、心を奪われたっていうの、ああいうことを言うんだろうね」

思いもかけず、情熱的な表現を彼女は使った。

「花なんてもらって、嬉しいものかね」

「私も健吾にもらうまでは花束が嬉しいなんて思ったことはなかったよ。でもそのときは、本当に嬉しかった。そのまま食事に誘われて、私はついていったわけ。それから定期的に会うようになった。彼は四十歳で、独身だと言っていた。研究が忙しくて結婚する暇はなかったんだとね」

健吾は食事の他に、車で様々なところへ連れていってくれた、と彼女は言った。

「夜景とか、クルージング、あと、美術館も。会うたびに私の気持ちは高まっていった。健吾のほうも何度も結婚を感じさせるようなことを言ってくれた。私、本当に運命の人を見つけたと思ったのに……」

彼女は言葉を詰まらせた。

「先月のことよ。事務室の同僚に、『最近何かいいことあった？』って訊かれて、素直に答えたの。恋人がいて、結婚を考えてくれているみたいで、いつプロポーズされるかとドキドキしている……ってね。相手はどんな人かってしつこく訊くから、私、健吾の名前を言ったの。そしたら彼女、凍り付いたように顔色が変わって……『あの先生、奥さんと子どもがいるよ』って」

ノートパソコンの脇にあったティッシュペーパーを取り、彼女は目を拭った。

「その女はなんで知ってたんだよ？」

「彼女は学部の経理をやっているの。税金のこととかで、教職員の家族構成も書類に記載されるでしょ。まあ、どの教職員に家族がいるか全部は把握していないんだけど、彼女も健吾のことをいいな、と思っていた時期があって、勝手に調べていたんだって。信じないって私が言ったら、彼女は内緒でその書類のデータを見せてくれたの」

そこには家族構成の他、住所まで記載されていた。彼女はその住所をメモした。

その後、健吾に真実を問い詰めようとしたけれど勇気が出ず、一か月も関係を続けた。ついに意を決した彼女は、メモしておいた住所に行ってみた。築二、三年ほどの一戸建てで、ガレージにはいつもの車があった。

「そのまま、見なかったことにして帰ってもよかったの。でも私、家のインターホンを押した。『はーい』って、若い女の人の声が返ってきて。私、何も言えずに黙って、そこに張り付けられたように立ち尽くしていた。ドアがすぐに開いて、綺麗な三十代くらいの女の人が出てきたの。『どちら様ですか？』ってその女の人は言った。何も答えられずにいたら、今度はどたどたって足音がして、可愛い男の子がお母さんの足に抱き付いて、『誰？』って」

その光景を思い出しているのだろう、彼女は小刻みに震えていた。

「『主人の教え子の方かしら？』ってその人が訊いたとき、後ろから健吾が……。顔も体形も全部、私の知っている健吾だったけど、全然知らない人みたいだった。私の知らない部屋着を着て、家庭的な明かりの下にいて、〝夫〟で、〝お父さん〟で……。健吾は一瞬で、ものすごい怖い顔になった。『俺の家庭を壊すものは許さない』って顔だった。奥さんも男の子も、私のことを疑う様子なんてまるでない善良な顔で……。私、何も言わず頭を下げて、走って逃げたの」

苦い塊を胸に詰められた感覚で、翔一は口を開く。

「言ってやりゃよかったじゃないか。『私、この人と付き合ってます』って」

「言ってやろうと思ったよ、走っている途中、立ち止まって」

彼女はボックスから一枚ティッシュペーパーを抜き取り、目を押さえた。

「でも、振り返ってその家を見たとたん、それはできなくなった。この家は幸せな家で、あの家族は本物で、健吾は間違いなくあの中に必要な人で、私なんかがそれを邪魔しちゃいけないんだって、無言で言われている気がして……。同時に、私の中に『ごめんなさい』っていう気持ちがむくむくとわき上がってきた」

「ごめんなさい？」

「私は長いあいだ、あの幸せで純粋な奥さんと男の子を騙してきた。そればかりか、健吾と結婚して家族になろうなんて、とても悪いことを考えて、一人ではしゃいでた」

「声をかけてきたのは向こうなんだろ。あんたが悪いわけじゃない。騙されたのはあんたのほうだ」

「知らなかったとしても、私があの家族を壊そうとしていたことは事実だよ」

ひねくれた自虐だと翔一は思った。不倫相手の家庭を壊しても自分が幸せになりたいというのが普通の心理だという気がする。しかし、まじめな人間なら、彼女のように考えるのかもしれない。

「私はつくづく自分が嫌になった。タクシーを捕まえて、この部屋に戻って、布団に潜り込んで、ずっとそのまま。もう外に出たくないって思って。何者でもなくなりたいって。消えてしまいたいって」

「それで、自殺を？」

彼女はうなずいた。

「私は、許されざることをしてしまった。そんな私を必要としている人なんて、どこにもいないから……」

「ここにいるよ」

翔一は言った。彼女の赤い目が、翔一に向けられる。

「なぐさめの言葉なんかじゃない。このねじを外して、俺を助けてくれるのはあんたしかいない」

「……そうね。でも、やっぱりこの小物入れの中にもドライバーなんて見つからない。ごめんなさい」

力なくそうつぶやくと、彼女は床に座り込み、翔一の視界から消えた。

この分では、ここから抜け出すのにはまだ時間がかかりそうだ。もう、午後五時ぐらいだろうか。薄暗くなりはじめた空を見ると、あの忌々しい鉄塔は、きらびやかなイルミネーシヨンを身にまとっていた。挟まれた人間になど何もできることがないのだと、地上六三四メートルの高みから、文字どおり翔一を見下ろしていた。

「——死なないでくれよ」

心から、視界から消えた彼女に向かって話しかける。

「俺にとってここは、地上最悪の場所だ。こんな場所で他人の自殺に立ち会ったんじゃ、俺こそ立ち直れなくなる」

「どういう意味？」

小さな声が返ってくる。絶望の淵(ふち)にいながら、彼女は翔一の言葉に興味を持ってくれたようだった。

「ここからちょうど見えるんだよ、東京スカイツリーが」

「それが？」

「俺はあいつが大っ嫌いなんだ」

「……へぇー、珍しいね」

しばらく黙ったあと、彼女は「どうして？」と訊ねた。

「大学の仲間二人が、俺より先に結婚した。どうせ一生結婚とは縁がないだろうと思っていたやつらがだ。やつら二人とも、東京スカイツリーの見える式場を選びやがったんだ。あの塔は常に、俺に敗北感を押し付けてくる」

くすっと彼女が笑う声がした。

「それだけ？」

翔一にとっては大ごとだが、彼女の不倫の話に比べ、これだけでは弱いことはわかり切っていた。

「いや……」仕方がない。こうなったら、誰にも話さず心の箱の中にしまっておいた、昨日の夜も同僚たちに言えなかったあのことを、引っ張り出すしかない。

「俺も、あんたと似たようなもんだ」

「なに？」

「『浮気』されてたんだよ、一年前まで付き合っていた女にな」

*

真柴玲歌（ましばれいか）と出会ったのは、二年前の四月の初めのことだった。そろそろ桜も咲き終わるだろうと会社の同僚二人に誘われ、隅田川（すみだがわ）から浅草界隈（あさくさかいわい）をぶらぶらしようということになった。

そのうちの一人、篠田（しのだ）は、スポーツが趣味の女好きのするタイプで、翔一は普段から苦手としていたが、もう一人の同僚、鶴岡（つるおか）がどうしても行こうというので仕方なく出ていったのだった。コンピュータの知識が豊富な鶴岡には、翔一は何度もピンチを救ってもらったことがあり、断れなかった。

隅田川の両岸は桜一色に染められており、日々の苛立たしいことをみんな忘れさせてくれるような陽気に包まれていた。川沿いの公園をしばらく歩いたあと、仲見世から浅草寺の定番コースをぶらついた。このあとはどうするんだと、翔一は二人のどちらにともなく訊ねた。飯を食ってしまったら、男三人で、他にやることもないだろう、と。

馬鹿を言え、これからが本番だ、と言ったのは篠田だった。女の子を引っかけもせずに、休日をすごすつもりか——。翔一はようやく、その日の本当の目的を知らされることになった。

鶴岡は当時三十歳だったが、長らく恋人ができないことに悩んでいた。女慣れしている篠田に相談すると、それなら休日に女の子を引っかけて遊ぼうじゃないかということになった。桜が咲き乱れて東京中が浮かれているこういう時期がいちばん、女の子が乗ってきやすいのだという篠田に押され、自分を変える意味でも乗ることにしたという。三人くらいいたほうがいいから誰か誘えと篠田に言われ、最も話がしやすい翔一に声をかけたということだった。

馬鹿馬鹿しい、と翔一はすぐに帰ろうとした。だが、思いとどまった。

長らく恋人がいないのは自分も一緒だった。鶴岡のためにもなると自己完結の言い訳をして、そのあとも二人に付き合うことにした。

声をかけはじめてからわずか十五分で、篠田は女性の三人連れを捕まえることに成功した。

「いいカフェがあるから一緒に行かないか」。それが、篠田の誘い文句だった。

浅草寺から北に離れ、言問通りを渡った住宅街の中に、篠田が知っているという店はあった。落ち着いた内装で、休日の浅草界隈とは思えないほど空いていた。女性が好むような酸っぱいドレッシングのサラダを食べながら、篠田はにこやかに場を回していた。翔一はといえば、正面に座った伏し目がちな女性が気になっていた。物静かで、それでいて時折、篠田に返事を求められたときの返答にもそつがない。それが、玲歌だった。

そのあと、六人で浅草を観光し、夕方には上野に移動し、今度は気取らない居酒屋へ入った。ずっと無口だった鶴岡もこの頃にはしゃべるようになり、場を楽しんでいた。そして翔一は別れ際、玲歌と連絡先を交換した。

二人で会ったのはそれから五日後で、それからも週に一度ずつ会うようになり、交際していることをお互いが認め合ってからは、会う頻度はさらに増していった。

初めの無口な印象を払拭するように、会うたびに彼女は打ち解け、笑い、魅力的になっていった。音楽を聴くのが趣味の彼女は、自分のスマホでいろいろと洋楽を聴かせてくれた。翔一は音楽に疎く、アーティスト名を言われてもよくわからなかったが、彼女の生き生きとした姿を見るだけで嬉しくなったものだった。

翔一のほうの趣味は、グルメサイトを見ることだ。実際に行くことがなくとも、この店の雰囲気はどうだとか、コストパフォーマンスはどうだとか、写真を見たりコメントを見たりするだけでじゅうぶん楽しいのだ。そのうちの何軒かにはもちろん実際に行ったことはあるが、どうしても、一人でふらりと行ける店や、男どうしでも入れる、安い居酒屋ばかりだった。

サイトに紹介されている店の中には、恋人どうしでなければ入りにくい店もある。幸いなことに、文房具関係の会社で事務職をしている玲歌は時間の融通がききやすかった。自分の仕事が早く終わる日には、翔一は玲歌を、それまで行けなかった店へ片っ端から連れていくようになった。

彼女はその都度、喜んでくれた。とりわけ洋食が好きな彼女は、よくビーフシチューを頼んだ。

「好きなんだな、ビーフシチュー」

翔一が言うと彼女は微笑み、「知り合いに、フレンチの修業をしている人がいるの。いつか、その人が働いているお店にも、一緒に行けたらいいな」と言った。

休日にも、いろいろなところへ出かけた。夏には花火大会、秋には高尾山、冬には鍋がまいとサイトに紹介されている店に片っ端から行ってみた。初めての旅行は年が明けて二月、箱根に行った。二人とも一人暮らしで、この頃にはお互いの部屋に遊びに行くことも多くなっていた。

そして——二度目の四月。玲歌の提案で、一周年の記念として浅草へ行くことになった。

翔一が予約を入れたのは、隅田川沿いの《シャン・ド・マルス》というカジュアルなフレンチレストランで、窓から東京スカイツリーがよく見えた。玲歌は子どものような純粋な目で翔一を見つめ、「来年もまた、来られたらいいね」と告げたのだった。

「——幸せだったんだね」

面格子の向こうから、自殺志願者の彼女が言った。

「ああ、本当に。俺にもやっと、東京スカイツリーのいい思い出ができたと思ったもんだよ」

建物のあいだで、まったく窮屈そうにしていない鉄塔を見上げ、翔一は答える。

「だが、今考えれば、呪いはあのときにかけられていたんだ」

「どういうことよ？」

「その翌週から、会社の所属チームが大きな仕事を請け負って、俺は忙しくなった」

「……話の腰を折って悪いんだけど、どういう仕事をしてるんだっけ？」

「中小企業を対象とした、ウェブサイト制作の会社なんだ。俺は営業もするし、ちょこっとシステムのこともやる便利屋的なポジションにいて、忙しくなるときは本当に忙しくなる」

「へぇー」

「とにかくその時期は休日出勤も相次いで、二週間、玲歌と会えなかった。久しぶりに体があいた日曜日、俺は彼女の家に行ったんだ。ところが玲歌は、『部屋には上げられない』と言った」

「理由は?」

「わからない。結局その日は、近くのファミレスに二人で行って食事した。今考えたら、彼女の態度はあの日からおかしかったんだ。前は黒や緑の服が好きだったのに、白っぽい服に変わっていたし、SNSもやっていないはずなのに注文したプレート料理をスマホで撮影したり、そうかと思えば、俺の目の前でハンドクリームなんか塗っていた」

「前は塗らなかったの、ハンドクリーム」

「それまでは見たことがなかった。妙に俺の顔を見つめて、『疲れているんじゃないの?』と繰り返し、俺も煩わしくなって、その日はそこで解散してしまったんだ。俺も態度がそっけなかったと反省して、次の日に会わないかとメッセージを送ったら、『明日は会えない』と連絡が返ってきた。そんなの、初めてだったよ」

「会えない……」

「それどころか『これからは火曜と木曜は会えない』なんていうメッセージまで。疑いたくはなかったけれど、もうあの頃から疑っていたんだろうな、俺は」

回想しつつ、そのときの不安な気持ちがよみがえってきた。

「そのあとまた数日、俺は仕事で早く帰れない日が続いて……あれは、五月の連休に入ってからだった。突然、玲歌がピクニックに行きたいと言い出したんだ。当日は土砂降りだったが、玲歌がどうしてもというから無理やり出かけたんだ。雨の中、屋根のあるベンチに座って、交わす言葉もなくぼんやりしていたら、急にパンを取り出して、差し出してきた。『最近見つけたパン屋で買ってきたから食べよう』って。そんなこと、まったくする女じゃなかったのに。……他の男の影響だろうって、俺はそのとき初めて、確実に疑ったんだ」

部屋の中からはなんの反応もなかったが、不倫相手に騙されていた彼女ならわかるだろうと翔一は思っていた。隠し事をしているときの疚しさというのは、どうしたって表情に出るものだ。あの日、パンを差し出した玲歌の顔は、ばれないかどうかという不安が塗りたくられたような表情だったのだ。

「味は？」

突然、部屋の中から質問があった。

「なに？」

「そのパンの味はどうだったの？」

そんなことを知ってどうしようというのか。

「味なんて覚えてない。ただ、やたら硬かったのは覚えている」

「なるほどね」

何が「なるほど」なのか。ひょっとしたらまた、不倫相手のことで上の空になっているのかもしれなかった。それならそれでいい。翔一のほうはもう、引っ込みがつかなくなっている。

「結局その連休に会えたのは、俺の仕事の都合でその日だけだった。玲歌の浮気が決定的になったのは、連休明けのことだったよ。朝いちばんで、篠田が俺に報告してきたんだ。『去年の春にナンパした女の子のうちの一人を久しぶりに見たぞ。男と歩いてた』ってな」

気恥ずかしさから、篠田と鶴岡には、玲歌と付き合っていることを話していなかった。篠田が見たというその女性は、話の内容から、玲歌だとすぐにわかった。

「相手の男は短髪の清潔そうな好青年で、場所は合羽橋（かっぱばし）。二人で楽しそうに買い物をしていたそうだ。つくづく浅草界隈の好きな女の子だなと篠田は笑ったけど、違うことは俺にはわかっていた。彼女は、俺と会わなかった四月の二週間のうちにその男と付き合いはじめた。そして、俺との浅草の思い出をそいつと塗り替えようとしたんだ」

胸の中のものを吐き出すべく、一気に話す。

「その日のうちに、俺は彼女の部屋に行き、別れを告げたよ」

「ずいぶん、急じゃない？」

「彼女のほうに気がないなら仕方がないだろう」

「なんて言って別れたの？　彼女を問い詰めて？」

「いや……。『他に好きな人ができた』って嘘（うそ）をついたんだ。仕事が忙しいっていうのも嘘で、その女に会っていたってな」

「どうして」

どうして……あのときの嘘について、深く考えたことはなかった。

「できるだけ、玲歌を傷つけたくなかったんだ」

「自分が傷つきたくなかっただけじゃないの？」

彼女の言葉は的を射ていた。一周年の記念を共に祝った恋人が、その月に別の男と浮気をした。――その事実を、彼女の口から聞くのが怖かっただけだ。ひょっとしたら四月に会ったあのときにはもう……。そう考えたら、絶望から立ち直れなくなる気がしていた。

「別れを告げたら、彼女はなんて？」

翔一の心をえぐるように訊ねてくる。

「『どうして別れるなんて言うの』って泣かれたよ。いったいどの口がそんなことを言うのか。気持ちが揺らぐと思った俺は彼女を振り切ってタクシーを捕まえて家に帰った。電話も、着信拒否をした。……それで、終わりだ」

沈黙が、支配した。どこか遠くで、子どもが笑っている声がする。

笑いたければ笑えばいい、と翔一は思った。

「馬鹿なことを、したね」

部屋の中で、自殺志願者の女がぽつりと言った。

「ああ、本当に」

「違う。あなた、たぶん、勘違いしてる」

「勘違い?」

「彼女、浮気なんかしてない。ただ純粋に、あなたを想い続けていただけだよ」

4　来宮めぐみ

挟まり男は、右目だけでめぐみのことを睨みつけてくる。

「……あんたに、何がわかるっていうんだ?」

本当に何も気づかなかったのだろうか。自殺を企てていることを言い当てられたときにはなんて鋭い人だろうと思ったけれど、こと、女心のことになると鈍感なようだった。

「付き合いはじめの頃は、たくさんいろんなお店に行ったんでしょ? なのに、彼女の行きたがったビーフシチューのフレンチに行かなかったのはどうして?」

「高級な店だからだよ」

ぶっきらぼうに、挟まり男は答えた。

「そんなに簡単に行ける店じゃない。だから、安くてカジュアルな店や、チェーン店でも変わったメニューを出す居酒屋なんかによく行ってたんだ」

「それでも、普通の会社員の二人にとっては、けっこうな出費だったんじゃない？」

「ああ、まあな……」

痛いところを突かれたように、挟まり男は顔をしかめる。

「彼女の部屋に遊びに行くのに、食事は彼女の家で取らなかったのね？」

少し回想するような顔をしたあとで、彼は「いや」と答えた。

「付き合いはじめの頃、一度、手料理を食べさせてもらったことがある。平目のムニエルだったけど、お世辞にも美味(うま)いとは言えなかった。黒焦げのうえに油っこくって、やたらしょっぱくて、我慢して食べたけれど、次の日の昼まで気持ちが悪かった」

やっぱり。それが、外食デートを重ねた理由の一つでもあったのだ。

「たぶん玲歌さんは、それがコンプレックスだったんだと思うな。あなたが外食を重ねるのは、自分の料理が下手なのが理由なんだと。だから、四月に二週間、あなたと会えなかった期間に、一念発起して料理を勉強しようと思ったのよ。それ以降週に二回、料理教室に通いはじめたんじゃないの？　火曜日と木曜日に」

「まさか」

「思い当たる節はいくつもあるでしょ。ファミレスの料理を撮影したのは、盛り付けの参考にするため。ハンドクリームを塗ったのは、慣れない水仕事で手が荒れたため」

何も、答えが返ってこなかった。今日まで、まるでその可能性に思い至らなかったようだった。

「連休のピクニックのこともだよ」

「あれも、料理教室と関係があるのか？」

「雨なのに無理やり行こうと玲歌さんは言った。だったらピクニックそのものじゃなくて、あなたにパンを食べさせることが目的だったのかもしれない」

「パンを？」

「料理教室で習ったパンを買ったものと言って食べさせ、気づくかどうかを試したんだよ」

「そんなことをするか、普通？」

「私はしないけど、料理を始めたての人なら、するかもしれない。実際、硬かったんでしょ、そのパン」

彼は少し考え、「ああ……」と言った。つらそうだった。

「市販のものにしては硬かった。だが俺は好みだったからうまいと言ったんだ。玲歌、たしかに笑っていた」

「嬉しかったんだね」

「自分が選んだパン屋を褒められたことを喜んでいるのかと思っていた……」

遠い目をしたあとで、彼は「だが」と語調を戻す。

「合羽橋で男と歩いていたのは間違いない。篠田がそんな嘘をつく理由はない」

「合羽橋は東京一の道具街。調理器具の店がたくさんあって、料理にハマりはじめた初心者なら、一度は足を運んでみたいところ」

めぐみはキッチン台の前に行ってしゃがみ、シンクの下の収納を開け、親子丼用の鍋と、蒸し器を引っ張り出した。

「私も一人暮らしを始めた頃、これとこれ、合羽橋に買いに行ったんだ。そのあと、数えるくらいしか使ってないけれど」

面格子の向こうから、挟まり男はその二つの調理器具を眺めていた。

「だけど……篠田が見た、玲歌と一緒に歩いていた男は誰なんだ？」

「調理器具の店はいっぱいあるからね。料理の心得のある人と行かないと不安だよ。玲歌さんには、フレンチの修業中の知り合いがいたんだよね」

「あっ！」

挟まり男は声を上げた。呆(ほう)けたように空を見つめている。

「玲歌さんは、あなたとの将来を真剣に考えていたんだと思うよ。一緒に住むようになったら何かとお金がいるし、ずっと外食というわけにもいかないことはわかっていた。たまに忙しくなる相手のために、少しでも自分にできることがあるなら、って料理を始める気持ちは、私にはじゅうぶんわかるな」

「でも」

彼はまだ信じられない様子だった。

「どうして、俺に言わなかったんだ。正直に、料理教室に通っているって」

「大事な日に全部発表したかったの。それまでは料理を始めたことも秘密にしておきたかったから、調理器具のそろいつつあるキッチンを見られないように、部屋に上げるのも拒んだ」

「大事な日ってなんだよ？」

まったくもう。それもわからないなんて。めぐみは腹立たしさすら覚えながら、親子丼用の鍋で面格子をカン、と叩く。

「五月の最終日、大事な彼氏の誕生日でしょ！」

＊

そのまましばらく、双方が何もしゃべらない時間がすぎた。めぐみは左手の蒸し器に目を落とす。

これを最後に使ったのは、健吾がこの部屋に来たときだ。学生が教えてくれた店で買ってきたと言って、ふかしていない中華まんを彼は持ってきた。電子レンジでいいんだと言う健吾を遮(さえぎ)り、絶対にこっちのほうがおいしいからと、めぐみは蒸し器を取り出した。あのときのわくわくするような楽しい気持ちが、会ったことのない玲歌さんのそれと重なり、哀しくなってきた。健吾の嘘を知ったときとはまた別の、綺麗だけどとても切ない哀しみだった。

　こんな気持ちになるつもりは、まったくなかったのに。

　玲歌さんの姿を押し込めるように、蒸し器と親子丼用の鍋をシンクの下に戻し、扉を閉める。もう、夜と言っていい時間だった。立ち上がり、壁の照明スイッチを入れた。そのときだった。

「『粋』だ」

　挟まり男がぽつりとつぶやいた。

「なんて？」

「東京スカイツリーの照明だよ。江戸紫をモチーフにした『雅』と、隅田川の流れをモチーフにした水色の『粋』と、江戸の賑わいをモチーフにした橙色とゴールドの『幟』。この三種類のライトアップの日替わりなんだ」

「嫌いっていうわりには、ずいぶん詳しいね」

「一周年の記念でスカイツリーの見えるレストランに行ったとき、調べたんだよ」

「ああ、そうか」

「あの日も今夜と同じ『粋』だった。一緒に見てたのになあ……」

　彼はため息をつく。

「俺はいつもそうだ。相手の気持ちを確認せず、じっくり考えることもせずに先走って、勝手に自己完結して、感情的になって……相手を傷つけてしまう」

その姿を見ていて、めぐみはいたたまれなくなった。

「そんなことない。誰にでもあるよ」

「もう一度、連絡を取ってみたら？」

ベッドに目をやる。投げ捨てたスマホは、枕のそばで眠ったように画面を黒くしていた。

「今ここで電話してみるっていうのはどう？　電話なら貸してあげてもいい」

「いいよ。無駄だよ」

「あきらめないで。まだ彼女のほうはあなたのことを想っているかもしれない。一年くらいなら、気持ちが変わっていないこともある」

「聞いたんだよ！」

思いのほか彼が大声を出したので、めぐみはびっくりして固まってしまった。それを彼はすぐに察したようで、「すまない」と謝った。

「聞いたって、何を？」

「鶴岡――篠田じゃないほうの同僚だが、あいつは浅草で声をかけた三人グループのうち、玲歌とは別の女の子と付き合いはじめて、今もまだ関係は続いているらしい。その彼女から、鶴岡が聞いたそうだ。玲歌が、結婚するって」

　めぐみの体がさっと寒くなった気がした。

「それ、いつ聞いたの？」

「……昨日だよ」

「昨日？」

「久々に鶴岡や篠田を含めた同僚たちと飲むことになって、酒の席で鶴岡が突然言い出したんだ。『俺の彼女と一緒に声をかけた、真柴玲歌っていう女の子、覚えているか？』って」

　たしか、鶴岡・篠田の二人に、玲歌さんと付き合っていることは内緒にしていたと彼は言っていた。

「相手は、十歳上の経営コンサルタントらしい。出会ってから半年でのゴールイン。とても優しくてなんでも聞いてくれるって。きっと収入も俺とは比べ物にならないくらいいいんだろう」

「収入は、関係ないでしょ」

　なぐさめと思って言った自分の声に張りがないことを、めぐみはすぐに後悔した。結婚の条件としては申し分のない相手だろう。

　ははは、と彼は自虐的に笑った。

「昨日はそれで荒れちまったんだ。篠田と鶴岡には不思議がられたけれど、玲歌と付き合っていたなんてかっこ悪くて今さら言えなくって、それが俺を余計に酔わせた」

は、ははは、と彼はそら笑いをする。

「本当に、最悪な週末だよ。よりによってスカイツリーから見下ろされることを義務付けられたようなこんなところで、一年前に終わった恋の勘違いを知らされなきゃいけないなんて」

「……ごめんなさい」

謝るしかなかった。余計なことをしたのは自分のほうだと、めぐみは情けなくなった。この人に出会う前に、さっさと自殺しておけばよかったのだ。

「さっさと自殺しておけばよかった、なんて考えてるんじゃないだろうな」

答える代わりに、息を呑んでしまった。こういうとき、ひっと、しゃっくりのような音が出てしまうのが、小さい頃からのくせだ。

それにしてもこの人は、自殺のことになるとたんに鋭くなる。

「おかしな感情だと自分でも思うんだけど、俺はあんたに、感謝している」

「感謝だなんて……」

「本当だ。浮気について問いただす勇気もなく、嘘をついたまま別れて連絡を遮断したくせに、俺はずっと玲歌のことを気にしていたんだ。今はっきりとわかってよかったと思っている。新たに幸せの道を歩きはじめた玲歌に、今さら謝ったりしてどうなることでもない。

「……玲歌は幸せになるべくして幸せになるんだ」

その言葉からはたしかに、潔さと、玲歌さんへの気持ちが感じられた。会ったこともないけれど、玲歌さんには幸せになってほしい。

「やっと、新しい一歩を踏み出せそうな気がしてきた。だから俺は絶対に、ここから抜け出さなきゃいけない」

「そうだね」

自然と口をついて出た言葉が、自分でも意外なほど力強かった。

「あんたも、だろ？」

彼の言葉に、めぐみは小さくうなずき返す。言葉にしなくとも、生きる意志ははっきりとあった。おばあちゃんが、微笑んでいるような感覚になった。

「愛知の実家に帰って、ちょっと気持ちを整理するよ」

「それがいい。だがその前に、俺をここから解放してくれないと」

「わあ、そうだった。誰か、助けを呼ぼうか。休みでも、そういう業者がいるかもしれないし」

スマホを枕のそばから拾って、彼に見せるように掲げた。

「無駄な金のかかることはやめておこう。それよりさっきデニムのポケットに手を入れたら、こんなものが出てきたんだ」

「何、それ」

「今日引っ越す友人の名刺だよ。ケチな会社のおかげであいつ自身のスマホの番号が書いてある。ドライバーも持ってるはずだ。今から言う番号にかけてくれ」

「わかった。引っ越し、ずいぶん遅れちゃったよね」

080……と彼が唱える番号を聞きながら、右手に握ったスマホの電源を入れ、「あっ」とめぐみはスマホをベッドに投げた。

「どうした？」

「健吾と撮った画像を待ち受けに使っているの。やっぱりそれを見ると……」

「貸せよ。そんな設定、俺が変えてやる」

面格子の向こうで、彼は右手をひらひらさせた。

5　池原翔一

頬骨を押さえ続けた鉄の棒が、最後の抵抗をしている。左頬のブロック塀のほうは、まだ強力な摩擦を翔一に対して押し付けているが、結末はもう、翔一には見えていた。——この隙間から、抜け出てやる。

「どう翔ちゃん、出られそう？」

部屋の中から城野が訊いてきた。その後ろには、元自殺志願者の彼女が心配そうに見ている。

「もう少し、いる?」

城野は手を伸ばし、翔一の頬と格子の金属棒のあいだに、サラダ油を垂らした。頬から首筋に垂れた油が、胸から腹へと伝ってくるのが気持ち悪い。

「いいよ、もう少しで外れるから」

「そうは見えないけどなあ」

元自殺志願者の彼女の電話で城野が駆け付けたのは、ほんの数分前のことだ。翔一から事情を聞くと、彼は「そりゃ大変だったねえ」と、持参したドライバーで早速面格子を外そうとし、ふと思いついたように言ったのだ。「ほっぺたのところに油を差したら、摩擦力が小さくなって外れるかもよ」

翔一も元自殺志願者の彼女も、みじんも思いつかなかった方法だが、たしかに効果はあるようだった。

「ほらほら、もっと」

口では心配そうなことを言いながら、城野は楽しそうに、サラダ油を垂らしてくる。学生時代から馬鹿にしてきた俺への仕返しとでもいうのだろうかと、勘繰りたくなった。

「やっぱりサラダ油じゃダメなんだろうかね。ごま油に替えてみる?」

怒りまかせにぐっと力を入れた。瞬間ぬるりと頬がすべり、顔は見事に外れた。

翔一はずりずりと横這いで、悪魔の空間から這い出した。長時間の立ちっぱなしで、疲労は溜まりにたまっており、地面に崩れ落ちた。

「抜けた……」

地面に転がったまま建物の外観を見上げ、すーっと息を吸う。五月のぬるい空気が心地よく、隣の建物に遮られてあの高慢ちきな東京スカイツリーが見えないことが、何よりも嬉しかった。

部屋の出入り口のほうから慌ただしく足音を立てて、彼女が出てきた。手にはタオルを持っている。

「やっと、抜けたね」

「ああ……」

その姿を改めて見ていたら、なんだか気恥ずかしくなって、目を伏せた。差し出されたタオルを受け取り、頬から首筋にかけてのサラダ油を拭う。

「シャワー、浴びていく？」

彼女は訊いた。

「わけあって、お風呂も沸いてるけど」

その言い草が可笑しくて、思わず笑い声が漏れた。彼女もそんな翔一を見て、笑みを見せた。

「せっかくだが、やめておく。引っ越しを手伝わなきゃいけないからな」

タオルを返して立ち上がる。さっきまで見上げていた彼女の顔は、同じ地面に立つとだいぶ下にあった。

「やー、よかった」

城野もやってきた。

「それにしてもさ、二人してこんな簡単なこと、思いつかなかったの？」

「抜け出せたんだからいいんだよ、水を差すんじゃねえ」

「差したのは油だよ？」

この野郎。城野の頭を叩きたくなる衝動を、翔一は必死で抑えた。

「引っ越しのほう、どうなった？」

「うん。結局自分でガムテープを買ってきて、梱包も全部終わった」

「棚は？」

「隣の学生に声をかけたら、快く手伝ってくれたよ。プロレスラーみたいな筋肉の学生で、前に引っ越しのアルバイトをしていたことがあったらしくてさ、積み込みだけじゃなくて、ロープをかけるのも全部、やってくれた。翔ちゃんがいたら、却って邪魔になっていたかもしれないよ」

遠慮なく人を苛立たせながら、城野は続けた。

「でもさ、落ち込むことはないよ。まだ翔ちゃんには、部屋の掃除っていう仕事が残っているから。手伝ってよ。約束どおり、夕食はおごるからさ」

「中華料理だぞ、花椒（ホアジャオ）の思いっきり効いた麻婆豆腐（マーボーどうふ）だ」

道路に出ると、本当にこんな道を来たのかと思うほど、知らない風景だった。赤い女子高生も、ハンチングの万引きGメンも、ダチョウ少女も、本当にいたのかどうかもわからないほどだった。

「ねえ」

振り返る。自殺を思いとどまった彼女だけは、確実にそこにいた。

「私も、行っていいかな。掃除、手伝うから」

恥ずかしそうに言う彼女に、翔一は微笑んだ。

「ああ」

「おいおい、勝手に承諾するなよ」と抵抗する城野の頭を、翔一はぱしんと叩（はた）く。

「いいだろ、手伝ってくれるって言ってるんだから。俺たちの新しい未来を祝え」

「はあ？　引っ越しするのは俺だよ」

「うるせえな」

翔一は歩き出す。

「そっちじゃないよ」と、城野は逆方向に進みはじめる。

「俺、城野学だから」

今の今まで文句を言っていたにもかかわらず、城野は丁寧に、急遽ついてくることになった彼女に自己紹介をしていた。

「来宮めぐみです。よろしくお願いします」

翔一は二人に追いついた。

「俺、池原翔一な」

お互い名前を知るのがあまりに遅すぎて可笑しく、二人は顔を見合わせて笑った。姿の見えない東京スカイツリーにまで、この可笑しさが届けばいいと思った。

——新しい恋は、まだ、始まっていない。

幕間

新婦友人代表・松下清美

「すみません、もう少し急いでもらっていいですか」

「うーん」

清美が話しかけると、女性の運転手はうなるように答えた。ネームプレートから、納戸和香子という名前が確認できた。年齢は三十歳ぐらいだろうか。

「これだとちょっと」

目下渋滞中。しかも、すぐ前には象でも運んでいるのかというほどの巨大なトラックがこれ見よがしにテールランプを光らせているので、前方がどうなっているのかまったく見えない。

自宅近くの美容室でヘアセットを頼んだのが間違いだったのだ。いつもお世話になっている店とはいえ、今日ぐらいは式場の近くの美容室に、午前中の早い時間で予約を取ればよかった。カーナビの隅に現在の時刻が表示されている。12:42。挙式の始まる午後一時まで二十分を切った。

新婦友人代表としてスピーチをするのは、披露宴の後半だ。さすがにそこに間に合わないということはないだろうけれど、新婦友人代表が挙式にいないのでは恰好がつかない。

今、どのあたりだろう、と左窓から外を見る。

五月の抜けるような青空の下に、東京スカイツリーがそびえている。

チャペルの外の庭園からは東京スカイツリーを望むことができる、と、式場のホームページに書いてあった。ということは、近くまで来ているはずだ。ここで降りて走ったほうが早いのではないだろうか。

いやいや、ともう一人の自分が否定する。東京スカイツリーは高さ六三四メートル、世界一高いタワーなのだ。東京二十三区の東側なら、たいていの場所から拝むことができる。それに自分は、とんでもない方向音痴だ。

「何時からですか、式」

納戸さんは訊いてきた。

「午後一時です」

「……こっちのほうが早いかも、っていうルートがあることにはあります。いったん式場から遠ざかるけどいいですか？」

「はい」

「了解」

納戸さんは言うなり、ハンドルを思いきり切って細い道に入った。本当にこんなところを
……と思うような、工場が立ち並ぶ狭い道を進んでいく。

「私も、思い出があるんですよ。《プリエール・トーキョー》には」

清美が向かっている式場の名前だった。

「運転手さんもそこで結婚式を挙げたんですか」

「いや、あたしはまだ独身だけど」

ところどころ砕けた口調だ。髪色も明るいし、美人だが、元不良という印象を受けた。

「知り合いがそこでね。スカイツリーが見えて、とってもいい式場よって。妹に話したら、
自分もそこで式を挙げたいって」

「妹さん、ご結婚の予定が？」

「いや、まだ高校生だから」

ずいぶんと年が離れているようだ。

「あの、間に合いそうですか」

「今のところ、すいてますすね。ぎりぎりかも」

「私、スピーチがあるんで、練習しててもいいですか」

「どうぞ」

清美はバッグを開け、原稿を取り出した。新婦友人代表スピーチ。こんな経験は初めてなので、そういう本を図書館で三冊も借り、一週間がかりで原稿を仕上げた。それでもまだ、言葉遣いとか、エピソードの長さとか、不備があるような気がして仕方がない。

原稿を眺めつつ、もう一度小声で練習を始める。

――集中していたため、時間が経つのがわからなかった。

「お客さん、着きましたよ。ギリギリ」

納戸さんの呼びかけにはっとして窓外を見ると、スーツ姿の従業員がせわしなく客の対応をして回っているエントランスが目に飛び込んできた。カーナビで時刻を確認。12：58。

「今日夫婦になる二人が、幸せになりますように」

料金を払うと、領収書を渡してきながら納戸さんは言った。

「ありがとうございます！」

外に出てスーツ姿の従業員に挙式の場所を確認すると、エレベーターか階段で二階へ上がり、右に進んだ《サクレ》というチャペルだと教えてくれた。若菜色のドレスの裾を気にしながら階段を駆け上り、案内表示に従って《サクレ》へ。会場係の人がドアを閉めようとしているのが見える。

「すみません、参列します！」

ギリギリで滑り込んだ。ぎゅうぎゅうに詰めれば百人くらいは入りそうなチャペルだが、その半分も列席者はいない。誰もいない列に入り、置いてあった讃美歌の紙を取って腰を下ろすと、背後で扉が閉まる音がした。

よかった、間に合った……と、前方を見て、「わ」と、思わず声を上げた。

すでに聖歌隊が並んでいる祭壇の奥、十字架の向こうはガラス張りになっている。青空をバックに堂々と東京スカイツリーが立っているのだった。

こういうの、借景（しゃっけい）っていうんだっけ。……息を整えつつその景色に見とれていると、やがて神父が入場してきた。

第二幕　再会

1　滝川樹里

何気なく使うのによく意味を知らない言葉というのは、日常にあふれている。真夏のＪＲ錦糸町駅の南の歩道橋を渡りながら、そんなことを考えた。

右手の携帯扇風機で顔に風を送っているけれど、暑さはほんの少ししか和らがない。足の下は車の通行量の多い京葉道路。カラカラのアスファルトが、日光をそのまま撥ね返してくるようだ。

毎年この時期になると決まって聞く「うだるような暑さ」という表現。——あの「うだる」というのは、いったいどういう意味なのだろう。「うだるような」とくればその次には必ず「暑さ」とくるけれど、「うだる」がわからなければ、「暑さ」の程度もピンとこないはずだ。

そもそも「うだる」は動詞なのか。動詞なら活用があって、いろんな表現ができるはずだ。うだらない、うだります、うだる、うだれ、うだろう。「なんだかとっても、うだりたい気分」「もういっそのこと、うだれ」。……そんな表現、聞いたことがない。

笹口(ささぐち)先生なら、わかるだろうか。

ふっ、とおかしくなる。中学生の頃の塾の先生のことを思い出すなんて。やっぱりこの暑さのせいだろう。

高校受験というただ純粋な目標に向けて、ただ純粋に勉強をしていた夏期講習。中三の夏は、もう八年も昔のことだ。二十三歳にもなって、にわか優等生だったあの頃の自分を懐かしむというのだろうか。「うだる」が気になったって辞書を引いて調べるでもない。その程度の優等生だというのに。

牛丼屋の角を左に曲がると、いくらか涼しい日陰になった。電柱を二本通り過ぎ、整体院と格子戸の家の前を通り過ぎたところに、〈錦糸町キャリトンビル〉はある。一階は焼肉屋、二階から上は、ベトナム料理店、怪しいリフォーム会社……と続き、七階と八階が、勤め先の《Gramophone(グラモフォン) 錦糸町》だ。

古いエレベーターに乗り込み、何も表示のない八階ボタンを押す。八階に着いてエレベーターを降りると、輪切りのレンコンを並べたような模様の薄汚いカーペットの空間があり、そこを進んだ正面のドアの向こうが、店の女の子たちがたむろする控室だ。

控室のドアの前で左に曲がり、突き当たり、ロッカールームのドアを開ける。

「おはようございまーす」

声をかけながら入ったけれど、人はいなかった。

「樹里」と書かれたロッカーを開き、上着を脱いでドレス姿になる。ハンカチで汗を拭いた。

こう暑くては、化粧が落ちてしまわないかがいちばんの心配だ。部屋の隅の姿見に向かい、化粧と髪型を確認したあと、口角を上げて微笑みの予行練習。蛍光灯の明かりの下では嘘くさく見えるけれど、薄暗い店内ではまあまあ魅力的に見えるはずだ。昼からキャバクラに来るようなんて客の前では、特に。

携帯扇風機をつかみ、ロッカールームを出てすぐに、控室に飛び込む。

「あっ。樹里さぁん、おはようございまぁす」

正面のソファーに腰かけている夏帆が甘ったるい声で挨拶をし、すぐにスマホに目を落とす。テレビはついているけれど、ニュース番組に興味なんてないだろう。

「暑いですよねぇ。死んじゃいます」

「大げさでしょ」

「私ぃ、こう見えても高校の頃、ダンス部でぇ。真夏の大会に出たとき、本番中に倒れて泡吹いちゃったことあるんですよぉ。あとで友だちに『白目むいてたよ』なんて言われてぇ。まじ最悪ですよねぇ。それ以来夏の昼間は絶対に外に出ないことに決めてるんです」

訊いてもいないことを間延びした語尾でしゃべり続けるのは夏帆の得意技だ。客との会話が途切れないので、この仕事では得することもある。このしゃべり方も男たちには人気で、過去には何人かに百万円単位で貢がせたという噂もあった。

室内には他に、知らない女の子が一人いた。赤いドレスを着て、落ち着かない様子だ。顔は小さく、目元が可愛らしいけれど、それは、こういう仕事のメイクにまだ慣れていないということでもある。声をかけてみよう。

「こんにちは、滝川樹里です」

「あっ、中村さつきです」

本名っぽいな、となんとなく思った。こういう店ではもちろん、女の子は客に渡すための名刺を作る。源氏名は他の子とかぶらなければなんでもいい。漫画っぽくてもいいし、もちろん現実の名前でも。「滝川樹里」もそうだ。

「さつきさん、二十四歳らしいですよぉ。うちらよりひとつ、お姉さんですねぇ」

夏帆が言った。そうなんだ、とその顔を見て思う。サバを読んでも別に気にしないけれど、一つ年上というのは納得できる範囲内だった。

「今日からですか？」

頭に浮かんだことを、すべて押し込め、樹里は訊ねた。

「はい。ですから、今日はナナカさんのヘルプとして入ることになりました」

ドアがノックされた。

「失礼します。おはようございます」

ボーイのタヌキチだ。本名をなんというのか、樹里は知らない。あるときオーナーが客前で「お前の顔、タヌキに似てるよな」と言ったことからその通り名が生まれたらしい。

「樹里さん、ナナカさんが呼んでます」

「呼んでる？　店でですか？」

「いや、上です」

一気に気が重くなる。くすっと笑う夏帆を睨みつける。

「樹里さん、早く、お願いします」

タヌキチに促され、樹里は携帯扇風機を置いてまた、蒸し暑い廊下へと出る。エレベーターのすぐ脇の扉を開き、外階段へ出た。とたんにセミの声が聞こえた。

屋上へ出ると、雨ざらしのコンクリートのど真ん中に赤と緑と黄色の三色パラソルが立てられ、その下にキャンプで使うような、木の骨組みと布でできた椅子が置いてあった。黒いドレスの女性が、こちらに背を向けて座っている。

「ナナカさん」

声をかけると、彼女は火のついたタバコを挟んだ右手を上げ、こっちへ来い、というしぐさを見せた。樹里は近づき、パラソルの陰に入る。

「おはようございます」

「おはよ」

明るい色の髪を豪快に巻き上げ、ロックスターのような大きいレンズのサングラスをかけ、遠くを見つめている。このパラソルも、タヌキチに運ばせたものだと言っていた。まったく、コート・ダジュールにでもいるつもりだろうか。眼前に広がるのは錦糸町のくすんだ建物群。そして遠くに、東京スカイツリー。

「樹里。あんたさあ」

ナナカさんは樹里のほうに一瞥(いちべつ)もくれず、タバコの煙を吐き出した。

「カシンさんのこと、マリに言った？」

「言ってないですよ」

樹里は否定する。

「あたし一昨日(おととい)、マリから連絡来てー、『カシンさんのこと、一緒に頑張りましょう。上客ですから』って言われたんだー」

ナナカさんは公式には二十七歳ということになっているが、明らかに五つはサバを読んでいる。

「あたしのほうは別に一緒に頑張るつもりはないし。そもそもカシンさんにとってマリはただのキャバクラの女。あたしとは違う」

「そうですね」

肯定しておくに越したことはない。

カシンさんというのは、常連であるインド人の客の名前だ。西葛西のインド人街に二十年前から住んでいて、レストランを手広く経営し、今では赤坂や新宿にも店を出すほどに成長させていると聞く。

先週、樹里はナナカさんに食事に誘われた。そんなことは初めてだったので不審に思いながらもついていくと、駅前の韓国料理店で「いいこと教えてあげよっか？」と言ってきた。カシンさんにプロポーズされたというのだった。カシンさんはさらに、結婚した暁にはナナカさんに店を持たせてくれると約束したらしい。

「たぶん、来年の初めくらいには、あたし、店、辞めると思う」

「へぇー、おめでとうございます」

怪しいものだ。昼キャバの客にだって、「俺の愛人になったら、店の一つでも持たせてやるよ」くらい言う客はいる。池袋店にいた頃、樹里も二回くらいはそんなことを言われたことがあるけれど、本気にせず、笑って適当にやりすごした。今ではその客の顔すら覚えていない。

「今のところは絶対に内緒だからね」

ナナカさんはそう言った。にもかかわらず、次の日出勤したらさっそく夏帆に「ねえねえ知ってますか、ナナカさん、あのインド人にプロポーズされたらしいですよぉ」と耳打ちされた。自分で言いふらしているのか、自慢する相手を間違えているのか。たぶんその両方だ。マリの耳にも当然、その情報は入っているに違いない。

金曜日だけ昼シフトに入っている、ナナカさんと同じくらいの年齢の女性だ。

カシンさんにプロポーズされて舞い上がっているという情報を耳に入れたマリはきっと、「調子に乗るなよ。そんなのは羽振りのいい客のリップサービスだからな」ということを仄めかしたくて、ナナカさんに連絡したのだ。

樹里にはどうでもよかった。ナナカさんの中身のない惚気も、マリの意味のない優越感も。願わくば早くこの猛暑から逃れて、控室に戻りたい。

「ナナカさん、ここ、暑くないですか？」

「八月なんだから暑いのは当たり前でしょ」

涼しげに言うと、ナナカさんは膝に載せていた小さなバッグからタバコの箱を取り出す。同時に、小さなビニールパッケージが落ちた。樹里はとっさに拾った。

「落ちましたよ」

「あ、それ。友だちからもらったクレンジングオイルのサンプル。すっごいよく落ちるし、エチゼンクラゲのコラーゲン配合とかで、使用後つるっつる。あげるわ、口止め料」

「……けっこうです」

樹里はサンプルを返す。「あ、そう」と別に残念そうな様子もなく、ナナカさんはバッグの中にしまった。

「そろそろ戻りませんか？　お客さん、来てるかもしれないし」

「あと一本吸ったら戻るわ」

控室でもタバコ吸えるようにすりゃいいのにね、と言いながら火をつける。樹里は頭を下げ、階段へ向かった。

八階に戻ると、控室から出てきたタヌキチとすれ違った。なんだか難しい顔をしていたが、別に話しかけることもないだろうと控室に入る。

「あ、涼しい」

夏帆はもう店の客についているらしく、控室の中には、新人のさつき一人しかいなかった。

「本当に外、暑くて嫌になっちゃいますよ」

さつきはちらりと樹里を見て、曖昧にうなずいた。

話題をつながないと気まずいと思った。

「ねえ、『うだる』ってどういう意味か、わかります？」

「はい？」

「よく言うでしょ、『うだるような暑さ』って。その『うだる』」

「あ、ああ……、すみません。わかりません」

さつきは気まずそうにテレビのほうに顔を向ける。変な話題を振ってしまったと後悔しつつ、彼女の横に腰を下ろし、置いてあった携帯扇風機をつかんでスイッチを入れた。きっと、話しかけてほしくないのだろう。

そうしてしばらく黙っていたら、

「これって、この近くじゃないですか？」

今度はさつきのほうから話しかけてきた。

テレビ画面に『刀剣専門店強盗、日本刀を盗んで逃走中』というテロップが出ており、深刻な顔をした女性レポーターが映し出されていた。

〈男は現在、行方がわからなくなっています。付近は恐怖に包まれ、住民のみなさんやお勤めのみなさんは、屋内に入ったまま出てきていない状況です〉

レポーターの背景はたしかに、よく見る街並みだった。

〈繰り返します。今日午前十一時五分ごろ、江東区住吉の刀剣専門店《あまね刀店》に目出し帽をかぶった男が押し入り、金づちで店主の男性を脅したのち、ショーケースを割り、商品の日本刀を一振り奪って逃走しました。男は奪った日本刀を鞘ごと振り回しながら四ツ目通りを錦糸町方面に向かいましたが、途中、姿を消しました。警察は男の行方を追っています。付近の方はくれぐれも、むやみな外出をお控えください〉

物騒だ。走ってくるにはこのあたりは遠いが、それでも知っている場所でこんな事件が起こったと聞くと、背筋がぞっとする思いだった。

「一振り、って数えるんですね」

　さつきが言った。

「初めて知りました。日本刀の数え方。こうやって、振るからですかね。一振り、二振り」

「そうですね、振るからでしょうね」

　答えながら、それ知ってたな、と思った。

　日本刀は一振り、二振り。箪笥は一棹、二棹。イカは一杯、二杯。……この、一生に何度使うのかもわからない単位の数々を教わったのは、やっぱり中三の頃、《大志向学塾》でのことだ。また、笹口先生の顔を思い出す。

　墓石は一基、二基。めんたいこは一腹、二腹。うさぎは鳥ではないけど一羽、二羽。蝶は虫だけど……

「蝶って、どう数えるか、知ってます？」

　質問するとさつきが樹里のほうを向いた。なんでこんなことを訊いたのか、自分でもわからなかった。このとぼけた新人と打ち解けたかったからか、それとも、純粋だった中三の頃を思い出して感傷的になったからか。

「えっ、なんですか？」

「蝶の数え方。昆虫のね」

「ちょうちょですか。一四、二四、じゃないんですか？」

「それでも間違ってないと思うんですけど、別の、正式な数え方があるんです」

「正式な……ひとひらり、ふたひらり」

「なんですか、それ」

樹里は思わず、笑ってしまった。笑われたことを悪く思った様子もなく、さつきも笑顔になる。人と人の付き合いは、フィーリングが大事だ。この子とは仲良くなれる。樹里はそう感じた。

と、そのとき、ドアがノックされた。

「失礼します」

タヌキチが顔を出す。

「樹里さん、お願いします。三番コーナー。ご新規のお客様です」

「あ、はい」

携帯扇風機をさつきの前に置いて、立ち上がる。

「これ、使ってもいいですから。考えといてください。蝶の数え方」

タヌキチとともに部屋を出た。

店舗は一階下の七階。フロアすべてを借り切って営業している。エレベーターはできるだけお客さんに使ってもらうために、従業員は天候が荒れていない限り、七階と八階の行き来は外階段を使う決まりだった。

タヌキチの開けた鉄扉から、再び猛暑とセミの屋外へ出る。八階にまだ用事があるのか、タヌキチはついてこなかった。

七階に着くと外階段用の鉄扉をきちんと閉め、光が漏れないようにしてから、店へ通じるドアを開く。店長の杉本さんが樹里を誘導した。店内はほぼ正方形で、中央に金色の蓄音機のオブジェがある。系列店すべての店内にあるシンボルで、店名の《Gramophone》も、フランス語で「蓄音機」という意味らしい。森戸オーナーが、子どもの頃尊敬していたエジソンにちなんで作らせた特注品だそうで、薄暗い店内で輝いているその造形は、やはり樹里から見ても神々しく見える（もっとも、これがなんなのか知らない女の子も多く、樹里が勤めるずっと前に勤めていた十代の女の子が「めちゃめちゃ毛量の多い人のためのドライヤーですか？」と森戸オーナーに訊いたという話は、今でも語り草になっている）。

その蓄音機を中心に、壁際にソファー席が据え付けてあり、完全にスペースが仕切られるわけではないが、なんとなく四隅がボックス席になるようにテーブルや個別の椅子が配置されているのだった。

左奥、二番コーナーの席には、すでに夏帆がついている。客は「大佐」だ。サバイバルゲーム用の武器の輸入で儲かっているという五十代の恰幅のいい男性で、いつも迷彩柄の上着にベレー帽で店に現れる。

大佐と夏帆の席から見てちょうど対角線上にある三番コーナーに、その客はいた。ノーネクタイで、半袖のワイシャツにスラックス。三十前後といったところだろう。お世辞にもおしゃれとは言えない恰好で、おしぼりで手を拭いている様子も、こなれてはいない。

「初めまして。樹里です」

挨拶をしながら、隣に腰かけた。自分でも近すぎると思うくらいの距離を狙って腰を下ろすべし。森戸オーナー直伝の極意だった。こちらから一気に相手のテリトリーに入っていくことで距離を積極的に縮めるのだ。

その客は明らかに、慣れていない反応をした。腰を浮かせて樹里から一歩遠ざかり、樹里の顔を見たのだ。

キャバクラに対する警戒心があるのかもしれない。その警戒を解いて楽しんでもらうのが女の子の仕事だと、自覚している。そのためのアイスブレイクというべき話題を、樹里は頭の中にいくつかリストアップしている。だが――、その客に限り、顔を見た瞬間、すべてが飛んでしまった。

朝から二度も思い出してきた顔だったからだ。

「笹口先生……?」

思わずロをついて出た名前に、彼の目も見開いた。

「滝川樹里か」

彼は、そう言った。

2　笹口優弥(ゆうや)

七時半に起きて、服を着替え、わずかばかりの朝食を取った。八時にアパートを出て、徒歩十五分で、《駒形珈琲研究所(こまがたコーヒーけんきゅうじょ)》の事務所兼販売所にたどり着く。同級生にして社長の鎌田(かまた)は、たいてい八時には来て、鍵を開けている。

「おはよう」

「おー、笹口」

一昨日に取り寄せたコーヒーマシンの豆の投入ケースを取り外して磨いていた鎌田は、優弥のほうを見て片手を上げた。

「早速で悪いんだけど、相談があってさ」

「相談？」

嫌な予感がした。胃がきりきりと締め付けられる気になる。

「日曜、出勤できる？」

予期していた言葉ではないことに、ほっとした。

「両国(りょうごく)の《喫茶(きっさ)マエノ》のオーナー。来週の火曜日、予定、入っちゃったんだってさ。で、やっぱり日曜日に来てくれって」

「ああ、もちろん大丈夫」

「そうか、助かるよ」

鎌田はケースをマシンの中に設置するのに苦労しているようだ。

「笹口、お前これ、わかる？」

「ん？　貸してみ」

優弥はケースを受け取り、マシンの穴の中に入れようとした。しかし、何かが引っかかり、うまく嵌まらない。強引に押し込もうとすると、

「ああ、やめろよ、壊れたらどうするんだ」

すぐに止められた。

「もういいよ。新井にやってもらうから」

笹口の胃は、また痛んだ。昨日も新井の夢を見たくらいだった。

「笹口、今日はもう、帰っていいや」

鎌田は言った。

「帰っていい、って？」

「代休取ってよ。日曜の代わりにさ」

「いや、でも……」

「わかるだろ。ないんだよ仕事が。代休取ってもらったら都合がいい」

休みは、来月まとめて取るつもりだった。

「営業に回るよ。手を広げてさ、新宿のほう」

「ダメだよ、笹口。お前ここのところ、全然成績上がってないじゃん」

「まだ未開拓のほうなら」

「もういい加減わかれよ。無理なんだって。お前に営業なんて。新井に任せるからいいよ。それに、新宿のほうなんて、別の業者がもう契約取ってるよ。遠いところ行ってどうするんだよ」

かつての同級生から笹口に向けられる言葉は、辛らつになっていた。

「それより、新しいマシンの扱い方とか、豆のことか、しっかり覚えてもらわなきゃ。お前、頭いいんだろ?」

「おはようございます」

新井が出勤してきた。ニューヨーク・ヤンキースのロゴの入った帽子を取り、頭を下げる。

「おはよう新井、待ってたよ。なあ、これ、嵌められる?」

「ええと、ちょっと待っててくださいね。汚れたら困るから」

新井は奥へ行って手を洗う。その姿を見て、優弥は自分が手を洗わずにケースに触れたことを思い出していた。鎌田もそれに思い当たったようだが、悲しげな目で優弥を見ただけで、何も言わなかった。

「お待たせしました。あー、これですね」

新井はマシンの裏のレバーを押さえ、ケースを入れた。ものの見事に嵌まった。マシンさえも、新井の出勤を待っていたかのようだった。

「そうかあ、これを押さえてからやらなきゃいけないのかあ」聞こえよがしに言って、鎌田は優弥のほうに視線を移した。このままじゃお前の居場所は、もうすぐなくなるぞ。そう言われているようだった。

結局、無言の圧力に耐えきれなくなり退社した。

セミの声が響く中、足元を見ながらつい十分ほど前に通った道をとぼとぼと歩いていたら、どすんと何かがぶつかってきた。顔を上げると、小学生くらいの女の子だった。

頭髪をお団子状にし、Tシャツと短パンというラフな恰好。肩にダチョウが首を曲げた形の妙なビニールバッグをかけている。

「どこを見て歩いてるんですか」

「ああ、ごめんね」

「ダンスの練習に遅れちゃう。そのあと、夏期講習です」

訊いてもいないのに自分の予定をまくしたてると、優弥の顔を睨みつけた。

「せっかくの夏休みだっていうのに、冒険しないでどうするんですか」

冒険だって？　俺に言っているのか？　――優弥の疑問など知らないというように、彼女は猛ダッシュで去っていく。後ろ姿を見送る優弥の中に、変な子だという気持ちと、苦いものが共存していた。

夏期講習……。

アパートに帰りつき、布団に体を投げ出す。エアコンをつける気にもなれなかった。

鎌田のもとを、自分から去ってやろうか。そう考えたのは今回が初めてではない。だが、去ってどうなるというのか。自分にはもう、何も残っていないのだから。

――お前、頭いいんだろ？

鎌田のあの勝ち誇った顔はどうだ。中学の頃の同級生が今の俺を見たら、なんと言う？

優弥は頭を抱え、うずくまる。

中学の頃、優弥は成績優秀者だった。定期テストでは必ず、一番か二番の成績を収めていた。幼い頃に両親が離婚し、母は女手一つで、兄と優弥を育てた。優弥が少しばかり勉強のできる頭を持っていると知った母は生活を切り詰めても、優弥を評判の塾に通わせた。優弥は母の期待に応えるべくますます猛勉強をし、都内でトップクラスの高校に合格したのだった。

高校一年生の頃に母が体調を崩して収入が激減してからも、優弥は猛勉強を続けた。予備校に通う金はなく、大学も奨学金が出るところでなければ行けそうになかった。勉強の甲斐あってその望みは叶えられたものの、母の病は一向によくならず、高校を出て働きはじめた兄の収入に頼り切りになっていた。

家計を補うべく、アルバイトをするようになった。《大志向学塾》――中学校時代に世話になった、学習塾での講師だった。

その塾は、北条花江という女性が塾長を務めていた。自身も難関大学出身の彼女はかつて高校の教師をしていたらしいが、二十八歳で辞めたあと、高校受験のための独自のメソッドを編み出し、塾を開いたのである。花江塾長の専門は英語で、自ら編集した十冊にわたるテキストをもとに、何人もの中学生を難関校に合格させてきた。

優弥は国語を担当することになった。もともと他人に勉強を教えるのが好きな優弥は、瞬く間に人気講師となった。稼いだアルバイト代のほとんどを家計の足しにしていた優弥は、遊びらしいことはほとんどしなかった。――いや、一つだけ苦い思い出があるが、それは心に封じている。

大学時代はあっという間にすぎ、就職活動の時期になった。

優弥は、人生初の挫折を味わうことになった。

エントリーシート審査を通過しても、面接がうまくいかないのだった。優弥を悩ませたのは、どこの企業でも訊かれる、この質問だった。

あなたは学生時代、何に力を入れてきましたか。

力を入れてきたことといえば、学習塾の講師のアルバイトである。しかし、そんな経験をしている学生など、ごまんといた。

他人と違う点をアピールしましょう。就活セミナーで当たり前のように言われるアドバイスは、いつも優弥を悩ませた。自分に、アピールできる他人と違う点などあるのだろうか。テストの成績がいいこと。勉強ができること。そんなことで褒めてもらえるのは大学受験までなのだということを思い知った。

就活をテストや勉強と同じようなものととらえればいいじゃないか。要領のいい同級生はそう言って笑っていた。どこの面接会場でも受けのいい彼は、就職活動そのものを楽しんでいるように見えた。

ある朝、優弥はベッドから起き上がろうとして、どたりと床に倒れてしまった。強烈なめまいと吐き気に襲われてトイレに駆け込んだが、唾以外に何も吐き出せず、しかし嘔吐感だけは残った。

ストレス性のものだと医者は言い、心理療法士を紹介された。

何か、とても嫌なことに立ち向かっているのではないか。嫌なことを嫌と、自分自身の中で認められないのではないか。心理療法士にはそう告げられた。

嫌なこと……その正体がなんなのか、優弥にははっきりとわかっていた。

優弥は、就職活動をやめた。

一週間ほど、大学にも塾にも行かずに家にいたところ、花江塾長が心配して家に来てくれた。優弥は涙を流し、洗いざらい話した。すると花江塾長は言ったのだった。

「だったら笹口くん、私の塾を引き継ぎなさい」

花江塾長は六十代も後半を迎えようとしており、塾を続けていくのは体力的にきつくなっていたのだ。

「もう何年も前から引退は考えていたんだけど、地域の期待の声があってなかなかやめられなくてね。笹口くんが大学を卒業してからあと一年は頑張るわ。そのあいだに、経営のことや、保護者面談のやり方、いろいろ教えてあげるから」

優弥はこれに従った。ありがたくもあったし、塾長に対してはある引け目もあったからだった。

約束どおり、大学を卒業してから一年間、花江塾長に経営を教わりつつ、講師としての実力にもさらに磨きをかけていった優弥は、「笹口塾長」と名乗るようになった。学生講師だった頃に世話をした卒業生たちや講師たち、優弥の母親や兄、そして恋人の紗枝(さえ)……みんな、新生《大志向学塾》を応援してくれ、すべては順調だった。

初めのうちは——。

やめよう。布団から身を起こし、優弥は頭を振った。

過去のことを思い出してどうなるというのだ。《大志向学塾》は、なくなる運命だった。

——花江塾長もそう言ってくれたじゃないか。

キッチンへ行き、冷蔵庫を開ける。二リットル入りのスポーツドリンクのペットボトルに直接口をつけて流し込んだ。

胃の中が急に冷え、頭が痛くなる。

結婚はしないのか。

今度は、兄の声が聞こえた気がした。

二年ほど前から、母はしきりに、茨城の実家に帰りたがるようになった。兄は会社を辞め、母についていった。すぐに向こうで仕事を見つけ、ほどなく結婚相手まで見つけた。兄の妻はとても性格が明るく、共働きながら、母の世話もきちんとしてくれるという。

兄はちょくちょく、電話をかけてくる。最近かけてきたのは、先週の水曜日だった。

仕事はうまくいっているのか。ちゃんとバランスよく食事しているか。結婚はしないのか。

母さんも心配しているぞ。

「結婚だなんて」

冷蔵庫の扉を乱暴に閉めながら、優弥はつぶやく。

「今の俺には、恋愛すらできないよ」

恋愛から遠ざかってどれくらい経つだろう。紗枝と別れたのは塾があんなことになってすぐのことだから、二十五歳のとき。もう三年も前だ。付き合いはじめの頃は、塾の経営もうまくいっていたし、野心もあった。もう少し軌道に乗せたらプロポーズしようと本気で思っていた。

塾があんなことになってからも、彼女は支えようとしてくれた。態度が変わったのは自分のほうだとわかっている。優弥は、紗枝の気持ちから逃げたのだ。

まともに女性と話すことすら、あれ以来、していない。

女性と話す……。気分転換になるかもしれない。でも、どこで。

唐突に、「昼キャバ」という言葉が頭に浮かんだ。

その言葉を初めて聞いたのは半年ほど前のことだっただろうか。新しいコーヒーメーカーを納入した錦糸町の喫茶店でのことだ。

「マスター。昼キャバ、知ってる?」

カウンターに腰かけていた外国人が、突然、店のマスターに訊いたのだ。

「なんだい、そりゃ」

「キャバクラの昼間営業。たのしいヨー」

インド人だろうな、とマスターの隣でコーヒーメーカーを据え付けながら、優弥は思った。

浅黒いアジア系の顔立ちで、青い宝石のようなものがついたターバンを巻いている。ペイズリー柄の開襟(かいきん)シャツに、黄金のネックレス。指には高そうな宝石のついた指輪が二つ。何をしていのるか知らないが、羽振りがよさそうだった。

「昼間から営業していて、行く客なんかいるのかい？」

「ひまな人、行く。ワタシ、ひまな人、インド代表。モテモテ、インド代表」

「そんなターバンでモテるものかね」

「サムライ、刀差す。インド人、喜ぶ。インド人、ターバン巻く。日本人、喜ぶデショー？」

妙な論理だと思ったが、コーヒーメーカーに意識を集中させた。

「ねえ、マスターも行こうよ。昼キャバ」

「行かないよ。カシンさんみたいにお金、持ってないから」

「お金かからない。夜より」

「店、閉めるわけにはいかないだろ。一人で行ってきな」

「えー、つまらない。……あなた、どう。昼キャバ」

インド人は突然、優弥に話しかけてきた。

「え、ええと、私はまだ、仕事がありますから」

「こちらさんはお客さんじゃなくて業者さん。邪魔しちゃダメ、カシンさん。はい、ブレンド」

「あなた業者さん？　ワタシ、カシンさん」

マスターの出したコーヒーを一口飲み、「にがいネ」とカシンさんは顔をしかめた。

「これ、甘納豆入れたらイインジャナーイ？」

「甘納豆？」

「苦いと甘いで、とんとんジャナーイ？」

「砂糖、入れなさいよ」

「甘納豆、おいしいヨー。ワタシ、日本の食べ物で、いちばん好き」

コーヒーに甘納豆なんて、鎌田に聞かれたらなんと馬鹿にされるかわからない。とにかく、その、特徴的な片言が、はっきりと優弥の脳裏にこびりついて離れないのだった。

カバンからスマホを取り出し、「昼キャバ　錦糸町」と検索する。結果をスクロールし、該当する店を三軒、見つけた。値段を比べ、手ごろな店が正午に開店すると書いてあるのを確認した。

——せっかくの夏休みだっていうのに、冒険しないでどうするんですか。

さっきのダチョウ少女の言葉に、背中を押されるようだった。どうせ家にいても気が滅入るだけだ。

そして十二時三十分、優弥はＪＲ錦糸町駅から徒歩数分のそのキャバクラのビルの前にいた。ネオンのついた路上の看板は、当然ながら光っていない。焼肉店の店舗の脇にある、小さな扉を入り、奥のエレベーターを使う。七階で扉が開くと、目の前にすぐ受付カウンターがあり、黒い服に身を包んだ細身の男が微笑みかけてきた。

「いらっしゃいませ」

薄暗い。カーテンの向こうが店舗になっているらしい。がはは、と中年男性の豪快な笑い声が聞こえた。

「当店は初めてですか？」

「はい」

「ご指名の女の子はいらっしゃいます？」

「いえ、いません……」

「ワンセット六十分五千円になりますが、よろしいですか？」

「はい」

「ハウスボトルはウィスキーか焼酎か、どちらになさいますか？」

ハウスボトルというのは、セット料金に含まれるお酒のことだよな、と、先ほどスマホで予習した知識を頭の中で復習し、ウィスキーと言った。本当は別料金のビールを頼んでもいいが、調子に乗って頼みすぎると、サービス料やらなんやらが加算されてえらい金額になるとネットの書き込みにあった。現金は多めに用意してきたのにと、自分の防衛本能が哀しくなる。

店員は優弥を店内へ誘導し、手前、右隅の席へ案内した。

「こちらで少々お待ちください」

店員は去っていく。優弥の他に客は一人で、がははと笑っているのはその男だ。「やぁだ、大佐ったらぁ」と女の子の甘ったるい声も聞こえてくるが、店の中央にある黄金の蓄音機が邪魔で、どんな客とどんな女の子なのか、見ることができない。

「初めまして。樹里です」

しばらくして、女の子がやってきた。驚くほど優弥に密着する位置に彼女は腰を落としてきた。体温と香りが同時に感じられ、よけるように身を動かし、彼女の顔を見た。

どこかで、見たことのある顔だった。

樹里という名前が、甘い思い出とともに頭の中で膨張する。

「笹口先生……？」

彼女は言った。決定的な言葉だった。優弥はすぐに、応じた。

「滝川樹里か」

3　滝川樹里

まさかの再会にしばし、呼吸を忘れた。

「滝川樹里か」という問いに、「はい」と答えたことで、うしろめたさは吹き飛んだ。店でもその名前でずっとやっている。気分を落ち着かせながら名刺を取り出し、手渡した。

「どうぞ」

滝川樹里。そう書かれた名刺を、笹口先生はまじまじと見つめている。私よりむしろ先生のほうが恥ずかしいだろう。昼キャバで、元教え子と再会だなんて。

「お作りしますけど、飲み方、どうされます？」

ハウスボトルを見て、自然に言った。

「ああ、水割りで」

先生も、普通に返す。「はーい」とうなずき、水割りを作っていく。

次に、どういう言葉をかけていいのか、樹里はわからなかった。

塾のことを訊くのが自然か――と思ったけれど、それはNGだとすぐに思い直す。引退した花江塾長に代わり、笹口先生が《大志向学塾》を引き継いだことは噂で知っていた。のちに不祥事で塾そのものがなくなったことも。当時はそれなりに心配したけれど、もう塾自体と疎遠だったし、笹口先生に会いに行くこともなかった。

塾のことは、笹口先生のほうから言い出すまで、口にするまい。でもそれだったら、何を言えばいいのか。思いつかないまま、水割りを作り終えてしまった。

「どうぞ」

「ありがとう」

こういうところ、よく来るんですか。……初めての客に対するこの常套句は使えないだろう。何か、詰問しているニュアンスが出る。今日ちょうど、先生のこと考えていたんですよ。……これでは離れていた距離を急に縮めすぎだし、変に思われる。

「私も、飲んでいいですか？」

結局、普通のことを言ってしまった。

「あ、ああ、ごめん、気づかなくて」

笹口先生は飲みかけた水割りを置き、慌てた調子でテーブルの上のメニューを樹里に差し出す。

「どうしよう。ソフトドリンクにしようかな」

「アルコールは？」

「飲めます」

何を優等生ぶっているのか。「すみませーん」と呼ぶと、杉本店長がやってきた。

「モスコミュールをください」

「ありがとうございます」

店長は笹口先生に微笑み、裏へ去っていく。そしてまた、沈黙だ。

「驚いたな、樹里に会うなんて」

笹口先生のほうから言った。

「私も……びっくり」

「もう、何年になるかな」

「塾を卒業して八年目、ですかね。私もいろいろありました」

私のことは訊いてくれるな。そういう意味を込めた。

「あの頃の友だちとは、連絡を取ってるのか？」

「いいえ。もうすっかり音沙汰（おとさた）なしです」

「そうか。……同じ学校から通っていた仲の良かった子、いただろ。松田、いや、松本

……」

「清美ですね。松下清美」

「そうそう、松下だ。彼女とも全然会ってないのか？」

「全然です。昔は、姉妹に間違えられるくらいに仲が良かったのに」

「同学年で姉妹だったら、双子だ」

「そこまでじゃないけど、顔が似てるって言われたことはよくありますよ」

「まさか」

笹口先生は水割りを一口飲み、グラスを置いた。

「二人とも優秀だったけれど、樹里のほうが可愛かったよ」

どこか、感慨深げな口調だった。口説いてるんですか、と言おうとして飲み込んだ。

「でも勉強は清美のほうが上でしょう。なんてったって、鳩邦女子学園ですから。まあ、おしゃれとかは、私のほうが早かったですけどね」

笹口先生は、横目で見てきた。

はっとした。敵意というか、不審のようなものが笹口先生の目の中に見て取れた。さっきまで打ち解けたような感じだったのに。久しぶりに会えて、嬉しかったのに。

樹里のほうが可愛かったよ。

それに対する返答を間違えたとでも言うんですか。でも、しょうがないじゃないですか。私だって……こんな気分にもなりますよ。

溝ができていた。こんな気分じゃ、笹口先生も嫌だろう。

「やっぱり、別の女の子にしてもらいます？」

「いや」

「今日ちょうど、新人の子が入って。私なんかより彼女のほうが楽しいですよ、きっと」

腰を浮かせたところで、右手首をつかまれた。

「樹里がいいんだ」

鼓動が一気に速くなる。笹口先生の、右手。

「すみませーん、お客様」

トレイにモスコミュールを載せた杉本店長が目を光らせながら近づいてくる。

「女の子へのタッチはご遠慮いただいております」

「すみません」

笹口先生はぱっと手を離す。杉本店長は二人の顔を見比べ、ただならぬ雰囲気を察したようだった。

「お客様、何か樹里さんが失礼なことをしましたか」

「いえ。ちゃんと、水割りも作ってもらいましたし。あの、指名っていうのをすると、樹里さんはずっとこの席にいてくれるんですよね」

「ええ。ご指名でよろしいですか？」

笹口先生はうなずいた。杉本店長は「大丈夫？」と小声で訊ねてくる。樹里はうなずいた。

「樹里さんご指名、ありがとうございまーす」

上機嫌でモスコミュールを置き、杉本店長はまた去っていく。

「……いただきます」

モスコミュールのグラスを、笹口先生のグラスと合わせ、樹里は一口飲んだ。胸中（きょうちゅう）とは裏腹に、ジンジャーエールの透き通った甘みが心地よかった。

「夏は、冷たいモスコミュールに限ります」

冗談めかして言うと、笹口先生は「そう」と生返事をし、グラスを置いた。

「二年前から一人暮らしをしててね」

全然、関係ないことを話し出した。「そうなんですか」と調子を合わせる。

「まだ、あの塾の近くですか」

「いや。でも、窓を開けたら東京スカイツリーが見えるのは変わらない」

そして笹口先生は、樹里が正面から見えるように、体勢を変えた。

「思い出すよな。二人で行ったこと」

中学生の頃、好きで好きでたまらなかった笹口優弥先生の顔が、そこにはあった。

4　笹口優弥

滝川樹里は、忘れえぬ生徒だった。

出会ったのは優弥が大学一年生のとき、初めて受け持った中二の国語の授業でのことだった。《大志向学塾》は、各学年二十四、五人の生徒しかとらない少人数制の塾だ。生徒たちは、成績上位のAクラスと下位のBクラスに分けられる。樹里はBクラスだった。

初回の授業の内容など覚えていない。ただ、十二人の生徒の中で、目鼻立ちの整った彼女は、いちばん目立っていた。

優弥が運命を感じるようになったのは、その年の秋のことだった。成績の上がった滝川樹里がAクラスに入ったのだ。

「先生、ちょっといいですか」

ある日、授業が終わったあと、優弥は樹里に声をかけられた。

「私、先生のおかげで、Aクラスに上がることができました」

「滝川が頑張ったからだろう」

「頑張れたのは、先生のおかげです。だって、先生の授業、長く聴きたかったから」

心臓をつかまれたような気がした。

《大志向学塾》では、講師と生徒の個人的な連絡先の交換は禁じられていたが、当時の優弥はそのあたりのモラルは未熟で、次の週には、毎晩メッセージを送り合うようになった。

中には、樹里が優弥に恋愛感情を抱いていると感じさせる内容もあった。五歳も下の中学生に……と、頭の中ではわかっていたが、優弥は大学でも、気づくと樹里のことを考えるようになっていた。塾の授業中でも樹里と目を合わせ、秘密の合図めいたもので通じ合っているような気になった。

五歳という年齢差は、大学生と中学生と考えるから離れているように感じるが、大人になればなんでもない。そう言い聞かせて妙に自信がついたような気にもなった。今はダメでも、樹里が大学生になる頃には、交際に発展させられるかもしれない。そうしたら、二人でどこかに出かけよう。そういうメッセージを送ったこともあった。

優弥と樹里が初めて二人きりで出かけたのは、樹里が大学生になるよりずっと早かった。優弥が大学二年生、樹里が中学三年生の五月のことだ。

きっかけはその前の晩、樹里から「私、まだ、スカイツリーに行ったこと、ないんですよね」というメッセージが来たことだった。

今となってはなぜそんなに大胆だったのかわからないが、「明日、行ってみるか」と返信した。樹里は舞い上がった。

何曜日か覚えていないが、平日だった。樹里は仮病を使って学校を休んだ。樹里の両親は共働きで、樹里が病欠をすることになっても二人とも仕事を休まないのはいつものことだそうだ。二人が仕事へ出たあと家を抜け出した樹里と、優弥は東京スカイツリーの下の商業施設で落ち合った。

樹里は大人びて見えるためか、優弥と一緒にいて周囲から不審がられることはなかった。平日だというのに混雑していたため、誰も二人のことなど気にしていなかったのかもしれない。

東京スカイツリーに展望台は二つある。高さ三四〇〜三五〇メートルの位置にあるプリンを逆さにしたような形状をしたほうが「天望デッキ」、そこからさらに一〇〇メートルほど上にある円盤のような形状のほうが「天望回廊」だ。天望回廊の中の四五一・二メートルの位置に、一般人が行ける最高点「ソラカラポイント」がある。天望回廊へ上るには天望デッキとは別の料金が必要で、貧乏暮らしをしていた優弥にはけっこうな出費だった。

　高すぎて現実味のない景色だ、というのが、天望デッキから下を眺めた優弥の感想だった。西には隅田川と浅草、南に錦糸町、東に荒川（あらかわ）、北に向島（むこうじま）。地理的にはわかっていても、いざ見渡してみると「すごい」というより「地図のようだ」という当たり前の感想しか抱けなかった。優弥にしてみれば、景色そのものよりも、感動して顔を輝かせている樹里、そして、樹里とすごす時間の一秒一秒のほうがずっと愛（いと）しかった。

　さらに上って天望回廊。

天望デッキとの景色の違いなど覚えていない。覚えているのは、景色を眺めはじめて十五分ほどしたときのことだ。「ソラカラポイント」にしばらく滞在していたら、周囲に二人以外誰もいなくなった瞬間があった。樹里が不意に、優弥のほうへ顔を向けた。

　そして、目を閉じた。

　優弥は東京二十三区で最も天に近いその場所で、樹里と唇を重ねた。

*

「楽しかったなあ」

樹里ではなく黄金の蓄音機のオブジェのほうを見ながら、優弥は言った。

「楽しかった……ですね」

樹里はモスコミュールのグラスの表面のしずくを、紙ナプキンで拭う。優弥のほうを向かず、調子を合わせたような言い方が、寂しさを感じさせた。

あれから八年も経つのだから仕方がないということか。

不意に、樹里は顔を上げた。

「『天望デッキ』の字が違うんじゃないか、って、先生、言いましたよね」

「ん?」

「ほら、東京スカイツリーの天望デッキって、『展開』の『展』じゃなくて、『天気』の『天』って書くじゃないですか。実はあれってわざとなんですけど、先生、すぐに指摘したから、さすが国語の先生、って思いましたよ」

「そんなこと、あったかな」

「ありましたよ」

樹里が言ったのならあったのだろう。いや、あの頃はまだ、自分が国語の講師だという意識がどこかにあったから、照れ隠しの感情もあって言ったのかもしれない。

自分の覚えていないことを樹里が覚えていたことが嬉しかった。

キスのことは、意図的に避けているのだろう。おそらくは、あの一夜のことも。あれは中三の夏期講習の前のことだったから、ちょうど八年前になるのだろうか。

樹里が作ってくれた水割りを一口飲む。味はだいぶ、薄くなっていた。

「お泊まりしたこともありましたよね」

不意に樹里が言ったので、グラスを落としそうになった。

「あれは、三年生の夏期講習の直前。たしか、七月の十八日だったかな」

今度は、優弥の目を見つめ、はっきりと覚えている口調で言った。

「私、『清美の家でお泊まり勉強会をするから』って親に嘘をつきました。清美にも協力してもらって」

開き直ったような口調だった。あの頃の気持ちはもうない、という意思表示のようだった。

「……そうだったな」

「あれ、なんていうところでしたっけ？」

話を続けようというのは、どういう心理なのだろう。

「鬼怒川温泉だ」

それでも、優弥は答えた。

「そうそう、鬼怒川温泉」

一泊したい、と言い出したのも樹里のほうだった。樹里は親友の松下にアリバイを作ってもらい、親に内緒で一泊の時間を作り出したのだった。たしか松下にも「年上の彼氏と泊まりに行く」とだけ言い、その相手が優弥だということは秘密にしていたはずだった。

しかしこの旅行は、スカイツリーのときと比べ、思い出しても胸の高鳴りはない。旅行中、何度かキスはしたし、一線を越えるかもしれないという高揚感もあったはずだ。だが、すべては樹里の一言で壊れてしまった。

――「これで、先生とは終わりにしようと思います」

受験勉強に身を入れたい、というのが第一の理由だった。樹里への想いもありながら塾講師の立場もわきまえたかった当時の優弥は、これに納得させられた形になった。

いや、あの一言に気持ちが冷めたといったほうが正直だろう。気にすまいと言い聞かせてきた五歳の年齢差が、一瞬にして二人を隔てた。きっと樹里のほうは、どこかのタイミングで、優弥より先にその隔たりを感じていたのだろう。

それ以降は二人で会うこともなくなり、夏期講習が終わる頃にはメッセージのやりとりもなくなっていた。十月には優弥は、大学で知り合った同級生を恋人にしていた。

樹里が志望校に合格し、塾の祝賀会で「おめでとう」と声をかけ、「ありがとうございます」と返事をされたのが、最後の会話だった。ただの講師と、ただの塾生の挨拶だった。

樹里の手によって、優弥のグラスにハウスボトルのウィスキーが注ぎ足される。優弥が黙っているので、鬼怒川のことはこれ以上話題にすべきではないと樹里は判断したようだった。賢明だ。

「涼しいネー」

そのとき、無遠慮なほどの大声が入り口のほうから響いた。杉本という黒服の男が、客を誘導してきた。

「あ」

優弥は思わず、声に出してしまった。目鼻立ちの整った浅黒い顔に、ペイズリー柄の開襟シャツ。そして何よりも特徴的な、頭のターバン。

「どうぞこちらへ」

彼が通されたのは、店の奥の隅の席だ。優弥から、しっかり顔が見える位置だった。

「カシンさん。ボトル、お出ししますか」

カシンさん。そうだ、間違いない。「昼キャバ」という単語を、優弥の脳内に刻み込んだ張本人だった。そういえばあの喫茶店は、この店の近くではなかっただろうか。

「うん。出してー。あー、大佐ー。ゴブサター」

開襟シャツの襟元をばたばたさせながら、カシンさんは向こうの客に手を振っている。常連客どうしのようだ。その流れで優弥をちらりと見たが、覚えていないようで、すぐに店員のほうへ目を戻した。

「あと、かき氷ネー」

いるだけで場の雰囲気を変えてしまう人というのは確実にいる。カシンさんは、この店にとってそういう客だ。

声が大きいからですよぉ、と夏帆は言うけれど、それだけじゃないと樹里は思っている。笑い声なら大佐だって大きい。ターバンをかぶったインド人というインパクトもあるだろう。真似（まね）のしやすいカタコトもあるだろう。底抜けの明るさもあるだろう。とにかくカシンさんというのは、初対面の人を惹きつけてしょうがないタイプの人なのだった。

現に、笹口先生の口から語られる二人の思い出話に切なくなっていた胸の中は、だんだん落ち着きを取り戻している。そして笹口先生も、じっと、カシンさんのほうを見たままだ。

「先生。他のお客さんをジロジロ見ないでください」

心の中の切ない塊を溶かすように、樹里は言った。

「そうだな、すまない」

笹口先生は、水割りに口をつけた。

「いらっしゃいませ、社長」

カシンさんのテーブルに、タヌキチがキープボトルとかき氷を持ってきた。

「ありがとー、タヌキチ」

「外は暑いですか、社長」

おべっかのつもりなのか、タヌキチは経営者のお客は誰でも社長と呼ぶ。

「暑い。インドくらい暑い」

「今ナナカさん呼んだのでお待ちを。それから社長、本日、新人の女の子を一人、ヘルプでつかせていただいていいでしょうか」

「いいヨー」

「ありがとうございます」

ボトルとかき氷を置いて、タヌキチは去っていく。カシンさんはさっそく長いスプーンを取り、かき氷を食べはじめた。

「かき氷なんてあるのか」

笹口先生はどうしても、カシンさんが気になるようだった。

「この時期だけ。千円ですけど、食べますか?」

「別に食べたいわけじゃないよ」

「これ、甘納豆、のせたらイインジャナーイ?」

カシンさんの大きな独り言が聞こえてくる。

「甘納豆、おいしいよ。ワタシ大好き、日本の食べ物でいちばん好き」

「やっぱりだ。間違いない」

笹口先生が言った。

「何が、『間違いない』んですか」

「あ、いやいや、こっちの話」

文法だろうか、とふと考えてしまう。どうも笹口先生には国語のイメージがつきまとう。訊いてもいいだろうか、と思った。いいだろう。私をこんな気持ちにさせたのだから、話しにくいことだって、話してもらわなければ。

「先生。もう、塾やってないんですよね」

「ん？　ああ、知ってたか」

やはり、言いにくそうに口ごもった。

「いきさつはそんなに知らないんですけど。噂で」

「ああ、そうか」と、先生は水割りを飲み干す。ペースが速くなっているなと感じながら、樹里はそのグラスに氷を入れ、ウィスキーを注いだ。

「この際だから全部話すよ。……花江先生から完全に塾を受け継いだのは、俺が大学を卒業した翌年、だから、樹里が卒業して四年目のことだな。俺はアルバイト情報誌を見て面接に来た学生の中から、優秀そうな講師を三人雇った。三人は実際優秀で、受験テクニックはもちろんのこと、生徒たちを惹きつける魅力もあったよ」

口を潤すように、樹里の作った水割りを、先生は飲んだ。

「塾を引き継いで一年目は難関校にも合格者を出すことができて、花江塾長の頃よりよくなったんじゃないかと地域の人たちにも褒められたんだ。だけど……二年目にそれは起こった。起こってしまった」

声が大きくなってきた。酔っているようだった。グラスを傾け、さらに先生は続けた。

「忘れもしない。矢口という学生講師だった」

誰でも知っている難関大学の名前を出して、そこの学生だと笹口先生は口にした。

「もちろん成績は優秀で、生徒を見下すこともなく、指導は丁寧だった。字も綺麗だったし、中学生を引っ張る元気もあって、頼りにしていた。だけど」

と、興奮した様子でグラスをあおる。水割りはなくなってしまった。

「作ってくれるか？」

「はい……」

樹里の手つきを見つめながら、笹口先生は続ける。

「矢口は、インカレサークルで知り合った他大学の女子学生を友人たちと部屋に連れ込み、泥酔させて乱暴したんだ」

ニュースにもなったよ、と笹口先生は言った。矢口という講師は大学を追放された。

「そこからは転落の一途だ。矢口の不始末と塾の実績は関係ないと擁護してくれる保護者の方もいたけれど、塾生はどんどん減っていき、その年の十一月には、塾を畳まざるを得なくなった。個人経営の塾なんて、本当に吹けば飛ぶような存在さ」

作ったばかりの水割りをゴクゴクと喉に流し込む。まるで麦茶を飲んでいるかのようだ。

「先生。もっとペースを落としたほうが」

「いいんだ。飲ませてほしい」

先生の顔は、赤くなっていた。本当はそんなに強くないのかもしれない。樹里は、軽い気持ちで訊ねたことを後悔した。塾の話は、おおむね、噂に聞いていたとおりだった。

「もういいです。塾の話はやめましょう」

樹里は先生のグラスを引き寄せ、両手で蓋をした。

「何をしているんだ。酒を飲ませて話を聞くのが、君の仕事だろう」

「ダメです」

悲しみ。今の樹里の中にある感情を、大雑把(おおざっぱ)な言葉で言えば、そうなるだろうか。さっきまでの懐かしさや、切なさはなかった。

とそのとき、

「カシンさん、ごめんなさいねー」

ナナカさんが入ってきた。その背後から、新人のさつきがついてくる。さつきは樹里の姿を認めると、なぜか両手を合わせて謝罪するような顔をした。直後、カシンさんの隣に座ったナナカさんの行為を見て、その意味がわかった。

「暑かったでしょー。これで涼しくさせてあげるわー」

安っぽくなまめかしい声を出しながら、ナナカさんは携帯扇風機のスイッチを入れ、カシンさんに当てた。さつきに貸した、樹里の私物だった。新人のさつきは押し切られてしまったのだろう。それは別にいいけれど、ナナカさんの態度が癪に障る。

と、樹里の両手がテーブルにすとんと落ちた。笹口先生がグラスを抜き取り、自分でウィスキーを注ごうとしているところだった。

「ダメですって」

「なんでだ、いいだろ！」

大声に、カシンさんやさつきがびっくりして先生を見るのがわかった。ナナカさんだけが、蔑むような目を、笹口先生ではなく樹里に向けている。

「お客さまー。大きな声は困ります」

杉本店長がやってきた。

「あまり大きな声を出されると、ご退店いただくことになります」

小さく、しかし低い声で、杉本店長はすごむ。若い頃、登山でつけてしまったという頬の傷が、こういうときには効果がある。笹口先生はさすがに怯み、「すみません」と謝った。

「かき氷、食べたらいいんじゃやナーイ？」

予想外のほうから声が飛んできた。カシンさんが、手をひらひらと振っていた。

「頭冷やす。かき氷、食べたらいいんじゃナーイ？」

「ああ……。じゃあ、一つ」

笹口先生は、小さく言った。「ありがとうございまーす」と杉本店長は破顔し、去っていく。

「あらカシンさん。あなたはターバンを巻いているから頭、冷えないんじゃないの？」

ナナカさんが余計なことを言っている。

「インド人、ターバン巻いてると、日本人、喜ぶデショ。日本人、刀差してると、外国人、喜ぶ。同じ」

やーだカシンさんたら、とナナカは笑う。さつきも、こちらの席を気にしながらも、微笑んでいた。

「すまなかった」笹口先生は謝った。

「いや、大丈夫です。飲んでもいいけど、もう少し、ゆっくりにしましょう」

「ああ……」

樹里は再び、水割りを作りはじめる。今度はかなり、薄めに。あたりさわりのない話題に変えよう。

「今は、どういう仕事をしてるんですか？　やっぱり、どこかの塾で？」

「いや、小さな、コーヒーコンシェルジュの会社だよ」

「コーヒーコンシェルジュ？　なんですか、それ」

樹里が置いた水割りのグラスを、笹口先生はじっと眺めている。

「コーヒーマシンの輸入と販売。あと、コーヒー豆の相談にも乗ったりするし、喫茶店の前にある、『淹れたてコーヒー』って書かれたのぼりを制作して販売したり……。まあ、喫茶店相手の相談窓口というか、便利屋というか」

「へぇー。先生、コーヒー、好きでしたっけ？」

「いや。アルコール以上に、カフェインに弱い」

やっぱりアルコールに弱いのか、と樹里が思っているそばから、また先生はグラスを取った。

「中学の頃の同級生がやってる個人会社なんだ。コーヒーコンシェルジュなんて言葉も、正式にあるかどうかわからない。もともと、そいつの親父がコーヒー好きで始めたんだけど、体を壊して鎌田……そいつの名前、鎌田っていうんだけど、鎌田が継ぐことになった」

また水割りを一口。止めようかと思ったけれど、先が聞きたかった。

「俺の塾がダメになったのと、ちょうど同じ時期だったよ。鎌田は聞きつけて、声をかけてくれたんだ。『一人じゃ不安だから、手伝ってくれよ』って。嬉しかったなあ……」

また、飲む。

「よかったですね」

「よかった……。まあ、よかったんだろうな。カフェインのダメな俺を雇って。コーヒーの味なんて何も知らない、コーヒーメーカーを扱わせれば壊す、そんな俺を雇って」

なんでこんなに卑屈なのだろう。

「中学の頃、鎌田の成績は下の下だった。俺は定期テストのたびにあいつに勉強を教えたよ。俺のおかげで高校にも合格できたって、鎌田は言っていた。その恩返しのつもりだったんだろう。でも、今はどうだ。かつて自分に勉強を教えてくれた俺が、仕事のできない社員になってどうだ。見下して気持ちいいだろう。よかったんだよ、あいつにとって。俺を雇ったことはな」

醜い。そう思ってしまった。

何杯目かの水割りはもう、空になってしまった。ハウスボトルをすべて飲み干す勢いだ。

「新井っていう二十代の社員がいるよ。高卒で、『徒然草（つれづれぐさ）』の読み下しもできないだろうが、コーヒーの味は見極められる。二次方程式なんて解いたこともないだろうに、初見のコーヒーマシンを、十年愛用しているみたいに使いこなせる。惑星と恒星と衛星の違いもわからないだろうに、コーヒーを淹れるしか能のない喫茶店の店主どもと話を合わせることにかけては……」

「辞めればいいじゃないですか」

樹里は遮った。

「先生には向かないですよ、その仕事。塾講師の仕事なんて、いくらでもあります。経営者じゃなくたっていいじゃないですか」

笹口先生はせせら笑った。

「経歴を調べられたらどうなる？《大志向学塾》は、業界では悪名高い」

「まじめな気持ちでやったら、大丈夫ですよ。先生は、頭がいいんですから」

「お前まで、それを言うのか！」

グラスがテーブルに叩きつけられた。水割りの飛沫が散り、氷が飛び出た。

「森戸はいるかあっ！」

すべてを壊すような叫び声が店内を駆け抜けたのは、そのときだった。

6　笹口優弥

外は猛暑のはずなのに、その男は黒い長袖にデニムという恰好で、目出し帽をかぶっていた。手に持っている細い棒状の金属が、きらりと光を反射させる。バーベキューで使う金串かと優弥は一瞬思ったが、全然違った。

日本刀だった。

「森戸、出てこい、森戸っ！」

長髪の店長が飛び掛かっていくが、びゅんと鼻先を日本刀がかすめてその体は固まった。

「森戸を出せ」

「お、オーナーは今、別の店舗に……」

「なんだと？　今日はここの視察のはずじゃ……いや、いいから呼び出せっ！」

「え、ええと……どういったご用件でしょうか」

「それは森戸に直接……おい、てめえ、何やってんだ！」

男は日本刀を振り上げ、店の奥へ進んでいく。蓄音機に遮られ、何をしているのかは見えないが、きゃあ、やめてくださいという女の子の叫び声が響いた。

「君、乱暴はやめるんだ」「黙れ、ぶっ殺すぞ！」

そういう応酬があったあと、再び、女の子の悲鳴が上がる。男は蓄音機のオブジェを背に、優弥のほうに回り込んできた。青いドレスの女の子が羽交い締め(はがいじめ)にされ、首筋に日本刀が当てられている。

「夏帆……！」

樹里が血相を変えていた。

「今この店の中にいるやつら全員、携帯電話をここに出せ。妙な真似をするとこいつを殺すぞ」

インド人のカシンさんが、慌てた様子で尻ポケットを探る。そのすぐ隣で、「あの」と、三十に手が届きそうな茶髪の年長の女が目出し帽に訊ねていた。

「私、仕事用とプライベート用と二つ持ってるけど、その……両方？」

「当たり前だろぅ！」

男はカシンさんのテーブルを蹴飛ばした。ボトル、グラス、そしてかき氷が、カシンさんを襲う。きゃああ、と人質の女の子が声を上げた。

「みなさん、ここは従いましょう」

妙に冷静なのは、ショートカットの赤いドレスの女性だった。率先してスマホを取り出し、目出し帽の前に放り投げる。

「笹口先生も、従ってください」

樹里が、自分のスマホを出して言った。

「あ、ああ……」

優弥は我に返った。樹里に身の上話をしているうちに、自分がとことん情けない人生を送っていることが惨(みじ)めになった。体内を巡るアルコールの量が増えたこともあり、いつしか興奮していたのだろう。

先生は、頭がいいんですから。——樹里のこの言葉がここ最近の鎌田の言動と重なり、一気に沸騰(ふっとう)してしまった。怒気(どき)に身を任せ、テーブルを叩いた直後から、くらりとして何がなんだかわからなくなった。

気づいたら、日本刀を持った男が乱入していた。

優弥はシャツの胸ポケットからスマホを取り出し、樹里に倣って、男の前の床に投げ出した。

「これで全員か？　おい、誰も警察に連絡しようなんて考えるな。いいか、俺はもう人生なんてどうなってもいいんだ。人殺しなんて、なんとも思ってねえんだ」

人生なんてどうなってもいい。自分もそうなのだろうか、と、この状況に似つかわしくない疑問が頭に浮かぶ。就職活動になじめず、お世話になった塾長から塾を引き継いだが、人を見る目がなくてそれをつぶし、得意でも好きでもないコーヒーの仕事をして……。こんな人生、どうなってもいいような気さえする。

しかし一方で、遅れてきた恐怖も感じていた。こんな人生でもまだ縋りたい自分がいて、あさましくて、嫌気が差した。

「落ち着いて、落ち着いてください」

明らかに落ち着かない様子で、坊主頭のずんぐりしたボーイが目出し帽をなだめようとしていた。

「ワタシ、いいこと、思いついたヨ」

ぱちんとカシンさんが手を叩く。ターバンを外し、青い宝石のあたりをくすぐるような手つきをしたあとで、ぽいと床に投げた。

「インド人、ターバン捨てる。サムライ、刀、捨てる。これで、とんとんジャナーイ？」

目出し帽は再びその目の前のテーブルを蹴飛ばす。

「うるせえって言ってんだろ！」

再び、戦慄の緊張が走る。

「おい、お前！」

「ぼ、僕ですか？」坊主頭が泣きそうな声を出した。

「ああ、お前だ。全員を上へ案内するんだ」

「上？」

「屋上だ、知ってるだろ！　それから杉本！　お前はスマホを集めて上へ持ってこい。上で、森戸を呼び出すんだ」

「は、はい」

杉本と呼ばれた店長は、聞こえないくらいの声で返事をすると優弥の席のアイスバケツを取り、中の氷を床にぶちまけて、スマホを拾って回った。

坊主頭の店員の誘導で、優弥を含む一同は、入ってきたのとは別の扉へ促される。その先には鉄の扉があり、開くと、夏の熱気とセミの声に包まれた。最後尾から、「早くしろ！」と目出し帽はせっついてくる。二階分を上ると、屋上に着いた。なぜか中央に、派手なパラソルとディレクターズチェアがある。目出し帽男は、周囲をぐるりと囲む手すりの一隅に固まるよう、一同を促した。

「おい、森戸にはつながらないのか？」

青いドレスの女性の頸動脈のあたりに日本刀を当てたまま、彼は杉本を怒鳴りつけた。

「……い、今、かけているんですけど、なかなか」

「スピーカーにして、俺の足元に置け」

「は、はい」

スマホからは、呼び出し音が聞こえた。杉本はそれを目出し帽男の足元に置くと、急いで手すりのほうへ戻ってきた。

四〇℃に迫る炎天下、三人の客と四人のキャバクラ嬢、二人の男性店員が、祈るような気持ちで呼び出し音を聞いている。暑気と緊張、それにアルコールのせいで、優弥の頭はいっそうぼんやりしてきた。

呼び出し音は七回で途切れ、電波の届かないところにいるか電源が入っていないためつながりません、というアナウンスに変わる。

「もう一度かけろ。つながるまで解放されないと思え」

杉本がおそるおそる目出し帽男に近づきかけたところで、がくり、と、青いドレスの女性が動いた。ひざを折り、目出し帽男の腕に体重を預けている。口から泡を吹き、白目をむいていた。

「きゃああ！」

茶髪の年長のキャバクラ嬢が悲鳴を上げた。

「ナナカちゃん、しずかニー」

インド人がなだめる横で、彼女はしゃがみ込み、自分の肩を抱いて震え出す。

「熱中症にかかってしまったのかもしれません」

赤いドレスの新人らしき女の子が言った。

「夏帆さん高校の頃、ダンス中に白目むいて泡吹いて倒れたって……」

「ああ、言ってた」

樹里もうなずいた。

「外に出て、そんなに時間も経っていない。芝居だろ、立て、この女」

「やめてください。お芝居で、そんな白目なんてできません」

目出し帽に、赤いドレスの女の子は近づいていく。

「さつきさん、危ないよ、そいつ」

樹里が声をかけるが、彼女は歩みを止めない。

「早く夏帆さんを、涼しいところに運んであげてください」

「そんなこと、できるわけねえだろ。人質だぞ」

「人質には、代わりに私がなります」

「何？」

目出し帽男は少し考えていたが、「じゃあ」と、杉本店長を見た。

「あのパラソルを持ってこい。日陰にしてやる」

彼の奴隷と化した杉本は、パラソルのほうへ走り出す。

「日陰じゃなくて屋内に」

「ダメだ！」

「じゃあせめて、おしぼりとか氷とか、冷たいものを持ってこさせてください」

「ん？」と、目出し帽男は、一同を睨み回し「お前だ」と、樹里を見た。

「店から、おしぼりと氷を持ってこい」

「――わかりました」

樹里の声は、意外なほど落ち着いていた。目出し帽男の顔をまっすぐ見ている。杉本が、パラソルを持ってきた。目出し帽男はしゃがみ、夏帆という子を横たえると、すぐにさつきと呼ばれた赤いドレスの女の子の首に腕を回し、首筋に刀を突きつける。

「二分だけ時間をやる。それまでに戻ってこなかったら、こいつを殺す」

樹里はうなずき、階段へと向かう。

「樹里さん。携帯用の扇風機もです」

新たに人質となったさつきというキャバクラ嬢は言った。樹里は片手をひらりと上げ、下りていった。

「あの子、ちゃんと戻ってくるでしょうね……」

店の中でも持っていた小さなバッグを握りしめ、年長のキャバ嬢が言った。

「信じるヨー。神様よりも、樹里ちゃん。ネー、大佐」

「ああ」

「勝手にしゃべるんじゃねえ！」

刀の刃が、さつきの首筋にくいこみそうになり、一同は震え上がる。暑さの中で、優弥の視界がぐるぐる回る。やはり、酔っている。泣きはじめるナナカの向こうで、黒い塊が一歩、前に出た。

「放してあげてください」

優弥は手すりに手をついて何とか体を支え、頭を振って正気を取り戻し、目出し帽のほうを見る。坊主頭の店員が近づいていた。

「さつきさんを放して、僕を代わりに人質に」

目出し帽男の腕の中のさつきと坊主頭の店員は目を合わせ、無言の会話をしているようだった。

「なんだ、どういうことだ？」

「人質を代わるって言ってるんです。早く」

「そんなにコロコロ人質を代えてられるか、バカ野郎」

「お願いです」

焼け付くようなコンクリートに正座をし、坊主頭は土下座をした。ちっ、と目出し帽男は舌打ちをし、さつきを突き飛ばして、彼に日本刀を向けた。

「立てよ」

男の腕が坊主頭のボーイの首に巻かれる。三人目の人質となった坊主頭は「ありがとう……」と微笑んだ。どういうことなのか、優弥にはまったくわからない。

「タヌキチ、なんで？」

年長のキャバ嬢が訊ねる。

「運命なんです。せっかく巡ってきた運命だから、僕が死ぬわけ、ないんです」

タヌキチと呼ばれた坊主頭は、さつきをじっと見つめている。

「生きて帰れたら、君に告白する。だから、死ぬわけにはいかない」

「おー、美しいヨー」「まったく、わけがわかんない」「美しいね」「その子、新人でしょうよ」「てめえら、うるせえって言ってんだろ！」

真夏の錦糸町のビルの上は、混乱していた。暑さと酔いで、汗が優弥の頰を流れる。優弥は揺れる視界の中、タヌキチという男の目に、一つの言葉を感じ取っていた。

愛。

詳しくはないが、キャバクラで働く男の店員は、店の女の子に手を出してはいけないというルールがあるはずだ。タヌキチとさつきは、この禁を破り、気持ちを重ね合っていたのだろう。そして今、彼女の代わりに、自分を人質にと申し出た。命を懸けた、愛の物語だ。

愛――。自分には縁のない言葉。いや、ずっと忘れていた言葉というべきかもしれない。学生の頃付き合った蓮花とのあいだにも、塾を引き継いでから付き合った紗枝とのあいだにも、こんなに熱い気持ちはなかった気がした。

もし、自分の生涯に、愛という感情があったとするなら――、目出し帽男の肩のはるか向こうに目をやる。

無機質な東京の建物群を越えたその先に、夏空に向かって屹立する、東京スカイツリーが見えた。

頭が再び、くらりとする。プリンを逆さにしたような天望デッキが巨大化し、目の前に迫ってくる錯覚に陥る。

樹里と再会した日にこんなシーンを目の当たりにするなんて。樹里の手を取ってこの先の人生を歩めとでもいうのだろうか。

冗談じゃない。――俺はもう、あの頃の生き生きとした塾講師じゃない。何もない人間だ。

足が一歩、前へ出た。

「なんだ、近づくな」

「代われよ」

「は?」

「その男と代わってくれ。俺を、人質に」

7 滝川樹里

馬鹿な男……。非常階段を下りながら、そう考えていた。

竹野静夫。池袋店で働いていた男だった。

付き合っていたのはもう二年も前になる。

三か月ほど店には内緒で関係を続けたけれど、静夫のほうに別の女ができて別れた。その後、樹里は別の店舗に異動になり音沙汰がなかったが、今年の六月の初めに、静夫がオーナーともめて店を去ったという話を当時の店の仲間から知らされていた。

店内にあいつが押し入ってきたときから、どこかで見たことがある気がしていた。杉本店長の名前も知っているし、屋上に上がれることも知っていた。よく太陽の下で見ると、まぶしそうな目に間違いなく見覚えがあった。向こうも屋上で気づいたらしく、驚いた目をしていた。しかしおそらく、こっちが静夫を認識したことに、向こうは気づいていない。

氷やおしぼりを持ってくる役を樹里に任せたのは、情なのかなんなのか。まあ、夏帆を救わなければいけないからとりあえず氷は用意するけど。

静夫は荒れたら手が付けられないほど暴れる。池袋の悪童たちと血の決闘をしたのも一度や二度ではないとか言っていた。

床に落ちていたトレイを拾い上げ、店の奥へ行くと、冷蔵庫の脇にかき氷があった。笹口先生に出すために用意されたものだろう。熱中症の人にはアイスバケツの氷よりむしろこっちのほうがいいかもしれないと、トレイに載せる。外階段へと向かいながら、さっきまで自分が座っていた席をちらりと見た。半分以上なくなったハウスボトル。笹口先生の卑屈な泣き言が体中を這い上がってくるようだった。

最悪な一日だ。現実の男の弱さはもうしょうがない。けれど、せめて思い出の中の恋だけは、素敵なままにしておいてほしかった。

再び屋上へ戻る。

予期しない光景が展開されていた。

人質はさっきではなく、タヌキチに代わっている。そしてタヌキチの首に刀を当てる静夫の前に、笹口先生が立ち、何か、説得するように話しかけている。

「わかったよ、頭のいかれたやつらばかりだ！」

静夫は、タヌキチを突き飛ばし、今度は笹口先生の自由を奪って首筋に刀を当てた。笹口先生は無抵抗だ。……なんで？

「ねえ、持ってきたけど、何やってるの？」

「いいから、そこに置け。看病はお前に任せる」

静夫の言うとおり、気を失って仰向けになっている夏帆のそばにトレイを置いた。手伝ってもらおうと、座り込んでいるさつきのほうを振り返ると、タヌキチと手を取り合って見つめ合っていた。……いやだから、なんで？　みんな、本当にこの暑さで頭がおかしくなってしまったのだろうか。

と、そのとき、

「みんな、走って逃げろ！」

笹口先生が叫んだ。

「全員で同時に逃げ出せば、大丈夫だ。俺がこいつを食い止める！」

「この野郎、なめてんのか。俺は人を殺すことなんてなんとも思ってねえって言ってんだろ！」

「俺だってもはや、死ぬことなんてなんとも思っていない」

妙に静かな声は、皆を惹きつけた。笹口先生は、樹里のほうに目を移した。

「今日、気づいたよ。私の生涯でたった一つのいい思い出は、あの東京スカイツリーの日だった。俺は塾講師として自信に満ちあふれ、充実していて、本当に愛する人と一緒にいた。

それ以降のどの女性よりも、樹里を……愛していた」

樹里は腕に鳥肌が立つような感覚に見舞われる。

「だが今はどうだ？　塾を失い、得意でも好きでもない仕事に日々を費やし、その仕事すら失いそうになっている」

その言葉を聞いて胸の中にこみ上げてきたのは、喜びじゃない。怒りだ。

「せっかく愛する女と再会できたのに、一緒に来いとも言えない。こんな人生、何になる？　せめて、ここにいるみなさんの命と引き換えに……」

「ふざけないでよっ！」

ついに、叫んでしまった。先生は真っ赤な目で、こちらを見ている。

「私の青春時代の憧れを、これ以上、壊さないで」

「えっ？」

樹里は覚悟を決め、化粧の崩れたナナカさんのほうを向いて手を突き出した。

「ナナカさん、クレンジングオイル」

「えっ？」

「すっごい落ちるのがあるって言ってましたよね。早く！」

「あ、ああ……一応訊くけど、エチゼンクラゲのアレルギー、ないわよね？」

「そんなアレルギー、聞いたことない！」

ナナカさんは店舗持ち込み用バッグの中を探り、サンプルのパッケージを放ってよこした。パッケージを破り、メイクを落としはじめる。

「な、なにやってんの、樹里ちゃん?」

杉本店長の声も無視し、窓ふきのように顔を拭っていく。たしかに、すっごい威力だ。コンクリートに座り込み、トレイの上のかき氷を両手で掬(すく)って顔を洗い流し、笹口先生に向けて顔を上げた。

「君は……」

「ごめんなさい」

頬に細かい氷の流れる感覚を感じながら、謝った。

「私、滝川樹里じゃありません。松下清美です」

8　笹口優弥

松下清美。――メイクを落としたその顔には、たしかに覚えがあった。店内で彼女自身から聞くまでその名を忘れていたが、滝川樹里と仲が良かった生徒だった。成績はとても優秀で、業者が行う模擬テストでは、五科目の平均点が九十点を下回ることなどなかった。進学先は名門私立の鳩邦女子学園。

「だから、言ったじゃないですか。私、樹里と姉妹に間違えられることはよくあった、って。たぶん、顔の形とかは似ているんですよ」

「君、眼鏡をかけていなかったか？」

「そんなの、とっくにコンタクトに変えています」

「でも……あっ、名刺は？」

店のテーブルに置いてきてしまったが、あの名刺にはたしかに「滝川樹里」と書かれていたはずだ。

「源氏名っていうのは、現実にある名前でもいいんです。私、ずっと樹里になりたかったから。メイクも、樹里みたいに見えるように研究したんです」

優弥は混乱していた。ずっと滝川樹里になりたかった、だって……？

松下の目から、涙がこぼれた。

「私、中学の頃ずっと好きだったんです、笹口先生のこと。でも先生のお気に入りは樹里だった。私に樹里ほどの可愛さと愛嬌と、面白い話のできる能力があれば……。親友でありながらそういう妬みをずっと抱えていて、それを勉強にぶつけていたんです」

「お前、樹里じゃないのかよ？」

笹口のすぐ後ろで、目出し帽の男が言った。

「静夫は黙ってて」

「えっ。俺って、わかってたのかよ」

「その目出し帽、外しなさい」

「ああ……実はもう暑くて外したいんだ。でも両手がふさがってる。樹里、外してくれ」

「樹里、あんた、知り合いなの？」「解放するようにこの男に……」

「うるさいなっ！」

松下は声を張り上げた。

「私は今、笹口先生に話しているの。すべて済むまでみんな、待って」

と、優弥のほうに再び顔を向ける。

「高校に行って、樹里と離れてからも、私の樹里への憧れと妬みは消えませんでした。顔の素材はいいのに存在が地味とか言われ続けて、本当に私が樹里だったらと思い続けた三年間……だから、大学に入ってすぐ、この世界に飛び込んだんです。初めは慣れずに、お客さんにも地味だって文句を言われて。でも、樹里に近づきたい一心で、メイクも覚えました。名前も『滝川樹里』にしたし、話し方もしぐさも記憶の中の樹里に寄せました。何人かの男性とも付き合って、経験を積みました。先輩キャバ嬢から盗んだ話術に樹里ならこういうこと言うだろうな、っていうのを加味したりして、どうにかこうにか頑張って、オーナーにも一人前だと認められるようになったけれど……その分、生活は乱れ放題。結局、大学は中退して、今はこれしか、やっていません」

優弥は中学時代の松下清美を思い出していた。どんな記述問題も、綺麗な文字で要点を押さえた解答を書ける子だった。それが、今は……。

「なあ樹里……その話、まだ続くのか」

「黙っててよ静夫。私、樹里じゃないから」

声が弱々しくなってきた目出し帽男に代わり、今やこの場を支配しているのは、松下だった。

「今日、先生に再会したとき、胸が高鳴りました。時計の針を八年分戻されて、塾のあの机に座っているような、激しい胸の痛みと喜びを感じました。私はメイクも名前も樹里になり切っているし、先生も私のことをすぐ樹里と勘違いしました。一応優等生だった私が、キャバクラで働いていることを知ったら先生はショックを受けるかもしれない。だから、樹里として久しぶりに先生と話をすることにしたんです」

「そうだったのか……」

「話をしていくうちに、ショックなこともいくつかありました。中学生の頃樹里は、笹口先生のことなんてなんとも思ってないって私に言ってたんです。……まさか、樹里が先生とスカイツリーでデートしていたなんて。私、嘘をつかれていたんですね」

たしかにスカイツリーの話をしていたとき、彼女の口から具体的な思い出話は一つも……いや、一つだけ、あった。

「天望デッキの漢字が違うことを俺が指摘した、と言ったのは……？」

「あんなの、勘ですよ。東京スカイツリーの天望デッキに天気の『天』が使われているのは有名です。いかにも、笹口先生の指摘しそうなことだから、想像で言ったんです」

思い出すらも、松下に操作されていたということだ。いや、おかしなことはもう一つある。

「鬼怒川のことは？　あれを言い出したのは君のほうだった」

「スカイツリーの話を聞きながら、中三の夏期講習の直前、樹里に『親に内緒で、他校の彼氏と一泊旅行してくるから、泊まったことにして』と頼まれたことを思い出したんです。その彼氏を結局紹介してはもらえなかったから、あれもひょっとして――って、鎌をかけたんですよ」

そういえば、と優弥は思い出していた。樹里のアリバイを作ったのは松下清美だった。

「ショックだったことは認めます。でも私、どこかで予想していたんだと思います。今は私が樹里なんだから、その思い出を共有できた気になろうって、そう思いました。でも」

松下の目はつり上がった。

「そのあとの話が、許せなかった。塾をつぶさなくちゃいけなくなったのは不幸だと思います。でも、現状の仕事に文句を並べたり、自分の力を過小評価して卑屈になったり……。私の好きな先生はどこに行ったんですか。文法とか、語源とか、ものの数え方とか、そういうのたくさん教えてくれた先生はどこに行ったんですか。私の青春時代を、返してください！」

「なあ、樹里……その話……」

「うるさい！」

頬にメイクの筋が残り、髪も乱れ切った彼女は、目出し帽を怒鳴りつけながらぼろぼろと涙を流した。元塾生を泣かせるなんて、と、優弥は恥にも後悔にも似た思いを抱いていた。

「ああ……もう……ダメだ……」

優弥を押さえ付けていた男の手から力が抜ける。日本刀が乾いた音を立ててコンクリートの上に落ち、少し遅れてばたりと背後で音がする。

目出し帽の男は、仰向けに倒れていた。

9　松下清美

すべてを吐き出したら、セミの声が、再び耳に聞こえてきた。

私、ずっと樹里になりたかったから――さっき自分が吐いた言葉が、とんでもなくくだらないことのように思えた。滝川樹里。順調に大学を卒業してＩＴ企業に就職したと誰かから聞いた気がする。親友なんて言っていたのは中学を卒業するまで。その後、ずっと会っていないあの子に、どうしてこうも縛られなければならなかったのだろう。

「滝川樹里」を脱ぎ捨てて松下清美として久しぶりに笹口先生と向き合っている自分。かっこ悪さをすべてさらけ出して呆然としている笹口先生。

真夏の空から二人を見下ろす気分になる。二人とも、どうしようもなく情けなくて、すがすがしかった。

「社長！」

外階段のほうから、ジャケットを羽織った痩せた男性が走ってきた。制服の警察官が二人、ついてくる。

「おー。やっときたヨー」

カシンさんが手を振る。

「どういうことです、カシンさん？」

杉本店長が訊ねると、カシンさんは「ターバンよ」と答えた。

「ワタシ、社長。緊急事態に備えている。青の飾り、宝石と思ったデショ。あれ、スマートウォッチ。GPSで秘書に場所、わかるヨ！」

「社長、心配しましたよ。こいつ、報道されている日本刀強盗ですか」

痩せた男性の視線の先ではすでに、制服警官が静夫の身柄を拘束していた。それより先に、熱中症の処置をしてあげたほうがいい。

熱中症といえば、とパラソルの下を見ると、夏帆は目を覚ましていた。その首筋におしぼりや氷を当てているタヌキチとさつき。杉本さんに、カシンさんに、大佐に、ナナカさん。みんな汗だくで、真夏の一日は、日常を取り戻していた。

笹口先生は、静夫の人質になっていたその位置から動かず、清美のことを凝視していた。

その、乾き切った口が動いた。

「松下。俺は……」

「先生」

清美は遮った。後悔交じりの言い訳なんて聞きたくないし、謝罪の言葉なんて聞きたくない。

こんな暑い日の太陽の下で、笹口先生の口から聞きたいことなんて、決まっている。

「『うだるような暑さ』って、言うじゃないですか」

「何？」

「今日みたいな天気を言いますよね、『うだるような暑さ』って。あの『うだる』って、どういう意味ですか？」

先生は意外そうに瞬きを二つした。でも、すぐに答えは返ってきた。

「『茹だる』っていう意味だよ」

「ゆだる？」

「そばや卵をお湯で煮ることを『茹でる』っていうだろう。その調理が完了したこと、もしくはその過程の状態を、調理されている対象を主語にして使うんだ。『卵が茹だる』……『卵がうだる』ってな」

火にかけられた鍋の中で、ぐつぐつと茹でられている状態。そりゃ、暑いわ。

「よかった。――やっぱり、先生だ」

セミは、何事もなかったかのように八年前と同じように鳴いている。遠くに見える東京スカイツリーの姿を眺めつつ、久しぶりの夏期講習をちゃんと松下清美として迎えられたことが、ひそかに誇らしかった。

――恋する二人は、こうして再会を果たした。

幕間

速水（はやみ）ひかり

「そういう自分勝手なことを言う男なのよ。信じられる？」

ソプラノの有村（ありむら）さんが、テノールの三崎（みさき）くんにつっかかっている。

「絶対私のほうが正しいわよね？」

「そうですねえ」

三崎くんは一応うなずいておいてから「でも……」とつけ足した。

「旦那さんの言うことも一理あるかと。その……旦那さんが、買ったんですよね、お金出して」

「そうよ。でも私が進めたんじゃない。レベル上げたのも私。ボスを苦労して倒したのも、ダンジョンをクリアしたのも私。本当に、たまーに敵が落とすアイテム、十時間ぐらいプレイしてやっと二個貯めたアイテムだってあるのよ」

そうですねえ、でやめておけばいいのにとひかりは思った。こういうときの有村さんに口答えは禁物だ。

「でも、洗濯機も冷蔵庫も、有村さんが持っていくんですよね。旦那さんが買ったものなのに」

「どっちが買ったかじゃなくて誰が使ってるかじゃない、そういうのは。あいつなんて洗濯も料理もできないんだから、必要ないわよ」

「でもなあ……」

「そこは旦那も同意してるのよ。エアコン置いてってやるだけ感謝してほしいくらいよ」

有村さんは結婚して十年になる夫とうまくいかず、このたび別居が決まった。ところが、ゲーム機だけは持っていくなと旦那さんが譲らないらしい。唯一の趣味であり、セーブデータもあるからというのがその理由だ。それは私だって一緒よ、というのが有村さんの主張だった。

「とにかく、絶対に私が持っていくんだから！」

「あんまり喉、使わない。あと少しで本番なんだから」

バスの中井さんが口を挟んだ。恰幅のいい四十歳くらいのおじさんで、白い服を着せれば肉屋さんに見えるだろうなと、ひかりは思っている。

「そんなこと、三崎くんに話してもしょうがないだろうに。まだ二十代なんだから。結婚だって、まだずーっと先の話だろう？」

「ええ、まあ」

助け船がやってきたとでも言いたげに、三崎くんはうなずいた。有村さんは不満そうに「ふん」と言ったかと思うと、ひかりのほうに顔を向けてくる。

「ひかりちゃんは私の言ってること、わかるわよね」

「ええと……どうでしょう」

愛想笑いを返した。

「本当にね、結婚なんてするもんじゃないわよ。どうしてもしたいっていうならね、ゲーム機は二台買いなさい」

「あは、参考にします」

実は来月、式を挙げる予定なんです……などと言えるわけがない。しかも式場は、ずっとアルバイトをさせてもらっている、ここ《プリエール・トーキョー》だ。なるべく小ぢんまりとやりたいので、呼ぶ友人は限られる。よく一緒になるこの人たちにチャペルの聖歌隊を任せてもいいのだけれど……、今のところ、担当ウェディングプランナーの酒井さんにはそのことは伏せてもらっている。

「すみません」

ドアがノックされ、その酒井さんが顔を出した。

「聖歌隊のみなさん、そろそろ、スタンバイお願いします」

全員、立ち上がった。

式の直前の控室で聖歌隊のソプラノが別居の話をしていたなんて、これから永遠の愛の誓いをしようという新郎新婦と列席者には絶対に聞かせられないなと、ひかりは心の中でため息をついた。

チャペルに入ると、壇上上手（かみて）のオルガンの前にはすでに奏者が入っていて、静かに音楽を奏でていた。四人は宣誓台を挟んで下手（しもて）側の所定の位置に並ぶ。

「では、開きまーす」

酒井さんがチャペルの扉を開く。ほどなくして、列席者が入場してきた。

壇上から見て、右側は新婦関係者。最前列には家族が並ぶのが慣例だ。黒い着物に身を包んだ白髪頭の小柄な女性。あれが、花嫁の母だろう。

今まで一緒に生活していた家族に見守られ、新婦は嫁いでいく。家族からの祝福を、このチャペルでどう受け止めるのだろう。

つい六、七か月ほど前のあの日のことを思い出す。

——あんたに、ずっと謝りたかったよ。

青く輝きはじめたスカイツリーを前に聞いたあの言葉。

——幸せに、なってね。

何年かのわだかまりがすっと消えていった。私もずっと謝りたかったんだ、とひかりは言った。

素直な気持ちで結婚式を迎えられてとても嬉しい。人を祝う気持ちがなければ、讃美歌だって……。

「すみません、参加します！」

若菜色のドレスを着た女性が飛び込んできて、きょろきょろしてから新婦側の席についた。直後、扉のところで酒井さんが合図を送った。

オルガンが、新婦入場の音楽の前奏を弾きはじめる。歌い出しの一音を、ひかりはしっかりととらえた。三崎くんのテノール、中井さんのバス、そして、有村さんのソプラノ。今日もばっちりの混声だ。

特に有村さんの高音はいつもながらにひかりに高揚感を与えてくれ、別居のための引っ越しを控えている人とはとても思えなかった。

第三幕　ロマンスと危機

1　納戸和香子(なんどわかこ)

十月二十九日。いまだに世界のどこかで戦争が起こっているなんて信じられないほどのどかな青空だ。風は冷たく、午後三時ともなれば影はもう長い。秋は確実に、深まっている。

納戸和香子は食べ終えた遅い昼食——サンドウィッチのパッケージとヨーグルトのカップをベンチ脇のゴミ箱に放り込んだ。

両手を天に上げ、伸びをする。気分がいい。実夢(みむ)のことも、母や義理の父が話を聞いてくれないことも、どうでもいい気がしてきた。

思わず、鼻歌が漏れた。いつも無意識に口ずさんでいるメロディーだった。

「違いますよ」

突然、後ろから声がした。和香子は鼻歌をやめ、振り返る。ベンチの後ろに、赤いゴムで髪を一つに縛った女の子がいた。肩からダチョウのデザインの変わったビニールバッグを下げている。小学生だろうか。

「何?」

「その歌、『グリーンスリーブス』でしょ」

彼女は歌い出した。若い喉から出る美しい高音だった。一小節歌い終わったあとで、「わかりましたか?」と訊ねてくる。

「何が?」

「一音、ずれていたでしょ。今、私が歌った旋律が正しいんです」

和香子は閉口した。これだから子どもは嫌なのだ。

「そう、ありがと」

立ち上がり、公園の出口へと向かう。どのみち、休憩時間はあと五分くらいしかない。

「待って」

ダチョウ少女は呼び止めた。忘れ物でもしただろうかと和香子は振り返る。

「今日、運命の日かもしれません」

「はあ?」

「チャンスって、そうそうあるものじゃないですよ」

彼女はそう言うと、和香子の言葉を待たず、くるりと回れ右をして駆け足で去っていった。

姿勢がよく、すらりとしたその体形そのものが、ダチョウのようだった。

変な子がいるものだと思いつつ、車に戻る。

青く塗られたボディに、黄色い三本の横線。《三江戸交通(さんえどこうつう)》という社名とカモメのロゴ。

発進させ、北上。左折して、蔵前橋通り(くらまえばしどお)りをまっすぐ行く。

この時間、流しても客はあまりいないだろう。それだったら近くのタクシー乗り場に行ったほうが効率がいいか、などと考えているうちに蔵前橋に差しかかり、隅田川を渡った。秋(あき)葉原(はばら)が近づいてきた頃、雑居ビルの前で手を上げている男性が見えた。

「あれ？」

さっきダチョウ少女に一音ずれていると指摘された鼻歌をやめ、和香子は思わずつぶやいた。

身長はけっこう高い。かっちりとしたクラシックなタキシードの上に、やけに襟(えり)の立ったマントを着こみ、手にはシルクハットを携えている。顔はドーランか何かで青白く塗られており、目の回りは特に黒い。

近づくにつれて正体がわかり、和香子はぎょっとした。唇から血が垂れている。吸血鬼だ。

しかし、スピードを緩(ゆる)めてしまったし、乗車拒否はできない。停車させ、後部ドアを開く。

「あいた」

乗ってくるときに頭をぶつけてそう言ったので、日本人であることはわかった。

「北千住まで」

行き先を告げるバックミラーの中の彼の口に、真っ赤な血にまみれた二本の牙が見えた。

やはり、誰がどう見たって吸血鬼だ。それも、今しがた血を吸ってきたばかりの。

「びっくりしましたか？」

車を出すなり、吸血鬼は極めてにこやかな声で訊ねてきた。

「今日、パーティーなんですよ。ハロウィンの」

「ああ」

和香子はもちろん吸血鬼など信じていない。そうかハロウィン・パーティーか……と一度は納得したが、あれ、と思い直した。

「今日、まだ二十九日じゃないですか？」

「そうですね。だからまあ本番前の『ハロウィン・イヴ・パーティー』だそうです」

イヴなら三十日にやるべきではないのか……などと深く掘り下げるべき話題でもなく「なるほどね」と受け流した。吸血鬼も軽く笑っただけで、そのあとは何も話しかけてこない。和香子も、あまり自分から進んで話をするタイプではなかった。

清洲橋通りに入り、春日通りを越えたところの交差点で赤信号に引っかかった。

「もしもし？」

停車するとともに、後部座席の吸血鬼が言った。ちらりとバックミラーを見ると、スマホを耳に当てている。

「はい……？　そうですが、もう向かっています。はい。……はあ、そうですか。……わかりました。……はい、そのビルなら知っています。はい、では、後ほど」

吸血鬼は通話を切ると「しょうがない」と独りごち、

「運転手さん、すみません。秋葉原に戻ってくれますか？」

「えっ。戻るんですか？」

「はい。偉い人を迎えに行かなければならなくなりまして」

「お客さんをお乗せしたところでよろしいですか？」

「近くまで行ったら指示しますから、とりあえず、戻ってもらって」

「かしこまりました」

適当な路地で右折し、さらにもう一度右折して進む。目の前に蔵前橋通りが再び現れたところから吸血鬼の指示に従って秋葉原駅の近くまで行き、とあるアニメショップが入っているビルの前に停車した。

「ありがとうございました」

「忘れ物、ありませんね」

和香子の問いに、返事はなく、「あいた」とまた頭をぶつけながら、吸血鬼は降りていった。

なんだか変な客だった。とりあえず、次の客を探そう。流していて新たな客が見つかればいいが……と、ふと、近くに結婚式場があることを思い出した。

《プリエール・トーキョー》。三年前に二種免許を取得し、タクシードライバーを始めた当初、営業所の所長に「ここは押さえておいて」と渡されたリストに書かれている式場だった。平日も午後から夜にかけては見学するカップルが多く、すでに何回かここから客を乗せたことがある。

式場のエントランス前の乗り場に待機していたのはわずか一台。うぐいす色の、他社のタクシーだ。三分もすると、エントランスからおじいさんが現れた。禿げ頭で、ヤギのような長い白ひげ。七十代後半か、ひょっとすると八十を超えているかもしれない。右手で杖をつき、左手は震えていて、一人で歩くのはおぼつかない。心配になったのか、エントランス担当の男性が一人横についていくが、おじいさんはうるさそうに左手で彼を追い払った。

たっぷり二十秒くらいかけて、おじいさんはうぐいす色のタクシーの後部座席に乗り込む。そばで見守っていたエントランス担当が頭を下げるとともに、後部ドアはばたんと閉まった。

うぐいす色のタクシーは出ていく。

その直後、エントランスの自動ドアが開いて、ジャケット姿の男性が一人、勢いよく走り出してきた。すでに車道に出てしまったうぐいす色のタクシーを目で追うと、和香子のタクシーに顔を向け、手を上げた。

フロントガラス越しに男性と目が合った瞬間、和香子はどきりとした。

年齢は三十二、三といったところだろうか。身長は一七〇センチ台後半。長い髪の毛にはウェーブがかかり、細面(ほそおもて)で彫りの深い顔立ちだ。包み隠さずいえば、タイプの顔立ちだった。十年ほど前に勤めていた美容院で、少し気になっていた相手に似ていた。

結婚式場に何の用事が……、まあ、結婚式の相談なのだろう。ということは彼にも相手がいて……と、少しがっかりしている自分が恥ずかしくなる。そんな柄じゃないだろうに。

後部ドアを開ける。

彼は体を折るようにして後部座席に乗り込む。後部ドアを閉め、どちらまで――と、和香子が訊ねる間も与えず、

「あのタクシーを追ってくれ！」

彼はそう言い放った。

「はい？」

「今の、渋い緑色のタクシーだよ。早く！」

アクセルを踏んで車道に出る。

うぐいす色のタクシーはまだ、前方五〇メートルほどの位置にいた。アクセルを踏み込めばもちろん追いつくことはできる。しかし、法定速度を超えることは絶対にできない。

「追いつけるか」

偉そうな口調だが、この顔から言われるなら不快感はない。

「もちろん」

和香子は答える。うぐいす色が赤信号に引っかかれば、必ず追いつける。

それにしても、「あのタクシーを追ってくれ」というセリフを吐く客が本当にいるなんて。

なんだか、アクション映画のようだ。ひょっとしてこの人、刑事か。それとも麻薬捜査官？

……喧嘩っ早かった十代の頃を思い出し、和香子の心が熱くなってきた。

バックミラーを見る。まっすぐ前を見据えるその目、やはり凛々しい。

この客の役に立てるなら――胸の高鳴りを感じ、少しだけ恥ずかしくなる。何を考えているのか。ただの、タクシードライバーにすぎないというのに。

2　南條玲

「あのタクシーを追ってくれ！」――逡巡したが、思い切って言ってみた。

茶髪の若い女性運転手で、彼女はしっかり車を発進させてくれた。どう思っているだろう？　アクション映画のようだ、などと思ってくれているのなら都合がいいのだが。

「あの」

そんなことを考えていたら、運転手が話しかけてきた。どこか興奮したような声だ。

「どうした?」

改めて彼女を見る。だいぶ若い。ひょっとしたら自分と同じくらいかもしれない。三十代前半の女性タクシー運転手というのは、珍しいように思える。

「停まっています」

たしかに、玲が「追いかけてくれ」と指示したうぐいす色のタクシーは停まっていた。赤信号だ。

「赤信号、あと一分くらいは続くんじゃないですか。今、降りていけば、じゅうぶん取り押さえられるはずです」

やはり彼女は、玲のことを警察官か何かだと思っているらしい。しかしもちろん、今降りていくわけにはいかない。

「行き先を突き止めたいんだ」とっさに、そんな言葉が出た。「だからこのまま追ってくれ」

「かしこまりましたっ!」

玲はびくりとしてしまう。少し明るい髪の色といい、この口調といい、昔、ワルだったんじゃないだろうか。血が騒いでいるのか? 都合がいいと思っていたが、そうなると少し面倒くさい。

何とはなしに、運転席前方のネームプレートを見る。『納戸和香子』。下の名前は「わかこ」だろうが、名字は「なんど」でいいのだろうか。写真は目つきはきついが、なかなかの美人に写っている。正面から顔を見たくなった。

「ねえあの」

　彼女はまた話しかけてきた。

「左右どっちかに寄って、身を低くしといたほうが」

　たしかに玲は今、後部座席のど真ん中に座り、前方を睨みつけている。タクシーに一人で乗るときは、ここに乗るくせがあった。

「向こうからお客様の顔が見えたら、こっちが尾行してるって気づかれちゃうから。運転席の後ろのほうがいいかも。あたしの頭が、目隠しになるし」

「あ、ああ、そうだな」

　玲は運転席の後ろに座り直した。ここまで乗ってくれると逆に恥ずかしい。ごまかすようにシートベルトを締めた。

「シートベルトのご協力、ありがとうございます。でも、もし向こうが急に停止して逃げ出したらどうします？　出るのが遅れませんか？」

「あ、ああ……し、しかし、法を犯すわけにはいかない。道路交通法だ」

「なるほど。じゃあ、向こうが法定速度を超えても、こっちは……」

「制限速度を超えてはいけない」

もう会話は慎もう。

いろいろと細かい。これ以上しゃべっているとぼろが出そうなので、もう会話は慎もう。

「ねえあの……」

慎もうと思った矢先に、また話しかけてくる。

「なんだ？」

「やっぱり距離を置いたほうが。こんなにぴったりくっついてると、尾行してるのがバレバレじゃ」

「あまり気にしないでくれ」

「なんなんですか、いったい」

「ん？」

「犯罪ですか。お客さんは刑事さん？　前のお客は、犯人ですか。もし犯罪がらみなら、あとで会社に報告しなきゃいけないかもしれないですから」

そんなことをされては困る。仕方ない。

「……花屋だよ」

「花屋？」

納戸和香子は頓狂な声を上げた。

「って言っても、街で見かけるフラワーショップじゃなくて、業者だ。結婚式場って、花をたくさん使うだろう。その、打ち合わせというか、商談というか、今日はそんなところさ」

「なるほど。でもどうして花屋さんが尾行なんて」

「前の客はライバルさ。あの式場、最近うちとの契約を破棄して別の業者に乗り換えようとしているらしい。担当者に訊いたが、どこの業者かということを教えてくれない。ところが、粘っていた俺のことを不憫に思ったのか、さっき仲のいい式場スタッフがこっそり教えてくれたんだ。今、自動ドアを出ていくあいつだ……って。俺はとっさに追いかけた」

「それが、前のタクシーに乗っている、あの人ですか」

「ああ。追いかければ、どこの業者かわかる。そういうわけで、犯罪がらみじゃないから、安心してくれ……、和香子さん」

　名前を呼んだほうが連帯感が生まれると思ったが、やっぱり名字の読みに自信がなかった。和香子は「はい」と、どこか恥ずかしそうに答える。

「協力、頼めるよな」

「もちろんです。なんだか、燃えてきたっ」

　ぐっとハンドルを握りながら、男言葉のようになった。やっぱり、元はワルだったのだろう。

　五分も走ると前のタクシーは右折した。こちらの車もそれに続く。するとすぐに前のタクシーは左折。住宅街へ入っていく。

どこなのだろう、ここは。玲はあたりをきょろきょろする。団地らしき建物の向こうに、東京スカイツリーが見えていた。いつもの式場、《プリエール・トーキョー》はチャペルから東京スカイツリーが見えるのが売りだ。今見える東京スカイツリーはチャペルから見るのよりだいぶ大きくなっている。墨田区で働いて長いが、慣れた場所を離れるとやはりわからないものだ。

ふと違和感を覚えた。東京スカイツリーが傾いているように見える。いやいや、あんな大きなものが傾くわけはないだろうと思うが……と目をこらそうとしたところで、

「停まりましたよ」

和香子が声をかけてきた。前方、たしかにうぐいす色のタクシーは停車していた。右手に古い灰色のビルがあり、一階のガラス戸には赤い字で《碁会所》と書かれていた。

「なんだあれ、なんて読むんだ？」

「ごかいしょ、かな。碁を打つところでしょ、白黒の」

「ああ、囲碁だな。それは知ってる」

「どうしますか。他に車もないし、降りてきたら尾行が……」

和香子が心配そうに言うそばから、前のタクシーの右の後部ドアが開いた。降りてきたのは、よぼよぼのじいさんだった。

「あいつでしょ。憎き商売敵(がたき)」

まさかあんなじいさんだったとは。うぐいす色のタクシーの運転手が降りてきてその手助けをしようとしているが、じいさんは杖を支えに自力で道路に出ると、杖を持っていないほうの手で運転手をうるさそうに追い払った。運転手は困ったようにじいさんと距離を取り、そして、こちらを向いた。

「まずい！　見られる！」

玲より先に和香子が言った。しかし、住宅街の中で道は細く、脇を追い越そうとすればじいさんと運転手を轢いてしまう。

「バックします」

玲の返事も待たず、和香子はぎゅーんと車をバックさせ、後部を右に振った。玲の体もそれに従うように倒れる。和香子は前のタクシーから逃れるように、道を曲がり、車を進めていく。

「場所、覚えました？」

「……いや、ちょっと、全然知らない土地だから」

「大丈夫です。あたし、覚えてますんで、あとで住所を教えますから」

和香子は興奮していた。こちらの話を少しも疑いもしない。こんなに思い込みの激しいタクシー運転手などいるだろうか。……なんだか可笑しくなってきた。

「なあ、和香子さん」

どうやら自分がこの女性運転手に興味を持ちはじめてしまったらしいことに、玲は気づいた。もう少し、このタクシーに乗っていてもいい。せめて、正面から顔を見るまででも。

「はい。……なんで下の名前？」

「名字、読めないんだよ」

「『なんど』です。変な名字でしょ」

「変じゃないが……やっぱり和香子って呼ぶことにする。席を移動してもいいかな？」

「えっ」

「やっぱり、助手席の後ろがいいんだ。一人で乗るときって、普通、そっちに乗るかなって。移動したあと、ちゃんとシートベルトを締め直すから」

「ああ、ご自由に」

玲は席を移動し、シートベルトを締め直す。ヘッド部分と、宣伝ステッカーの貼られたアクリル板に前が遮られているものの、和香子の横顔が見えた。目はきつく、一見人を寄せ付けないトゲのようなものが感じられた。でもこういう女は、内側に優しいものを秘めていることもある。

「それで？」

和香子は車を進めつつ、訊ねてきた。

「どうしますか」

「どうしますか、って？」

「目的地ですよ。碁会所からけっこう遠ざかりましたけど。どこまでお連れすれば」

「ああ……」

困った。メーターを見る。千八百円。

「そうだな。じゃあ、次は」

玲は、バックミラー越しに、和香子の顔を見た。

「君の家に行こうか、和香子」

3　納戸和香子

和香子の勤務する三江戸交通・浅草営業所には五十人以上の従業員がいる。ほとんどが五十歳を超えた男性だ。

女性ドライバーも五人いるが、三十歳の和香子はとび抜けて若い。それだけ若ければ他の仕事もあっただろうにと、同僚からも管理職の社員からもよく言われるが、自分にはこの仕事が合っていると思っている。

幼稚園の頃から、喧嘩っ早い性格だった。気に入らないことがあると相手が男でも女でも、それどころか先生でも乱暴を働き、けがをさせて母親が呼び出された。初めは頭を下げていた母親も、だんだん相手の言い分がおかしくなるといらつきはじめ、結局喧嘩腰になってしまう。和香子の性格はこの母親譲りだった。

そんな母と、どちらかというと穏健だった父が離婚したのは和香子が中学三年生の夏。理由は、性格の不一致だ。和香子から見ても、それまで続いていたのが奇跡のような二人だった。

和香子は母に引き取られ、高校一年生のときに母は再婚した。相手もバツイチで、和香子と同じ高校一年生の連れ子がいた。和香子とは全然違うタイプの優等生だったけれど、なぜか馬が合い、奇妙な四人生活は二年半だけ続いた。和香子とその連れ子が高校を卒業するのとほぼ同時に、母は二人目の父と離婚した。

一年間、何もせずにぷらぷらしたあと、あの不まじめな母親に「そろそろまじめに生きなさいよ」と泣かれ、和香子は美容師の専門学校に入学した。アルバイトをかけもちしながら人生で初めてまじめに勉強し、美容師の資格を取得。二十一歳のときに亀戸にある美容院に就職した。

仕事はそれなりに楽しかったが、先輩に一人、嫌味なやつがいた。なよなよしていて、和香子の仕事にすぐケチをつけてきた。あるとき、そいつのミスを和香子のせいにされ、ついにキレて殴りつけた。相手はアメリカの漫画みたいに床に倒れ込み、営業中にもかかわらず、驚きと痛みと屈辱でおいおいと泣き出した。それで、和香子はクビだ。

お前は忍耐力が足りない。子どもの頃から周りの大人たちに浴びせられ続けた注意。和香子は美容院の一件でようやく自覚し、心を入れ替えるつもりでスーパーマーケットの仕事に就いた。だがここでもパートのリーダー格のおばさんともめてクビ。以降、夜勤の警備員、配達業、マジックバーの店員、歯科助手……職を転々とした。一度は沖縄に渡って民宿の手伝いをしていたこともあるが、やはり長くは続かなかった。

迷走に迷走を重ね、ついに二十代も後半に差しかかっていた。結婚など現実的ではなく、せめて本当に続けられる仕事を探そうと叩いた扉が《三江戸交通》だ。接客業に向かない自分のことだからまた嫌になるのでは……と心配もしていたが、タクシードライバーは意外なことに性（しょう）に合っていた。朝礼のあと営業所を出れば、同僚とは顔を合わせなくていい。たまに嫌な客もいるけれど、車の運転は得意なほうなので技術的な文句を言われたことはなく、三年間続いている。

ということで仕事は安定したものの、私生活でまた波乱が起こった。母親が勤め先のスナックの客と意気投合し、六十二にして三度目の結婚をしたのだ。相手は二十歳年下のバツイチ男性で、十六歳の女の子の連れ子がいた。今さら母の再婚相手と養子縁組するわけでもないので、名字は「納戸」のままだ。

それはともかく、

「君の家に行こうか、和香子」

いくら顔が好みでもこんな言葉をかけられて、連れていけるわけがない。

「何を言ってるんですか、お客さん」

「家は近いの？」

冗談だろうに、まだ訊いてくる。

住まいは、遠くはなかった。葛飾区青戸。築二十年の３ＬＤＫのマンション。一室は義父の寝室兼仕事部屋、一室は義理の妹の実夢の部屋、もう一室を母親と和香子が使わせてもらっている。

「遠いです」

「いいよ、遠くても」

「今、父がいるかもしれないし」

和香子は直情型のぶん、嘘をつくのが苦手だ。義理の父はフリーランスの編集者をしている。

出版業界の内情なんて和香子は知る由もないけれど、とにかく在宅でもできる仕事らしい。付き合いのある出版社の社員やライターと飲み歩いて一週間家を空けることもあれば、逆に一週間外出せずにずっとパソコン作業をしていることもある。週ごと日ごとに変わる義父のスケジュールを和香子が把握しているはずもなく、まさに「いるかもしれない」状況なのだった。

「いたらご挨拶させてもらうよ」

なぜあなたが……と疑問は浮かんだが、不思議と嫌な感じはせず、むしろ嬉しささえ覚えた。

「今、実は家庭がもめてるんですよ」

「もめている？」

「妹がちょっと問題を起こしたんで」

言ってもしょうがないことだ。言い訳だとしても、なんで言ってしまったのかとすぐに後悔した。彼は「そう」と言うと少し考えたが、「ちょっと、そこのコンビニの駐車場に停めて」と前方左を指差した。

「あ、はい」

ハンドルを切り、コンビニの駐車場に停めた。

「ドア、開けてくれ。すぐに戻るから」

彼は車を降り、コンビニに入っていった。しばらくしてコーヒーの紙カップを両手に一つずつ持って出てきた。再び後部座席に乗り込むと、

「はい」

一つを和香子に差し出してくる。

「え？」

「コーヒー、嫌いだった？」

「……いや。ありがとうございます」

カップは熱かった。たまに、チップを渡してくれる客はいるが、そういう客はどこか尊大な感じがして、和香子は苦手だった。千円のチップで偉そうな態度を取られるくらいなら、百円のコーヒーを一杯差し入れてくれたほうがずっと嬉しい。

「それで？」彼は訊いてくる。

「はい？」

「妹さんが、問題を起こしたって」

その話題はまだ生きていたのか。

「いいですよ。あたしの家のことなんて」

「悩んでる顔、してるよ。話せば楽になるんじゃないか？」

ミラー越しに見た顔――芸能人だったらきっとファンになっているだろうなと思えるくらいだった。

4 南條玲

コンビニエンスストアのコーヒーも、最近はクオリティが高くなっている。

高校を卒業し、十九で両国の喫茶店で働きはじめ、マスターにコーヒーの淹れ方を仕込まれた。あれで、コーヒーをわかった気になって、様々な喫茶店でコーヒーを飲んでは、あそこは不味い、あそこはまあまあだと、知ったふうな口調で仲間に話したものだった。

本当は味などわかっておらず、その喫茶店も二年くらいで辞めてしまった。それでもコーヒーへの変なプライドだけは残っていたものの、ひかりにずたずたに切り裂かれた。本当にあいつには、振り回されっぱなしだ。

「万引き、したんですよ」

和香子が口を開いた。自分から話せと言っておきながら、つい、コーヒーを口にしてひかりのことを考えてしまっていた。

「なんだって？」

「だから、万引きです」

「誰が？」

「あたしの妹」

両手でコーヒーのカップを持ち、フロントガラスのほうを向いたまま和香子は答えた。そういえば、妹が何かをしでかしたという話だったっけ。

「先週の金曜日。あたしは休みで、一人で家にいたんです。夕方の四時すぎに電話がかかってきて、出たら、警察だって言って。『お宅の実夢さんが、万引きしました』って」

「ミムさん」

「妹の名前です。リンゴとかの『実』に『夢』」

「珍しい名前だな。姉が『和香子』ってわりと古風な名前なのに」

「血がつながってないんですよ。……あたしの母は一昨年、再婚したんですけど、その再婚相手の子で今、一緒に住んでるんです。……まあ向こうにしちゃ、あたしのほうが連れ子っていうことになりますね。実夢とはだいぶ年が離れているけれど」

なんだか、複雑な事情があるようだった。

「実夢さんは、いくつ？」

「十七歳。高校二年生です」

「和香子は？」

「……あたしの年はいいでしょ」

目つきが怖い。やっぱり答えないか。玲は「ごめんごめん」と笑いつつ、先を促す。

「うちからけっこう離れた新小岩のスーパーでした。たぶん実夢も初めて入ったお店です。あたしが行くと、事務所みたいなところに実夢はいました。しかめつらの店長と、警察官と、ハンチングをかぶった中年男に囲まれて。しょげかえっているかと思ったら、まるで無表情。ほんと、頭きましたよ」

和香子はコーヒーに口をつけた。

「何を、盗ったの？」

「チーズかまぼこ」

「おつまみの？」

「そう。おつまみの」

「あとは？」

「それだけです。チーズかまぼこを、三本」

ずいぶんと妙なチョイスだ。

「なんでまた、チーズかまぼこ？」

知らないですよ、と和香子はため息交じりに答えた。

「怒鳴りつけても、なだめてみても、実夢はずっと黙ったまま。あたしとは、口をきかないんです。まあ、あの子にしてみたら、いきなり父親が再婚して、はいこの人が今日からお姉さんですって、十三歳も年上の女を紹介されてもね」

「ということは、三十なんだ」

「あっ！」

和香子は振り返った。目がつり上がっていたが、こんな表情も悪くない。

「二十五、六だと思ったよ」

「……いいんだって、あたしのことは。せめて本当にそれくらい若かったら、話も聞いてあげられたのかもしれないけど」

敬語は取り払われたが、口調は暗くなっていた。

「悪かったよ。すねるなよ」

「いや、本当に本心。親が再婚したときのどうしようもない孤独な気持ちっていうのはあたしもわかるから」

「ああ……」

玲には経験はない。だが、ひかりがよく、同じようなことを言っていた。

「ある日突然、母親が知らない男性と家族になる。親のことだから、一応こっちもしょうがないと納得はするけど、しっくりはこない。向こうに連れ子がいたら、なおさら。連れ子どうしは勝手にうまくやれって。それは勝手すぎでしょ」

「でも、和香子はもう大人だったんだろ、お母さんが再婚したとき」

「え？　ああ、そうか、言ってなかった。実はうちの母親、前にも再婚してて、今回のは二度目の再婚なの」

なんだか、また一つ話が複雑になった。玲は整理してみることにする。

「和香子の本当の父親がいるよな。お母さんはまず、その父親と離婚して、和香子を引き取った」

「そう。それが、あたしが十四歳のとき。で、十五歳の冬に、二人目の父と再婚したんです。

その父に、あたしと同い年の連れ子の女の子がいた」

「はあはあ、なるほど」

だんだん見えてきた。

「その二人目とも、離婚したんだな？」

「そう。あたしが高校を卒業した年の五月のこと。そのあと母は、ずっと独身だったけれど、一昨年、勤め先のスナックで知り合った今の旦那と、……旦那って言っちゃいけないか、あたしにとっては義理の父だから」

「その三人目のお父さんの子どもが、実夢ちゃん」

「そう」

和香子はうなずき、カップをドリンクホルダーに置いた。

「スーパーマーケットの話に戻っていい？」

すっかり、くだけた口調になっていた。

「ああ」

「実夢がずっと黙ってるもんだから、あたしも困っちゃって。そうしたら、ハンチングのおっさんがあたしの顔を睨みつけて、『家庭に問題があるんだろ』って言うのね」

「待った。なんだその、ハンチングのおやじは？」

「万引きGメンよ。そいつが実夢を捕まえたの」

「いるのか、本当にそんなやつが。夕方のニュースで見たことはあるけれど」

「あたしとまったく同じ感想。実はその万引きGメン、ずっと前から実夢に目をつけてたんだって」

あれ、と、玲は思った。

「それはおかしい。実夢ちゃん、その店、初めて行ったんだろ」

「前に曳舟のスーパーで張り込んでいたときにも、実夢が万引きするところを目撃したんだって。曳舟になんて、何の用事があったんだか」

ピンとこない地名だ。そもそも和香子の家がどこにあるのか知らないので、妹の行動範囲も見当がつけられない。

「曳舟のときは盗った現場を押さえられず、店を出たところで持ち物を検(あらた)めたけれど見つからなかったって。でもその日、新小岩のスーパーで張り込み中、実夢を見つけて見張っていたら、盗ったって」

「曳舟の店では何を？」

「チーズかまぼこ」

「また」

曳舟の一件のほうが前なのだから、「また」というのはおかしいか。和香子はそこには触れず、ため息をついた。

「いったいなんで……」

「練りものが好きなんじゃないのか」

「『なんでチーズかまぼこ』ってことじゃなくて、『なんで万引きなんか』ってこと」

「ああ、そっちか。実夢さん、何も話してくれないんだな？」

「全然。その日はあたしが連れて帰ったんだけど、一言も口をきかないし、帰ったらすぐに部屋に閉じこもるし。義父にも何も言わなくって……」とここまで話したところで、和香子は突然はっとした様子で玲のほうを見た。

「ごめんなさい」

「どうした？」

「あたし、全然関係ないことをお客さんに。もう出そう、車」

と、サイドブレーキに手をやる。

「別にいいだろ。メーターのカウントは続けたままでいいよ」

「本当のことを言うとね、車がどこを走っているかっていうの、会社にわかるようになってんの。今日の休憩の持ち時間、もう使ったし。コンビニでずっと停まっているとサボってると思われる」

「なるほど。じゃあ、出すか」

「目的地は？」

「ええと……目的地ねえ」と窓の外を見て、

「あれ？」

さっき感じた違和感が確信に変わった。

「どうしたの？」

「やっぱり傾いてないか、東京スカイツリー」

ふっ、と和香子が笑う。

「目の錯覚。三角錐だから見る角度によっては左右のラインの長さが違って見えるんだよ」

式場からいつも見ている東京スカイツリーはまっすぐ天にそびえている印象だ。それが、見る角度によって傾いて見えるなど初耳だった。同時に玲の頭の中には式場パンフレットで見るスカイツリーのアップの写真が浮かんできた。

「三角錐じゃないだろ。てっぺん、円柱だぜ」

「ゲイン塔のことね。あれは円柱。取り付けられた無数のアンテナからあらゆる方向にテレビ電波をムラなく発しなきゃいけないから。その下、天望デッキのところも円柱よ。でも足元は三角錐。狭い土地に効率よく安定させるためにね」

「だいぶ詳しいな」

「観光客に質問されることがあるから勉強したの」

玲は感心した。見かけによらず仕事熱心な一面がある。

「俺は東京の人間だが知らないよ、そんなこと。足元が三角錐なのにてっぺんが円柱ってどういうことだよ」

「三角錐が、上に行くにしたがってゆるやかに円柱に変わっていくの」

再びスカイツリーを眺め、和香子の言ったことを確認しようとした。三角錐が円柱に……？

「ダメだ、イメージできない。行こう」

「えっ？」

「目的地、東京スカイツリーだ。実は行ったことないんだよ。近くから見てみたい」

「わかった」

和香子はエンジンをかけ、サイドブレーキを下ろそうとした。とそのとき、

「待った！」

玲は、止めた。

5　河原崎徹（かわらざきとおる）

頭が怒りで茹で上がりそうだった。さっきまで乗っていた客のせいだ。

高輪（たかなわ）で乗せたときの「亀戸まで」というその声からしてもう、苛立ちが露わだった。年

齢は四十代後半、高級そうなグレーのスーツだが、ワイシャツは突き出た腹ではちきれそうだった。こういう客とはトラブルになる前に確認をしておかなければならない。

「どういうコースで行きますか」

「急いでいるんだ。早くしろ」

答えになっていなかった。黙って車を出す。すると客は舌打ちをし、携帯電話をかけはじめた。輸入品を扱っている会社の役員らしく、相手は取引先のようだった。終始居丈高で、「てめえのとこの商品なんか、もう買わなくったっていいんだからな」「てめえの嫁、ガキ、おふくろ、おやじ、路頭に迷おうがこっちは知ったこっちゃねえんだからな」などと、相手を罵倒し続けていた。

「おい、おい！」

その呼びかけが、電話の向こうの相手ではないことに気づいてミラー越しに視線を投げると、彼は「おせえよ、もっと飛ばせ」と命令してきた。法定速度を超えることはできないと丁寧に返事をすると、運転席の背後にその肉塊のような体を移動させ、シートの背を蹴ってきた。

「おめえの仕事なんて最下層だろうが。何を偉そうな口をきいてんだよ！　黙って、客の言うとおりにしてりゃいいんだよ！」

怒りを抑え、これにも丁寧に応対した。

「だいたいこの車、乗ったときから臭えんだよ。てめえの口臭だろうが。内臓腐ってんのか。客を窒息死させるつもりかよ。おい、早く解放されてえからもっと飛ばせってんだよ！」

高校時代、喧嘩に明け暮れて近隣の不良ども数百人を束ねていたこともある。二十歳の頃に勤めていた会社でも先輩・上司を相手に暴れてクビになったほどだった。三十をすぎてからは次第に落ち着いてきたが、たまに爆発することもある。車を停めて、この肥満おやじを引きずり降ろしてボコボコにしてやろうか……ついにそこまで考えたが、なんとか亀戸まで我慢した。

肥満男は運賃をスマホで払い、降りざまに言った。

「今日のてめえの走りに、これだけの価値があると思うなよ」

何も言わずに後部ドアを閉め、車内で叫んだ。うおぉぉぉ、と、自分でも聞いたことのないほどの咆哮だった。十五分ほど「回送」にしてうろつき、ようやく客を迎え入れる精神状態にまで戻した。しかしまだ、いつもより運転が荒い気がする。今乗ってくる客は不幸だな……。

そういうときに限って、客を見つけてしまう。

ガードレールの前に出て、手を上げている長身の男がいた。その背後には恰幅のいい男。

二人とも普通じゃない。すぐにそう思った。

まず、手を上げている男。シルクハットにタキシード。顔色はすこぶる悪い。ドラキュラだ。背後の男は羽織袴姿。恰幅がよく、侍らしく刀と脇差を携えているが、どう見ても日本人ではない。頭はちょんまげのかつらだ。ドラキュラと侍。面倒なことになりそうだと、速度を緩めながら思った。

後部ドアを開くと、

「わ、邪魔よ、カタナ。どうするの」

乗り込もうとした侍が甲高(かんだか)い声を出した。カタコトの日本語だ。

「一度、抜けばいいじゃないですか」

「抜く?」

直後、「わあ!」とドラキュラが叫んだ。何事かと振り向き、「わあ!」と同じ声を上げた。鞘から抜き出された刀がぎらりと殺気を放っている。

「やめてください社長。抜くって、そういう意味じゃなくて、鞘ごと抜いて、手に持つということです」

「あー」

言われたとおりにして、ようやく侍は乗った。続いて、ドラキュラも乗り込もうとし「あいた」と頭をぶつけた。

「お客さん、その刀、本物ですか?」

「違うヨ。そんなことしたら、捕まっちゃうデショー。タケミツよ」

竹光だなんて妙な日本語を知っている。ドラキュラは頭を押さえつつ、行き先を告げた。

「北千住、おねがいします」

「はい、北千住ね」

後部ドアを閉め発進させると、背後の二人は何やら会話を始めた。

「着物って思ったより面倒ヨネ。もっと簡単に着られると思ったノ。トイレ行くとき、どうするの、帯」

「いったんほどかなきゃいけないでしょうね。まあ、誰か、結び方、知ってますよ」

「そうネ。みんな、びっくりするかな」

「するでしょう。社長がそんな恰好を……」

「社長じゃないッテ。カシン左衛門トヨベ」

すらり、とまた刀が抜かれる音がした。

「わあ！」

「お客さん、刀、抜かないで。偽物でも警察に見つかったら、停められちゃいますから」

ルームミラーを見ながら声をかけた。カシン左衛門に代わり、ドラキュラが「すみません」と謝った。

「運転手さん、名前、何という？」

カシン左衛門は気にせず話しかけてきた。ドラキュラがたしなめてくれるかと思いきや、ネームプレートを見たようだ。

「そこに書いてありますよ。河原崎徹さんです」

「はあ、トールさん。拙者(せっしゃ)、カシン左衛門」

面倒な客だ。「どうも」とだけ返し、話しかけてくれるな、という壁を作った。

「これからハロウィン・イヴ・パーティーよ」

カシン左衛門には効かなかった。

いつの頃から根付いたのか、この時期になるとニュースでは、あちこちで乱痴気騒(らんちきさわ)ぎをする仮装姿の若者たちの映像が流れているのを徹も覚えていた。のみならず、去年のこの時期には、カボチャの化け物のキーホルダーをじゃらじゃらつけた全身オレンジ色の女を乗せたことも思い出していた。

「そうでしたか」

先ほどからの話を聞いていると、この外国人ザムライは何かの会社の社長で、ドラキュラはその秘書といった感じだ。大企業の社長ではないだろうが、それなりに羽振りのいい暮らしをしているに違いない。

「しかし、なぜ侍なんですか。ハロウィンっていったら、向こうのお祭りでしょう」

何も返さないのは失礼だと思い、そんなことを訊いた。

「ワタシ、やりたかったの、サムライ。ずっと。でも、自分のお店でハロウィンやっても、みんな仮装したがらないよ。そしたら、森戸さん、パーティーに誘ってくれた。よく行くキャバクラのオーナーよ」

キャバクラか。十年ほど前、仲間に誘われて一度だけ行ったことがある。厚化粧の女たちが、くだらない話とおべんちゃらをまき散らしている、下品な空間だった。たまたま行った店がそうだっただけかもしれないが、二度と行く気はしない。

「あの店で夏にあんな目に遭ったのに、よく侍の恰好をしようと思いますよ、社長は」

ドラキュラがため息交じりに言った。

「社長じゃなくて、カシン左衛門」

「ああそうでした。すみません、つい」

「あれでやっぱり、サムライやりたいと思ったよ。……トールさん。八月に、カタナ持った男がキャバクラ襲った事件あった。知ってるデショー？」

カシン左衛門はいつしか、興奮していた。

「いやー、ありましたかね。そんな事件」

「あったよ！　ワタシ、人質よ！　すごい殺気だったヨ、あれー！」

シートの背を後ろからばんばん叩いてくる。

「森戸さんにクビにされたボーイだったよ！　自分が悪いのに逆恨み（さかうら）みって、どういうことー？」

「やめましょう、カシン左衛門」

ドラキュラが止めた。

「彼は結局、熱中症で倒れてしまったでしょう。もうあの店にも系列店にも近づかないということになったんだから、心配ありませんよ」

「そういうことじゃないヨ……」

カシン左衛門はそれ以上は何も言わず、はーあ、とため息をついた。

それからしばらくは、沈黙が続いた。

「甘納豆、あるカナァ……」

再び、カシン左衛門の声が聞こえたのは、赤信号で停まったときだった。

「あるでしょう。しゃ……カシン左衛門の好物だということは、森戸さんも知っていますから」

「なかったら、どうするー？」

「他にも料理はあります。カレーだって、午前中に運ばせたんでしょう？」

「カレーもういいヨ。ワタシ、甘納豆、好き。日本の食べ物の中で、いちばん好き。甘納豆、おいしいよネー。そうでしょ、トールさん」

「え、ええ、そうですね」

また話しかけてきた。甘納豆などもう久しく食べていない。

「ねえ、日本橋の、あのお店、行こうヨ。甘納豆のシニセデショー？」

「日本橋ですか？」

思わず訊き返してしまった。日本橋なら、Uターンして戻らなければならない。

「カシン左衛門、もうパーティー始まりますよ」

「ヤダヤダ。甘納豆ないと、ヤダ。訊いてヨ、電話して。森戸さんに」

「わかりましたよ」

ごそごそとやりはじめるドラキュラ。まったく、この秘書も災難だ。

しかし、本当の災難がもうずっと前に始まっていたことを、車内の三人は、すぐ知ることになる。

「……あれ、あれ？」

情けない声。ちらりとバックミラーを見ると、ただでさえ青白いドラキュラの顔に不安と焦りが浮かんでいた。

「ドウシタの？」

「スマホが、ないんです」

6　納戸和香子

和香子は、東京スカイツリーを目指している。

「深刻な顔、してるな」

すぐ隣から、南條が言った。コンビニの駐車場を出ようとしたとき、彼は「待った」と和香子を止め、「隣に行っていいかな」と言ってきたのだった。

「どうせ、目的地に着くまでの短いあいだだよ。いいだろ？」

和香子はうなずいた。顔だけじゃない。きっとこの声や、雰囲気もいいのだろうと思った。いつしか敬語は取り払い、リラックスして話していた。名前教えてくれない？　さりげないふうを装って訊くと、彼は厭（いと）うことなく、「南條」と名乗った。

「何、考えてたんだよ？」

「どうしてあたし、実夢のこと、話しちゃったのかな……って」

和香子は素直に言った。

「あたしにだって、少ないけど、昔からの友だちがいなくもない。SNSはやってないけど、電話すればたぶん、話くらいは聞いてくれる」

義理の妹が万引きをした。迎えに行ったところで何を打ち明けてくれるわけでもない。十七歳ともなればもう大人。でも、実夢だって、誰かに話を聞いてほしいと思っているに違いない。自分がその誰かになれたら……。でも、どうすれば……。

「でもなんでか、ずっと誰にも言えないんだ。どうしてなのか、知らないけれど」

「もう一人の彼女には？」

「もう一人？」

「和香子が十五歳から十八歳のあいだ、お母さんが結婚していた相手の連れ子」

自分の話を細かく覚えていることに、和香子は驚いた。そして、嬉しく思った。

「その子も再婚相手の連れ子と生活をしていたという経験がある。いちばん親身になって話を聞いてくれそうだけどな」

なんて鋭いのだろう。たしかにあの子なら、和香子の相談に乗ってくれるだろう。頭がよくて、物事を冷静に見ることができて……あの頃、そうだったように、いろんな視点からアドバイスをくれるに違いない。だが、

「それは、ダメ」

「なんで。連絡先、知らないとか？」

「母に訊けばわかるはず。でも……」

「仲が悪かったのか。連れ子で、同い年の女どうしだから」

「それは絶対にない！」

和香子が強く否定したことに南條は驚いていた。

「ごめん……仲はすごく良かったんだ。自信をもってそう言えるよ。向こうはあたしなんかと違って、子どもの頃から勉強のできた優等生。夢は法律関係の資格を取ることだった。まじめで、正論ばっかりで。でも、あたしが学校で問題を起こしたりすると、誰よりも真剣に話を聞いてくれた」

和香子の母は、一度たりとも和香子の悩みを真剣に聞いてくれたことはなかった。むしろ、和香子のあのつまらない青春時代は、母ではなく再婚相手の連れ子であるあの子に支えられたといっても過言ではない。

「でも、母が二人目の父と離婚するときに、ものすごい喧嘩をしちゃってさ。親の離婚とは関係ないことで」

二人の進路に関することだった。成績優秀だったあの子は当然大学進学を希望し、和香子にも一緒に進学しようと誘ってきたのだった。和香子は、これ以上勉強などごめんだと思っていたから、就職か、しばらく何もせずに考えようかと思っていたのでびっくりした。でも、なんとなく押されるまま、受験勉強を始めたのだ。

冬が深まる頃に、和香子は挫折した。やっぱり、大学など行けっこない。何度もそう言ったが、「今頑張れば、将来絶対、やってよかったと思えるよ」と励まされた。そのキラキラした顔や、堅実で明るい将来計画が、疎ましくなった。和香子は願書を書いたのに、郵送しなかった。

あの子がそれを知ったのは、合格発表のあとだ。

あの子は激高した。あんなに激しく怒る姿を見たのは、あとにも先にもあのときだけだった。ぼろぼろと涙を流し、「裏切者、裏切者！」と、和香子のことを罵（ののし）った。何と言い返したのかわからないが、和香子も激しい言葉を返し、次の日から口をきかなくなった。

そして、二人の仲は修復されないまま、その年の五月に母は離婚したのだった。和香子が母とともにあの家を出たのは、恨めしいくらいに陽気のいい日曜日だった。

「……いいよ、もう、あたしの話は」

南條に、長々と話すようなことではなかった。察したのだろう。南條も和香子のことをそれ以上訊く様子はなかった。

「今度は南條さんのことを、聞かせてよ」

「俺のこと？　何が聞きたいんだ？」

何が聞きたいのだろう、と、和香子は自問する。何でもいいのだ。この人の話すことなら何でも……。

「なんで花屋さんになったの？」

「親父が経営する会社だからだよ」

南條はすぐに返してきた。

「ということは、今は副社長か」

「親父は……二年前、海に釣りに行ったときに高波にさらわれて死んだ」

「……ごめん」

「いいよ別に。そんなわけで、今は俺が社長だ」

まさか経営者とは思わなかった。式場に花を納める業者がどれくらいの規模かは知らないが、立派な仕事をしているのだ。

「すごいんだね」

「すごくなんかない。なんとかやってはいるけどな。まあ、あと結婚相手がな……」

「結婚はしてないの？」

「してない。恋人も……いないし」

じんわりと、喜びが胸の中に広がるのを感じた。

「いないの？」

「ああ。いい加減な性格だからさ、俺」

「あたしも、ずいぶんいい加減。仕事だって、何をやっても続かないし。タクシーはまあ、意外と長く続いてるというか」

「いい加減な人間が、義理の妹のことで悩まないだろ」

ふっ、と南條は笑った。

「俺も、和香子みたいな相手がよかったのかもなあ」

「え？」

思わず、ブレーキを踏みそうになる。

「恋人がいないっていうのは、実は嘘さ。でも……もう一緒にやっていく自信がなくて、つい最近……」

別れたんだ、という言葉を悲しみの底に押し込めたように聞こえた。

「そ、そうなの」

「向こうももう、俺のことなんか見限ったんだろう。会って真剣に話をする時間が少なくなって」

黙ったまま、和香子はうなずく。

「なんか、なんでも話せるよ。和香子には。嘘がつけないというか」

「あたしも！」

思わず大きな声が出て、顔が熱くなる。南條はびっくりしていた。

「……あたしも同じように思ってた。実夢のことも自然に話せたし」

「気が合うね、俺たち」

不意に、三時すぎに公園で出会ったダチョウ少女の顔が、フロントガラスの向こうに見えた気がした。

──今日、運命の日かもしれませんよ。

あの少女は、天使か何かだったのかもしれない。女子中学生でもあるまいし、そんな乙女っぽいことを考える柄でもないだろうに。もう一人の自分が笑い飛ばす。しかし……。

──チャンスって、そうそうあるものじゃないですよ。

ダチョウ少女の言葉がさらに背中を押してくる。

「さっき、言ったよね」

和香子は意を決し、そう切り出した。

「あたしの家に、行こうかって……」

「ん？　ああ」

「今日はダメだけど、別の日なら」

南條が、和香子のほうを見る気配がした。こんな気持ちになったのは久々だった。

「それか、家じゃなくても、どこか別のところでも。明日は休みだし。三日に一度は休みなんだ、タクシーの運転手って」

もう、心臓が自分のものではないようだった。

いったい自分は何を言い出したのか。もう南條が答えるまで、何も言うまいと思った。焼け付く鉄板の上にいるような沈黙。やがて、南條は口を開いた。

「和香子、イヤリングとかしないの」

「えっ？」

たしかにイヤリングはしていない。

「アクセサリーとか、昔からしないんだ。それに、タクシーの運転手がイヤリングしてたら、おかしいよ」

「おかしくないよ。和香子の顔には高いのだって似合うと思うぜ。プラチナとか」

「そんなの買えないし」

「買ってやるよ。二十万くらいの」

「はっ？」

「和香子に似合うだろう。行き先を、変更しようか」

この人なりの、「ＯＫ」という返事なのだろうか。それにしても話が急すぎる……とそのとき突然、何かが激しく震える音がした。

「な、なんだよ」

南條は慌てた様子で後部座席を振り返る。

「和香子、ちょっと車、停めて」

ハザードランプを点灯させ、歩道に車を寄せる。南條は降車した。後部ドアを開けると、後部座席に南條が体を入れた。

「下に、これが落ちてたよ」

南條が持っているのは、黒いスマホだった。三時の休憩に入る前、後部座席をざっと掃除したときにはなかった。ということは……、

「吸血鬼のだ」

「え？」

「南條さんの前に乗せたお客さん」

「出てみるか」

止めようとしたが、遅かった。

「もしもし……」

通話口の向こうから女の金切り声が聞こえ、南條は耳を遠ざけた。何か怒っているようだった。

「ご、ごめんなさい。俺はこのスマホの持ち主じゃないんだ……そう。持ち主がタクシーの中に落としたみたいなんだ。……ちょっと、落ち着きなよ」

相手の声のボリュームが下がった。

「……ああ、そうか。いいよ。よかったらそっちに届けるよ。……北千住？　……わかった」

通話を切り、南條はふうと息をついた。

「誰だったの？」

「持ち主の奥さんらしいな。いきなり『どういうことなの!?』って、なんか女の名前を言ってた。浮気でもしたのかな。ハロウィンのパーティー会場にいるんだって。目的地変更、北千住だ」

「え？　南條さんが届けるの？」

「だって怒ってるし、困ってるもん、持ち主」

あまりに当然というような顔だった。優しい、と取るべきだろうか。

「今、詳しい住所を聞いてもう一度電話をくれるって。和香子も付き合ってくれるだろ？」

「それは、もちろん」

さっきの話はうやむやにされてしまったが、とにかくこれで、もう少し一緒にいられる。

再びスマホが震えたのは、すぐだった。

7　河原崎徹

ハザードランプをつけて停車している車内。後部座席のカシン左衛門のスマホから、呼び出し音が聞こえる。黙って通話してくれればいいのに、出るのが変なやつだったらまずいだろうからという理由で、スピーカー機能を使って二人で話すことをカシン左衛門が提案したのだ。

出た相手がカタコトの日本語だったら、そっちのほうがよっぽど怪しいと徹は思ったがもちろん言わない。

〈はい。住所、わかったー？〉

電話に出たのは、男だった。

「ああ、いや、拙者、すみません。その電話の持ち主なんですが」

「あや、いや、拙者、カシン左衛門」

ドラキュラが慌てて引き取った。

〈お、持ち主のほうか。たった今、奥さんから電話があったよ。奥さんに渡すよりあんたに渡したほうがよさそうだな〉

「そうしていただけると助かります。今、どちらですか」

〈ん？ ……和香子、ここ、どこだよ〉

女といるらしい。電話の相手はその女と何か相談したあとで、再び訊ねた。

〈……ねえ、なんとかザエモンさん〉

「はい。拙者、カシン左衛門」

「いえ、私、お供の者が」

〈どっちでもいいよ、東京スカイツリーのふもとまで来られる？ 押上駅のロータリーのタクシー乗り場だって〉

「河原崎さん、いかがでしょう」

振り向かず、手でＯＫサインを作る。

「大丈夫です」

〈よし、じゃあ決まり。和香子、やっぱりスカイツリーだ〉

通話は切れた。

「東京スカイツリーですね」

「その、タクシー乗り場です」

「了解です」

発進させる。ドラキュラは一息ついていた。

「はぁー、よかった。スマホをなくすって、こんなに焦るものなんですね。社長、ありがとうございました。このお礼は、甘納豆で」

「もういいヨ、甘納豆。森戸さん、用意してくれてるデショー」

また甘納豆談義が始まった。

押上駅のロータリーまでは、ほんの十五分ほどだった。商業施設の建物のすぐ上にそびえる東京スカイツリーを、ふもとから見上げるロケーションだ。平日の昼間はすいていて、タクシーは一台しか停まっていない。同じ、《三江戸交通》のものだった。

ということは、乗っているのは同僚か……。

すぐ後ろに停車すると先方の運転席に後ろで束ねた茶髪が見えた。

「なんだ、和香ちゃんかよ」

納戸和香子。男ばかりの多い三江戸交通に珍しい、女性のドライバーだ。しかも、三十歳で独身ときている。髪の色は明るいし、口調も態度もぶっきらぼうで、本当に客を乗せて大丈夫なのかと心配するやつもいるが、けっこう評判はいいようだ。いかにも、元ワルでしたという雰囲気が、社内でも受けていて、「うちの息子の嫁にならねえかなあ」と言い出すやつまでいる始末だ。

こうして仕事中に遭遇したのも、何かの縁だ。話しかけてやろうと、後部ドアを開けたあとで運転席のドアにも手をかけた。

「あれ、トールさんも行く？」

「同僚なんで、ちょっと、挨拶させてもらってきますよ」

「はい。ワタシ、待っているヨ」

カシン左衛門に会釈をし、ドラキュラのあとを追うように降りた。

「すみません、ありがとうございます」

ドラキュラは、ジャケットの男からスマホを受け取っていた。

「あんた、浮気したろ」

ジャケット男はニヤニヤしながら言った。

「い、いや、けしてそんなことは……」

「奥さん、えらい怒ってたぜ。早く行ってやれ」

二人が話しているのを聞きながら運転席に向かい、コンコンと窓を叩いた。和香子は気づき、窓を開けた。

「あれ、河原崎さん」

「和香ちゃんのタクシーだったんだな」

「そう。お疲れ様です」

相変わらず、ぶっきらぼうな挨拶だった。と、そのとき、

「あー、少佐ジャナーイ！」

すでに耳になじんだ甲高い声が響いた。待っていると言ったはずのカシン左衛門が車を降りて、こちらに向かってくる。その視線の先は、ジャケット男だ。

「か、カシンさん……」

ジャケット男のほうはといえば、カシン左衛門を見て、ぎょっとした顔になった。カシン左衛門はいそいそとやってくると、ジャケット男の右手を取って無理やり握手した。

「少佐。ちょーど昨日、ばったり、お父さんに会ったヨー」

「えっ？」

運転席の和香子の目が見開いた。

「お父さん、大佐、元気すぎ。チョト、飲みすぎヨー」

「そ、そうですか」ジャケット男はへらへらと笑っているが、明らかに逃げたそうだった。

「どちら様です？」

ドラキュラがカシン左衛門に訊ねる。

「ほら、サバイバルゲームの武器の会社の大佐、いるデショー？　あの人の息子。大佐の子どもだから、少佐ヨー」

「ああ、そうなんですか」

「ちょ、ちょっと待って」

運転席のドアを開けて、和香子が出てきた。何を焦っているのか。

「南條さんのお父さんは、高波にのまれて死んだはずだけど」

ゲラゲラ笑うカシン左衛門。

「のまれない、元気、元気。ムシロ飲みスギヨー。ねー、少佐」

「あ、ああ、まあ……飲みすぎですね」

「あー！　今日、フィアンセと結婚式場、見に行くって、大佐言ってたヨ。結婚するデショー、おめでとー！」

「ええっ⁉」

和香子はジャケット男を睨みつけている。

「和香ちゃん、お客様にその態度は……」

「何よ、それっ！」

「黙っててっ！」

徹の胸をどんと突き飛ばし、和香子はぐるりと車を回ってジャケット男の前に立つ。地元にいた女番長を思い出す。怒る女には、どんな男も迫力負けしていたものだった。

「フィアンセって、何？」

「結婚スルの相手のことデショー？　少佐、結婚するって」

「お、お客さん方」

徹はとっさに、ドラキュラとカシン左衛門を手招きする。

「ちょっと、この人ら、取り込んでいるみたいだから。行きましょう」

「えっ？」

ドラキュラのほうは雰囲気を悟ったらしい。

「ハロウィン・イヴのパーティー、始まっちゃうでしょうに」

「アー、そうネ。じゃあ少佐。大佐とフィアンセによろしくネー。結婚式、行くから」

カシン左衛門はただ一人、上機嫌で後部座席に乗り込んだ。

8　南條玲

最悪の雰囲気だった。

運転席の和香子はむすっとしたまま、何もしゃべらない。タクシーは、和香子が玲を乗せた結婚式場へ向かっている。

「あのさ……」

玲が声をかけたところで、車は急停車し、玲は前につんのめる。

「うわっ!」

「赤信号です。シートベルト、お締めくださいと言ったはずですが」

和香子は極めて機械的に言った。

「悪かったよ」

シートベルトを締めつつ、玲は謝った。

「それは、シートベルトに関すること? 嘘をついていたこと?」

「……両方だよ」

「いったい、どういう神経をしているの? お父さんが死んだなんて嘘ついて」

ああ、そうだ。玲は自嘲した。俺の人生なんて、嘘ばっかりだ。

「おまけに、婚約者と結婚式場を見に行った日に、別の女を口説こうって」

「俺、口説こうとなんてしたか？」

ぐっ、と和香子は言葉を飲んだが、やがて静かな怒りとともに言葉を吐き出した。

「部屋に行っていいかとか、イヤリングをプレゼントしようかとか……それを、口説いたと言わないの!?」

信号が青になり、今度は急発進だ。

「おい、法定速度……」

「守ってる」

六十キロぴったりで、車はスピードの上昇を止めた。ふう、と玲は息をついた。

「悪かったよ。聞きたくないかもしれないが、全部話すよ。……俺、ケチな役者だよ。あの結婚式場では、披露宴の司会者をしてるんだ」

「司会者って、あんたが？」

ついに「あんた」と呼ばれた。えらい格下げだ。

「また嘘じゃないでしょうね」

「本当だよ。……新郎新婦、入場です」

披露宴のときの声色を使うと、和香子は信じてくれたようだった。玲は続けた。

「俺には、三年間付き合ってる女がいるんだ。法律事務所に勤めながらあの式場でバイトしてる。知り合った当時は全然仕事もしていなかったが、彼女には時計を製造するメーカーの正社員だと嘘をついた」

「なんで、時計？」

和香子は訊いた。

「単純さ。その直前、時計職人のドキュメンタリー番組をテレビで見て、かっこいいと思っただけ。役者っていうのはなんにでもなりきるもんさ」

幼稚な言い訳だと自分でも思う。

「もちろん、付き合いはじめて、数か月でばれた。でも彼女は許してくれた。それどころか、自分が嘘をつかせていたんじゃないかとまで言ったんだ」

「お人よしね」

「そう。いいやつなんだ。俺は反省した。もう彼女に嘘はつかない。そして、真剣に仕事を探して、結婚を申し込もう。あがきにあがいたが役者の仕事はなかなかなくて、今はイベントや披露宴の司会者が本職みたいになってる。和香子なら、この苦労はわかってくれるだろ？」

「それは、……まあ、うん」

「俺は満を持して、彼女にプロポーズをした。彼女は、一つの条件をつけて、プロポーズを受け入れてくれたんだ」

「何よその条件って」

「ギャンブルをやめること。……俺は昔から、競馬とパチンコがどうしてもやめられなくてさ。負けが込んで、借金をして、それを彼女に肩代わりしてもらったことが何度もある」

「なんて男なの」

「自分でもそう思うよ。彼女も初めは許してくれていたけれど、やっぱり嫌だったんだな。俺はもちろん、やめると言った」

「やめられたの？」

「……先週まではな」

「最低」

「この日曜に、少しだけならと、競馬に行ったんだ。結果は大勝ち。やってなかった数か月分の運が溜まっていたんだと思った俺は、昨日、その金を持ってパチンコに行った。それでまた勝った。二日で二万円が三十万円になった。それで、前々から予約していた、今日の式場見学。俺は、彼女に会って、彼女に指輪を買ってやれていなかったことがずっと引っかかっていたんだ。今日、彼女に会って、現金を見せて『指輪を買ってやりたい』って言ったんだ。そうしたら、なんて言ったと思う？」

「どこでそんな大金を？」

「よくわかるな」

「わかるよ。まさか、ギャンブルって答えたんじゃないよね」

「答えたよ」

和香子はため息をついた。

「だって、そこを嘘ついてどうするんだ」

「そこは、嘘をつきなさいよ。約束、破ったんだから」

嘘つき！　爆発するような声が、玲の耳によみがえる。

「あいつは人目をはばからずに怒り狂った。あの式場、彼女もバイトしているんだ。それで、式を頼むはずだった知り合いのウェディングプランナーの人が止めに入ってくれた。でも、そんなのお構いなしに泣き喚(わめ)いて、俺のことを罵(ののし)った。もう婚約解消する。そうしたくなきゃ、そのお金捨ててきて……なんて言うんだぜ。だからさ、俺も頭にきて、『捨ててきてやる！』って言い放って外に出たんだ。でも、金を捨てられるわけないだろ？　だから全部、無駄遣いしてやろうって思って、このタクシーに乗った」

「なんで『前のタクシーを追ってくれ』なんて」

「だから、無駄遣いしようと思ったんだって。そのタクシーが目的地に着いたら、また近くでタクシーを拾って同じことを繰り返して……ってやろうとしたんだ。だが、和香子の反応が面白かったから、ついずっと乗っちまった。このタクシーで全部使ってやろうとも思った。だから、家に行きたいなんて言ってみた。万が一、埼玉あたりだったら、一気に使えるかな……と」

和香子は明らかにむっとしたようだが、怒りを抑えた様子で言った。

「いくら遠くに行ったって、三十万も使えるわけないでしょ」

そのとおりだった。そのうち、和香子と話しているのが楽しくなってしまった。玲としては、ひかり以外の女性と久しぶりに話したかっただけだ。和香子が心を開いていく様には、悪い気はしなかった。

だが、彼女が自分から家に誘うようなことを言い出したとき、まずいぞ、と思った。本気になられたら困る。ここはいっそのこと、高い物をプレゼントして適当に終わらせることで、金のことにもけりをつけよう。イヤリングを買ってやると言ったのは、そんな気持ちからだった。どこまでも行き当たりばったりだ。

和香子は、イヤリングの意図には気づいていないようだった。いや、気づいていて黙っているのか。いずれにせよ、こちらから言って気まずさを増幅させることはない。

「花屋っていうのは？　どこから引っ張り出してきた嘘？」

和香子は、そんなことを訊いた。

「披露宴会場を飾り付ける花の業者がいてさ。身なりはさえないんだが、その真剣なまなざしがかっこよくて……どこかで憧れてたのかもしれねえな。役者ってのは、なんにでもなりきるもんだ」

言っていて、どうしようもなく短絡的だと自分を呪いたくなった。

「俺のこと、やっぱり見限るだろうな。ひかりは」

罵倒すればいい。されて当然だ。

……だが、和香子は何も言わない。

黙ったまま、前を向き、運転している。

その肩や後ろ姿から、怒りや呆れは消えている。……ように見えた。

いつの間にか窓外は知っている景色になっていた。タクシーは、《プリエール・トーキョー》に近づいている。

9　納戸和香子

ひかり。

今、南條は自分の結婚相手のことをそう呼んだ。和香子の頭の中に、一人の十八歳の少女の姿が浮かび上がる。

まさか。

偶然に違いない。「ひかり」なんていう名前は、ありふれている。

でも……南條の話を思い返せば思い返すほど、思い当たるところがある。

「ねえ」

「ん？」

「あんたの彼女、ひかりさん。法律事務所に勤めながら式場でバイトしてるのよね？」

「そうだよ。勤めている法律事務所は、けっこうそういうのに寛容なんだそうだ。学生時代からやってて、好きでやめられないってさ」

「何のバイト？　やっぱり司会者？」

「いや、チャペルの聖歌隊。高校の頃から合唱部で、大学でもかなり力を入れていたらしい」

ひかりはよく部活で歌っていた歌を聴かせてくれた。グリーンスリーブス。和香子が今でも、口ずさむあの曲だ。

将来は、弁護士とか、会計士とか、そういう資格を取って頑張りたいんだ。……ひかりの声が昨日聞いたかのように耳によみがえる。本当は歌も好きだから、何かの形で続けていけたらと思ってる。………。

「彼女、なんていうの？　名字」

「そんなこと訊いて、どうするんだよ」

「……そうだね。別にいいか」

南條はしばらく黙ったあとで、ぶっきらぼうに答えた。

「速水。速水ひかりだよ」

一瞬、息ができなくなった。南條に悟られまいとする。

「……ちゃんと、謝りなさいよ」

「謝ってももう無駄だ。きっと、これで終わりだよ」

「そう」

なら、それでいいかもね。

それ以上は何も言わず、和香子は黙々と運転を続けた……はずだったが、いつしか鼻歌が漏れていた。グリーンスリーブス。ひかりが教えてくれた歌。

式場に着いて、南條のことを追いかければ、ひかりに会えるのかもしれない。あのときのことを謝れるのかもしれない。だけど……、タクシー運転手をやっている自分を見て、ひかりは何と言うのだろうか。資格を使う仕事という夢を叶え、さらに好きな歌まで続けている彼女が、目的もなく、二十歳をすぎてもずっと悪ぶって、流れ流れてタクシー運転手になっている今の自分を見て……。やっぱり大学に行けばよかったと言うかもしれない。あれが、あなたの人生の転機だったと、そう言うかもしれない。

式場が、見えていた。

惨めだった。

いくら客を乗せるためとはいえ、ここに来なければよかったと、後悔していた。

よりによって、ひかりの婚約者を乗せるなんて。

10　南條玲

《プリエール・トーキョー》のエントランスで、タクシーは停車した。ここで和香子のタクシーを捕まえ、勢い任せに「前のタクシーを追ってくれ」と口走ってから、わずか一時間ばかりだった。

「八千二百十円になります」

和香子は、玲を乗せたときと同じ、タクシードライバーの口調に戻っていた。

「三十万円には全然届かねえな」

玲は言いながら、財布を出す。一万円札が三十枚、ぎっしり入っている。一枚抜き取って差し出すと、和香子は何も言わず、釣り銭を渡し、左後部ドアを開いた。

「終わりか？」

玲は訊ねる。和香子は肩をすくめる。

「そもそも、何も始まってない」

落ち着いたものだった。玲はそんな和香子の顔を見つめ、質問を重ねる。

「降りるつもりはないんだな」

「なんであたしが降りなきゃなんないの？」

「そうだな。タクシーの運転手が、タクシーを降りることはない」

玲は財布の中の一万円札の束をごっそり抜き取り、手を伸ばして助手席に落とした。

「ちょっと、何してるの？」

「先払いだ」

「意味がわからないんだけど」

「いいか。先払いだからな。勝手に発車するんじゃないぞ」

玲は、車を降りた。式場のエントランスの係がにこやかに出迎える。玲はその男の目の前まで行って、和香子のタクシーに、また乗るから。誰も乗せないように頼む」

「あのタクシーに、また乗るから。誰も乗せないように頼む」

「え、ええと……」

「先払いしてあるんだ！」

「承知しました」

建物内に飛び込み、すぐ正面にある階段を上っていく。

「……気づいてないと、思ったのかよ」

誰にともなく、玲はつぶやいた。

和香子のことは、ひかりから何度も聞いていた。

十五歳の頃、父親が再婚した相手の連れ子。どうしようもない不良で、絶対に仲良くなれないと思ったけれど、なんでも話を聞いてくれて、いちばんの親友になったこと。義理の母に相談され、和香子を大学に行くように励ましてくれないかと頼まれたこと。一緒に勉強して、大学を目指したこと。

だが、和香子は願書を出さなかった。それを、ずっとひかりに黙っていた。裏切者とひかりは罵った。私の気持ちなんてわかりっこない、能天気な優等生と、和香子はひかりを突き飛ばした。大喧嘩をし、話をしなくなり……そのまま、親が再び離婚して、二人は離れ離れになった。

ずっと後悔しているの――ひかりは、この話をするときはどうしようもなく寂しげだった。もし会うことができたら、謝りたい――。

でも、和香子は今、どこにいるのかわからない――。

正直なところ玲は、「和香子」という名前は忘れていた。だが和香子から、十五歳から十八歳の頃だけ共にすごしたというエピソードを聞いたとき、ひかりの話とよく似ているとは感じていた。

偶然だろう。世の中にはそんなことはけっこうあるのかもしれない。そう思っていたが、さっき、あることをきっかけに改めて怪しいと思いはじめた。

和香子がひかりの名字を訊いたことだ。

なぜそんなことを訊くのか。和香子も「まさか」と思っているんじゃないのか。

「速水。速水ひかりだよ」

答えると、和香子の様子は明らかにおかしくなった。決定的だったのは、その後、和香子の口から漏れた鼻歌だった。

グリーンスリーブス。

合唱部で習ったのを私が教えたの、とひかりは話していた。

和香子って、ここのところ、何回教えても、一音ずれるんだよね――。

一時間前まで式の説明を受けていた二階のカウンターには、ウェディングプランナーが一人でいたが、玲の顔を見るなり、はっとして立ち上がった。

「ひかりは？」

「あちらの、ロビーに」

指差されたほうへ走る。向かい合う赤いクッションのソファーに、ひかりは座り、うつむいていた。背もたれが大きいぶん、その体が小さく見えた。

「ひかり」

声をかけるとひかりは顔を上げた。恨みと哀しみのない交ぜになった目。

「なんで、帰ってきたの？」

「プレゼントを持ってきた」

玲はその手をつかんだ。

「やめてよ！」

ひかりは玲の手を振りほどく。

「……私たち、もうダメだよ。やっぱり。何度言っても、玲は約束を破る。嘘をつく」

「ああ、そうだ」玲は答えた。「俺は約束を破るし、嘘をつく。だから、もう俺のことはいい」

「え？」

わけがわからないという顔のひかりの手を、再び取る。今度は抵抗することなく、ひかりは立ち上がった。

「俺のことはもういい。婚約を解消したければ、していい。だがお前には、運命を逃してほしくない」

「……どういうこと？」

「これ以上、後悔を抱えたままでいてほしくない。これだけは、本当の気持ちなんだ」

玲は走り出す。手を引かれ、ひかりは逆らわずについてきた。階段を下り、エントランスを出る。和香子のタクシーは、後部ドアを開けたまま待っていた。そこに、ひかりを無理やり押し込み、首を突っ込んだ。

「運転手さん。このお客を、東京スカイツリーまで」

和香子はこちらを振り向き、目を見張った。言葉もなく、ひかりの顔を見つめている。

「なんで……」

ひかりも、和香子のことに気づいた様子だった。

「着いたら先払いの料金が尽きるまで、スカイツリーの周りを回ってくれ。何周でも何十周でも。それでも、話したりないかもしれない。そうしたらこのお客を連れていってもらって構わない。運転手さんの、家まで」

「え、ええと……」

「頼むぞ！」

玲は勢いよく、後部座席のドアを閉めた。数秒の間があったあと、エンジンがかかり、戸惑ったように、タクシーは発進した。

薄暗くなった空。スカイツリーには照明が灯(とも)りはじめる。

――人は時としてすれ違い、距離を置き、また共に歩きはじめる。

第四幕　決心した夜

1　中畑実夢(なかはたみむ)

午後五時をすぎ、店内は混み合っている。

「まだ、何か飲む？」

東(あずま)先生が訊いた。

「もう、いやっていうほど飲みましたから」

「そう。じゃあ、もう行こうか」

自分はつい五分前に来たばかりなのに。

本来の約束は四時だった。遅れては失礼だと、実夢は学校が終わってから直行し、三時半にはこのファストフード店にいた。でも蓋を開けてみれば先生のほうが一時間も遅刻した。

実夢は東先生を睨みつける。年齢は六十二歳だと言っていただろうか。普段はもっと堂々とした、というかなんでも受け入れてくれる包容力を感じるのに、今日は落ち着きがない。

「まだ、開始まで時間ありますよ。先生のコーヒー、そんなに残っていますし」

当然だ。たった今、カウンターから持ってきたばかりなのだから。

「どうも、こういう店は苦手でね」

たしかに東先生にファストフード店は似合わない。ちゃんとしたジャケットを羽織っていて、もっとちゃんとした喫茶店がよかったのかもしれない。苦手というのは店のことだけでなく、安いコーヒーが口に合わないという意味も含まれているのかもしれない。

「わかりました。行きましょう」

「くれぐれも、ばれないように、頼んだよ」

「任せてください」

通学バッグをぽんと叩く。さっき先生から預かった重要なものは、内側のポケットにしっかり入っている。

連れ立って店を出ると、すぐ目の前は水戸街道（みとかいどう）。暮れゆく一月の空に向かってそびえる東京スカイツリーは、「幟」のイルミネーションを点灯させていた。いつ見ても、満ち満ちた自信を感じさせるたたずまいだ。

「じゃあ、私はこっちだから。また来週の火曜日に」

手を上げると、先生は実夢に背を向け、歩き出す。お通夜の会場は、先生を待っているあいだに何度もスマホで確認したからわかっている。歩いて五分もかからないはずだ。

これでよかったのだろうか。去り行く先生の背中を眺めながら、もやもやしていた。

六十年も生きていれば、いろいろな経験があるものだよ。東先生はそう言った。人には言えない秘密だって、いくつかね――。

背中をつつかれる感覚。実夢は振り返る。

そこには、ストレートの髪を肩まで伸ばした少女がいた。どう見ても小学生なのに、ファー付きの紫色のダウンコートなんか着ている。肩に下げられているのは、ダチョウの形をした、風変わりなビニールバッグだった。

「これ、忘れものじゃないですか？」

少女が差し出したのは、実夢のスマホだった。

「椅子に置いたままでしたよ」

「ああ、ありがとう。忘れたら大変なことになるところだった」

受け取り、その少女に微笑む。以前なら、小学生相手にこんなに愛想よくできなかった。

少女はじっと実夢の顔を見ている。笑うでもなく、怖がるでもなく。強いて言うなら、怒っているというのが正しいような顔だ。

「いいんですか？」

少女は、口を開いた。

「何が？」

「後悔しますよ、あの人」

顔の角度を変え、少女の視線は実夢の背後へ。もう三〇メートルばかり離れてしまった東先生の背中をとらえている。

後悔。実夢の中で何かがつながった気がした。

そうだ。東先生、このまま帰ってしまったらきっと、後悔する。

「ありがと」

ダチョウ少女に礼を言い、先生の背中に向かって走り出した。

「東先生！」

先生は振り返った。

「やっぱり行きましょう、先生も」

冬の闇に、実夢の吐いた息が白くなる。東先生は驚いたように実夢を見ていたが、

「いいんだ」

背を向けてまた歩き出そうとする。実夢は先生の手を握った。

「塾の関係者が大勢来るだろうから、紛(まぎ)れたらわからないんでしょ」

「でも、ご遺族は私の顔を覚えているだろう」

「私がごまかしますよ。六十年も生きていれば、いろんなことがあるって言いましたよね。

もう一つぐらいそれが増えてもいいじゃないですか」

　生意気なことを言っただろうかという気持ちは、実夢の中にはない。東先生は少し考えたが、やっぱり首を振った。

「君は制服だから違和感はないが、この服で行くわけにはいかない。今から喪服を家に取りに帰ったんじゃ、間に合わない」

「どこかで借りられますよ」

「どこで？」

　即座に答えられるわけがない。頼れる人が誰かいるだろうか。

　――悩んでいることがあったら、いつでも、なんでも相談して。

　頭の中で、くしゃくしゃに丸めて放っておいたメモ用紙を開いたような感覚。

「あの人なら、東京中を走ってるから知ってるかも」

　いぶかる東先生の前で、実夢はスマホを操作した。「納戸和香子」の名前は、すぐに見つかった。

2　藤枝功六（ふじえだこうろく）

「このたびは、ご愁傷様でした」

初老の女性が頭を下げた。功六も挨拶を返し、香典を受け取る。

「こちらに、ご芳名のご記入をお願いします」

女性はペンを取り、名前を書く。長谷川鶴代。……違う。

「どうぞ、会場にお進みください」

案内をしたあとで、功六は参列者の列の後方を見た。クロークへ荷物やコートを預けるための列は、開け放たれた扉のはるか向こう、道路まで達している。故人の北条花江は、かつて個人塾を経営していたことがあり、参列者は多い。

クロークに荷物を預けた参列者は、受付で香典を渡し、芳名帳に記帳して会場へ進んでいく。受付は功六の担当も含めて三つあるが、それぞれにまた、列ができている。七時までに全員分の記帳は終わるだろうか。そして、やつは現れるだろうか。

功六の隣の受付係は笹口というまじめそうな男で、慇懃な態度で対応をしている。その向こうの松下という女性はいくぶん愛想がよく、時々知り合いが現れるとそつのない会話をしていた。

「おーう、笹口。久しぶりだな」

笹口の列に並んでいた男が、彼に香典を渡しながら無遠慮に話しかけた。

……おや？

年齢は三十代前半。耳と鼻が小さく、ややえらが張っている。確実にどこかで会った顔だ。

しかし、故人とは縁もゆかりもない功六の知り合いが、この葬儀に参列しているはずがない。

「ああ、池原先生ですか」

「花江先生、残念だったな。病気だったんだって？」

「はい。ご家族のお話ではがんでずっと入院されていたそうです。私も知りませんでした」

「もう一度くらい会いたかったけどな。ところで、なんでお前が受付係なんだよ。花江先生の跡を継いで塾をやってたの、お前なんだろ？　中にいて親戚と並んでてもいいくらいじゃないのか」

笹口はばつが悪そうにごまかし笑いを浮かべた。

「あんなことがきっかけで、塾を畳むことになってしまいましたから。こうして、お手伝いをさせてもらえるだけでもありがたいものです」

「相変わらず、まじめで面白くねえやつだな」

笑いながら彼は記帳をする。藤枝はさりげなく手元を覗き込む。池原翔一。知らない名前だ。いったいどこで会ったのか。

「笹口、今、何やってるんだよ？」

「中学の同級生の経営する会社で働かせてもらっています。でも、また塾をやろうかと思って」

「へぇー。いいんじゃないの。結婚は？」

「そんなの、まだまだ考えられません。経済的に厳しいですし」

「そうか。なあ、俺はどうだと思う？」

葬式の場だというのに結婚の話題などとは浮かれた男がいたものだ。笹口のほうは、

「先生、後ろがつかえていますので。またあとで聞きます」

表情を変えずに受け答える。

「つまんねえやつ」

池原はペンを置くと、葬儀会場のほうへと消えていった。

*

相談があるから会えないか。高校時代の悪友、中辻和夫（なかつじかずお）からそういう連絡が功六にあったのは、昨日のことだった。

待ち合わせ場所は、昔よく通った喫茶店だった。《カフェ・モトキ》という店名は変わらないものの、外見も内装もすっかり変わっていた。壁紙は真っ白で、こじゃれた観葉植物などが置いてある。椅子もテーブルも今日買ってきたようにぴかぴかで、画面の割れたゲーム台など一つもなかった。

「時代は変わったもんだな」

奥の席で出迎えた中辻も、店の変わりようにすっかり居心地が悪そうだった。高校の頃、彼とは授業を抜け出し、この店で閉店までゲームに興じたものだった。その他の遊びといえば、野球賭博に賭け麻雀（マージャン）。反省文を書かされたことだって一度や二度ではない。高校を卒業してからも定職に就かず、しばらくそうしてつるんでいたが、いつしか中辻は父親の紹介で葬儀場をいくつか経営する会社に勤めはじめた。その後は順調に出世をし、今では一つの葬儀場の責任者を任されている。

しばらく近況報告をし合ったあとで、中辻は用件を口にした。

「実はうちの葬儀場に、最近、スリが出ているんだ」

「スリ？」

「初めは去年の暮れだ。葬式が終わったあとに、『財布の落とし物がありませんでしたか』と問い合わせがあった。そういうのはたまにあるから気にしていなかったんだが、その三日後と、年が明けてからも二件あったんだ」

どのケースも、参列者が二百人以上集まる葬儀で起きており、財布の落とし物が見つかったことは一度もなかった。家族葬だったら部外者が出入りするのは不可能だが、弔問客（ちょうもんきゃく）が大勢やってくる葬儀の場合、本当に故人の関係者なのかいちいち問いただすことなんてできない。つまりそのスリはそういう葬儀を狙い、喪服に身を包んで弔問客に紛れ、財布を盗っていくのだろうと疑われているのだ。

「これを見てもらえるか？」

中辻は椅子に置いてあったカバンからアルバムのようなものを四冊、取り出した。葬儀の参列者が受付で名前を記す帳面――芳名帳だった。四冊いずれにも付箋が貼ってある。

「これが暮れの二件、これが今年に入ってからの二件」

付箋の貼ってある部分を開いて並べる。すべてのページに同じ名前が書いてあった。

『金鳥升代』

「きんちょう、ますよ？」

「『かねとりますよ』だ。ふざけたこと、しやがって」

背もたれに体を預けながら、中辻は舌打ちをした。功六はもう一度、その筆跡を見比べる。サインペンと筆ペン、筆記用具の違いはあれど、四つとも同じ人物が書いたのは明らかだった。

同じ葬儀場で行われたまったく違う四つの葬儀すべてに同一人物が参列しているなど、ありえない。この名前なら同姓同名の可能性も排除されるだろう。誰かが、弔問客に紛れ込んでいるのだ。

「明日、一つ葬儀の予定がある」中辻は忌々しそうに言った。「故人の身内は弟夫婦だけだが、長らく塾を経営していた関係で、元教え子や関係者が三百人は来るだろうということだ」

「話はわかった」

　功六は答えた。

　探偵事務所に勤めはじめてもう十五年が経つ。難しい専門知識を必要とする調査は苦手で落ちこぼれ扱いだったが、万引きの張り込みは得意だった。スリを見つけるのは、万引き犯を見つけるのに通じるものがあるだろうと考えていた。

「さすが、持つべきものは友人だ」

　中辻は両手を合わせて礼を言った。

「やめろ。葬儀社の人間に拝まれるのは気分がいいもんじゃない」

「そうだろうな。……ああ、それからこれは言っておかなきゃいけないんだが、明日の葬儀、俺は行けないんだ」

「行けない？」

「岩手の親戚の家で不幸があった」

「他人の不幸に構っている暇はないというわけか」

「ああ。久米（くめ）という信頼する部下に任せてあるから安心してくれ」

　そういうわけで功六は今日、五時すぎに、この葬儀場へやってきた。

　久米は銀縁眼鏡をかけ、髪をぴっちりと七三に分けた、四十がらみの男だった。見た目どおり口調もまじめくさっており、「中辻主任からお話はうかがってございます」と、腰を斜め四十五度に折って功六に挨拶した。

　もしスリが今夜も現れるとしたら、いつものとおり芳名帳に「金鳥升代」と書くはずである。久米に話を通し、功六は受付係の一人に交ぜてもらうことにした。

　午後六時きっかりに受付を開始し、もう三十分以上、功六は受付係をしながら芳名帳に目を光らせているのだった。本来受付係は笹口、松下の二人だったそうだが、この人数なら初めから三列にしておくべきだったのではないかと功六は思っていた。

　芳名帳に名前は増えていくが「金鳥升代」はまだ現れていない。右隣二冊の芳名帳にもそれとなく気を配っているものの、そこにも書かれていないようだった。

「ちょっとあなた」

　突然背後から、右腕をぐいと引っ張られた。振り返ると、喪服姿の小柄な老女だった。白髪を染めているのだろう、ブロッコリーのような癖毛は紫色になっており、色の入った度付き眼鏡をかけている。

「通夜振る舞いのお料理、そろそろ届くころじゃないかしら」

「はい？」

「六時三十分という約束だったはずだけど」

　功六を葬儀場スタッフと勘違いしているようだ。そういえば久米と打ち合わせをしているとき、そばを彼女が通りかかったような気もする。

「私、お義姉さんが亡くなったすぐあとからあれしたのよ。お義姉さん、病院で『次の桜を見るまでは生きたいわねえ』って言ってたの。それが叶わず死んじゃったから、無念でしょうねえって、季節は冬だけど、桜の形のお野菜をちりばめたお寿司をあれしてくれる仕出し屋さんなんてないかしらって。お義姉さんを喜ばせてあげようと思って、あれしたのよ。そういう人、私は」

話の中に「あれ」が多くてよくわからないが、故人の弟の妻であるらしいことはわかった。故人は生涯独身で、身内は弟夫婦だけだと中辻が言っていた。

「すみません。実は私、葬儀場のスタッフではありません」

「あら？　じゃあ誰？」

彼女は色付きのレンズの向こうからまじまじと功六の顔を見た。

「塾の関係者でして」

そもそも故人についての情報が「塾の経営者」ということしかない。詳しく突っ込まれたら面倒だと思ったが、その心配はいらなかった。

「あらそう。ごめんなさい。嫌になっちゃうわねえ、担当の人どこかしらねえ……」

ぶつぶつ言いながら葬儀会場のほうへ去っていく。故人のためというより、自分のために葬儀を執り行っているような印象だった。

「清美？」

今度は参列者のほうから、大きな声が上がった。

「やだ、清美じゃない。久しぶり、元気だった？」

松下清美の列の先頭に、その女はいた。喪服は喪服なのだろうが、首回りの開きが大きく、肩がシースルーのデザインになっている。スタイルがよく、顔も整っており、どことなく水商売を思わせるいでたちだった。

「樹里……」

松下は戸惑っているようだった。

「はい、これお香典。清美、今何をやってるの？」

「樹里、ちょっと静かに。……こちらに、お名前をちょうだいしております」

「あは。お名前ね。はい」

ペンを取り、彼女は芳名帳にさらさらと名前を書く。滝川樹里。

「花江先生亡くなっちゃってショックよね。またあとで、お話ししよ。……あれ？」

滝川樹里は、もう一人の受付係の顔をまじまじと見つめた。

「笹口先生ですよね」

「あ、ああ、久しぶりだね」

「わあ、懐かしい。先生、変わらなーい」

「そうかな」

「私、どうですか？　変わったでしょ」

「変わったといえば、変わったかな」

後ろの弔問客たちは迷惑そうにしている。さっさと追い払えばいいものを、笹口はまったくそうするそぶりを見せない。

「君は……今……、まあいいか」

むしろもう少し話をしたがっているようだった。先ほどまでは教え子が話しかけてくると注意をしていたはずだが。この滝川樹里という女は、笹口にとって特別な生徒だったのではないだろうか。まじめな男ほど、慕情が面に出やすい。

「ああねえ、そういえば先生って、花江先生の跡を継いで塾、やったんじゃなかったでしたっけ。それで、いろいろあってつぶしちゃったとか」

「うん、まあ」

「どうなんですか、それって、どういう事情で……」

「樹里。後ろのほうがつかえているから」

松下が口を挟むと、滝川樹里はばつが悪そうにうなずき、「じゃあ後で」と告げ、会場のほうに歩いていった。

滝川樹里の背中に向けられる、松下のなんともいえない目。……どうも探偵稼業をしていると、余計な人間関係が気になってしまう。スリのほうに集中しろと、自分に言い聞かせた。

3 中畑実夢

物心ついたときから、両親の仲は悪かった。

フリーランスの編集者というよくわからない職業の父親は生活が不規則で、実夢が学校に行く時間には寝ていたし、夜はいつも実夢が眠ってから帰ってきた。専業主婦の母親は口を開けば父親の悪口ばかりを言っていた。それだけならまだいいが、実夢に八つ当たりをしたり、夕食を作ってくれないこともあった。

あとから知ったことだけれど、父親には当時、愛人がいたようだった。母親はそれに気づいていながら問いただすことができず、物静かな性格から誰にも相談することができなかった。悩みと苛立ちの唯一のはけ口が、実夢だった。

実夢は、母親が怖かった。つい数秒前まで笑っていたはずなのに突然鬼のような形相(ぎょうそう)になってしょうゆの瓶を壁に投げつけたり、取り込んだばかりの洗濯物をすぐまた洗濯機に放り込んで洗ったりという奇行のすべてが、実夢に恐怖を与えた。家に帰るのが嫌で、学校が終わったらすぐに友だちの家に押しかけ、夕食ぎりぎりまで居座っていた。

「お腹すいたから、おやつ食べようよ」

ある日、いつものように友だちの家で遊んでいたら、その友だちが言い出した。その日、友だちのお母さんは不在でおやつを用意しておらず、二人でその家の台所を探したが何も見つからなかった。友だちはお父さんの書斎のドアを叩いた。出てきたお父さんは休日らしく、パジャマ姿で頭はぼさぼさだった。おやつがないのだと友だちが告げると、「ちょっと待ってな」とお父さんは一度部屋に引っ込み、すぐに出てきて、細長いビニールのパッケージに入った何かを友だちに渡した。

「お母さんには内緒な」

「わかった」

二人は、秘密のやりとりをするように微笑み合った。

友だちが実夢に分けてくれたそれは、ソーセージのような形だったが、内装フィルムを剝いて食べるとソーセージとは似ても似つかない、魚っぽい味がした。

「何これ」

「チーズかまぼこ。知らないの？」

半円状のかまぼこしか知らなかった実夢はこんなものがあるのかと驚いたが、たしかにところどころに小さなチーズのかけらが入っていた。

「お父さん、お酒が好きなんだけど、お母さんに止められててね」

友だちは声を潜め、笑いながら実夢に言った。

「でも、お部屋にこっそり隠してるんだ。おつまみも一緒に」

友だちの顔が、実夢の目には不思議に映った。そんな秘密をお母さんが知ったら、とんでもなく怒るんじゃないだろうか。……でも、友だちの態度からはそんな危機感は漂っていなかった。むしろ、自分とお父さんだけの秘密があることを喜んでいるようだった。

父親との秘密の共有。自分にはない経験だと実夢は感じた。週に一度、顔を見ればいいほうだった。それでいてあの父親は、自分にも母親にも秘密にしていることがたくさんありそうだ。秘密を知れば母親は怒るだろう。実夢にとって常に、父親の話題は母親の怒りを伴うものだった。

それから一年くらいして、両親は離婚した。きっかけは、母親の自殺未遂だった。

その日の朝、母親は妙に上機嫌で、朝食はトーストにサラダに目玉焼きだった。そんなものを用意してくれたことはそれまでなかったのでびっくりはしたけれど、実夢は単純に喜んで食べ、学校へ行った。

その日の午後の授業中、実夢は職員室に呼び出され、教頭先生の車で警察に連れていかれた。

対面した母親は、数時間前に実夢を学校に送り出したときと同じ服だったけれど、目つきはまるで別人だった。うわごとのように「私はいらないの、いらない人間なの……」とつぶやき続け、会話ができる状態ではなかった。警察の人が言うには、母親は雑居ビルの五階に上り、廊下の窓を開けて飛び降りようとしていたところを、そのビルで営業をしていたマッサージ店の店員に止められたということだった。

岡山の田舎から祖母が迎えに来て、母親は連れていかれ、入院した。それをきっかけに両親は離婚。実夢の親権は父親が持つことになった。

さすがに責任を感じたのか、父親は家にいてくれる時間が多くなった。でも、コミュニケーションは実夢のほうから拒絶した。食事、洗濯、入浴……そういった日々のことは、お互い時間をずらすことで顔を見ずに暮らすようになった。「父一人娘一人の家庭内別居」といった状態が、小学校の終盤から中学校時代にかけて続いた。

状況が変わったのは、一昨年の秋。といっても、いい方向にではなかった。

父親が再婚した。相手は、スナックで知り合った年上の女性。しかも、三十近い連れ子がいた。

実夢は、思わず笑ってしまった。

もう、現実とは思えない。勝手にしてほしい。

でも、勝手にはならなかった。この変化により、実夢は新しいストレスを強いられるようになったからだ。マンションに再婚相手とその連れ子が同居するようになった。自分の部屋のスペースは守られたけれど、リビングや風呂、トイレのどこで誰と出会うかわからない。

父親、再婚相手のおばさん、その連れ子の茶髪女。三人とも実夢の嫌いな相手だ。

早くこの息が詰まる家から出ていきたい。でも、経済的に生活を支えられるほどのアルバイトなんて、高校生に見つかるはずがない。出ていきたい。出ていけない。誰かに言いたい。誰にも言えない。わあっと叫びたい。叫べない。鬱屈した気持ちは実夢の中で渦巻き、ついに実夢は犯罪に手を染めてしまった。

初めに事を起こしたのは、近所のスーパーマーケットだった。生鮮食品、惣菜（そうざい）、日用品、酒類……当てもなくふらふらと歩いているうち、冷蔵加工食品のコーナーの前でめまいのような感覚に襲われた。

気づいたら、スーパーマーケットの外に出て、走っていた。自覚はないが、逃げていたと表現するのが妥当だろう。通学バッグの中には、数本のチーズかまぼこが入っていた。

なぜチーズかまぼこなのか、自分でもわからなかった。ただ、小学生の頃のあの友だちの顔がよみがえってきただけだ。あの日のチーズかまぼこがすごくおいしかったというわけでもない。盗んだものを一本食べてみたけれど、やっぱりそんなに印象的だったとも思えなかった。

それからも万引きを続けた。場所は毎回違うスーパーマーケットだった。家の近くだとばれるかもと考え、通学中に電車を途中下車したり、まったく違うところへ〝遠征〟したりもした。

盗むのはもっぱらチーズかまぼこ。それ以外を盗むのは考えられなかった。

去年の五月に、一度捕まりそうになったことがある。テレビで見たことのあるような万引きGメンが張り込んでいたのだった。初めて訪れた店だったのに、運が悪かったとしか言いようがなかった。そのときは偶然そばにいた男の人のパーカーのポケットに盗んだチーズかまぼこを滑り込ませ、ことなきを得た。

ところが十月になって、新小岩のスーパーで万引きをしたとき、またその同じGメンに見つかった。今度は捕まり、店長室にまで連れていかれた。最悪なことに、迎えに来たのは父親の再婚相手の連れ子、和香子だった。和香子はGメンや店長、警察官に複雑な家庭の事情を話し、その日は解放してもらえた。

帰る道すがら、和香子は言った。

「悩んでいることがあったら、いつでも、なんでも相談して」

メモ帳に書いて丸めて捨てるような、安っぽい言葉だった。今まで会話らしい会話もしたことないのに、急に「身近な大人」ぶったことを言ってきて。あんたなんて家族でもなんでもない。実夢は無言を貫いた。

藤枝功六と名乗る男が住まいを訪ねてきたのは、それから数週間後の日曜日のことだった。父親に言われて部屋から無理やり引きずり出され、リビングで対面したその相手は、あの万引きGメンだった。

「チーズかまぼこばかり盗むというのが気になったんだ」

スーパーのバックヤードで見せた顔からは想像もつかないような優しい態度で、チラシを差し出してきた。《NPO法人　枝をひろげて》と書かれていた。

「青少年の更生支援をしている団体なんだ。カウンセラーの先生が相談に乗ってくれるから、一度行ってみるといい」

実夢の通っていた小学校や中学校にも、スクールカウンセラーがいたので、その存在は知っていた。だけど、ああいうのは不登校児の相手をするものだ、と漠然と思っていた。チラシにも、「人と上手に付き合えない青少年の自立支援」なんて書かれている。少なくとも実夢は学校では普通にふるまっていて、いじめられた経験もない。人間関係ではむしろ、うまく立ち回ることができるほうだった。だから、カウンセラーなんて……。

結局、実夢の意見など無視されて父親が勝手に話を進めた。そうして出会ったのが、東先生だった。

公民館の、五人くらいでお茶を飲むような畳敷きの部屋で、先生と二人きり、実夢は小一時間ばかり世間話をした。先生はにこにこしながら話を聞いてくれたあとで、ゆっくりと実夢に訊いた。

「子どもの頃、友だちの家で食べたんでしょ、チーズかまぼこを」

なんで知ってるんですか。実夢は驚いて訊き返した。

「味というより食べた経験そのものが、実夢さんの心の中で、何かの感情と結びつけられた可能性があるな。『私にはないものだ』とか、あるいは『うらやましい』とか」

胸の中から口に向かって、何か熱い溶岩のようなものが逆流してくる感覚に見舞われた。その溶岩は、涙となって実夢の目から流れた。

「私、うらやましかったんだ……」

言葉が、口をついて出た。実夢は泣いた。泣きながら、友だちの家での出来事を話した。こんな小さなこと……と言うと、先生は小さなことじゃないんだよ、と言った。

「つらかったんだよね。つらいと言えないことも、つらかった」

泣き続ける実夢の背中を、東先生はさすってくれた。

「原因がわかったということだけで、大きな進歩なんだ。それに君はもう、一人じゃない」

それからというもの、実夢は万引きをすることがなくなった。でも、スーパーマーケットの前を通りかかるとめまいを感じることはある。東先生のところには週に一、二回通っている。

東先生には感謝してもしきれない。本当に、完璧な大人に出会ったのだ——と実夢は思っていた。

その東先生がレンタルの喪服に身を包み、今、タクシーの後部座席の実夢の隣でうつむいている。

「……やっぱり、やめないか」

「何を言っているんですか、もうすぐそこですよ」

実夢が言う前に、運転席の和香子が振り返った。タクシーは、《ナガサワ乾物商店》と大きく書かれたシャッターの前に停まっている。時刻は六時三十分。開式まであと三十分だ。

「しかし……」

「先生の顔なんて、誰もわかりませんよ」

実夢は口を開いた。

「そんなものだろうか」

煮え切らない。実夢がそう思っていたら、

「先生は、運命を信じますか？」

運転席から和香子がいきなり言った。

「運命だって？」

「あたしは信じますよ。ある日乗ってきたお客さんが、あたしの人生にとても大事な運命をもたらしてくれることだってあるんです」

何を言っているのか。実夢の中に反発心が生まれる。

さっき電話をしたとき、すぐに和香子は出て、十分もしないうちに迎えに来てくれた。東先生を紹介し、喪服を貸してくれるところを知らないかと訊ねたら、やっぱり知っていると答えた。ただし、事情を話せと和香子は言った。

成り行き上、事情を話さないわけにはいかなかったけれど、深く関わってくれるなという気持ちが実夢にはある。協力してくれて感謝はする。でも、心を開いたわけでは全然ないのだ。

「今日は、この子が先生の運命を運んできたんだと、そう思うのはどうですか？」

茶髪で目つきもきつい和香子が、東先生に説教じみたことを言うのが、実夢は我慢できなかった。連れ子のくせに。三十にもなって、経済的に独立できずに居候しているくせに。ちょっと黙ってて口をついて出そうになった。でも、東先生がじっと考えているのを見て、実夢は気持ちを変えた。

「よし」

東先生はためらいがちに、それでも確実につぶやいた。

「そこまで背中を押されたら、断るわけにはいかないな」

実夢ではなく和香子に説得されたのが気に入らないけれど、とりあえず今は気にしないでおこう。

連れ立って、外へ出る。乾物店の角を曲がると、三〇メートルほど向こうに葬儀場は見えた。

『故北条花江儀　葬儀式場』

看板のそばまで達している列の最後尾に並んだ。実夢たちの前は、女性の二人連れ。やっぱり花江さんにお世話になった塾の生徒らしく、当時の思い出話を懐かしそうに話している。

いざ会場に入るのだと思ったら緊張してきた。ちゃんとお葬式に参列するのは初めてだった。知らない作法がたくさんある。

「先生、お香典って、どのタイミングで誰に渡すんですか？」

実夢は振り返って訊ねた。東先生は声を潜める。

「受付の人が教えてくれるよ。それより実夢さん。私たちは知り合いではないということになっている。あまり親しげに話をしているのはまずいな」

たしかに。無言でうなずき、前を向く。

列は進んでいき、開け放たれた建物の入り口が近づいてくる。参列者はまず、入って左側にあるクロークにコートや荷物を預け、そのあと受付をしてから中へ進むようだった。

「受付は三列ございます。どうぞ皆様、三列にお分かれになってお進みください」

スタッフらしき人が声をかけていた。

入り口を入ると、受付の様子が見えるようになった。喪服姿の係の人が三人。

「やだ、清美じゃない。久しぶり、元気だった？」

やけにうるさい女性がいる。肩のあたりがシースルーになったデザインの喪服だ。スタイルはよく、実夢から見ても色っぽい。受付係の女性が久しぶりに会った知り合いのようで、興奮しているのだった。

別の受付にいる年配男性が、それを迷惑そうに見ている。

「……あれ」

実夢は目を凝らした。あの人、どこかで見たことが……。

「えっ？」

思わず声を出した。実夢の気配が伝わったのか、その男性の顔がこちらに向けられる。実夢はとっさに顔を背けた。

「どうかしたのか？」

東先生が小声で訊ねた。実夢は東先生の腕を強引に取り、列から離れて葬儀場の入り口から外へ出た。

「どうしたんだ。せっかく並んでいたのに」

「受付に、藤枝さんがいるんですよ」

「藤枝……って、あの、探偵事務所の？」

間違いなかった。あの悪趣味なハンチングこそかぶっていなかったけれど、忘れるわけがない。腕をひねり上げられたときのあの怖い顔と、東先生を紹介してくれたときの優しい顔のギャップ。

「なんで彼が、花江先生の葬儀の受付を？」

訊きたいのは実夢のほうだった。

東先生は、企業カウンセラーをしていた十年ほど前に、とある仕事を通じて藤枝さんと知り合ったと聞いている。

「藤枝さんって、北条花江さんのことを知っているんですか」

「いや……、そんな話は聞いたことがない。だが、ひょっとしたらどこかでつながっているのかもしれない」

そう言ったかと思うと、東先生は顔を隠すように頭に手をやった。

「彼は私の顔を知っている。ご遺族に、私が来たことがわかってしまう。ああ、やっぱり私は行くべきではないんだ。このまま帰ろう」

「ちょっと待ってください、先生」

並んでいる人たちが、何事かと二人を振り返っている。まずい。実夢は東先生の手を引いて、乾物店の角を曲がり、和香子のタクシーまで戻ってきた。

「あれ、ずいぶん早かったね」

不思議そうな顔をしている和香子に、実夢は今起きたことを話した。

「あらー、それは困ったね」

「やっぱり私は行くべきではないんだ」また東先生は弱気になっている。「実夢さん、君だけ行ってきてください」

嫌だ。ここまで来たら、絶対に東先生を葬儀に参列させなくては。

でも、受付に藤枝さんがいるのだったら、身分を隠して葬儀に潜入するのは無理だ。藤枝さんは東先生を見つけたら、「故人とはどういうご関係で?」と訊ねるだろう。受付をやっているということは、藤枝さんと北条さんは近しい間柄である可能性が高い。そうしたら、北条花江さんの親族に、東先生が来たと話が通ってしまうかもしれず……。

「どうしよう」

和香子に心を開いたわけでは全然ない。でも、さっき東先生に決心させたことを考えれば、何かいいアイディアを出してくれるだろうという気持ちがあった。何しろ和香子は運命を信じているのだから。

「こうしたらどうかな」

少し考えるそぶりを見せたあとで、和香子は口を開いた。

4　藤枝功六

腕時計を見る。六時五十五分。

芳名帳はすでに、二冊目の半ばまで埋まっている。

相変わらず、「金鳥升代」は現れない。そもそも、今日現れるかどうかわからない相手をこれ以上待つのが馬鹿らしくなってきた。

いや……、と思い直す。

向こうは作戦を変えてきたのかもしれない。つまり、「金鳥升代」という名を芳名帳に残すという子どもじみた真似を今日からやめることにし、別の偽名を使って葬儀に潜入するのだ。これだけの大人数の葬儀なら、スリにとって仕事はし放題だろう。

功六は右斜め後ろの開いた扉から会場の中を覗き見た。もうかなりの人数が入っている。金鳥升代もすでに、この中に……？

「ちょっとあなた！」

鋭い声が空間を切り裂く。受付席から数メートルのところで、さっきの紫ブロッコリー頭が久米を捕まえていた。

「通夜振る舞いのお料理、どうなってるの？　先方と連絡はつかないの？」

「ええ、向こうからは何も。先ほどお店に電話をしたのですがどなたも出ず……」

銀縁眼鏡に手を当てながら、久米は首をかしげる。

「六時三十分の予定だったのよ。法要の三十分前だから対応できると思っていたけれど、もう始まっちゃうじゃない」

「ええ。左様でございますねえ」

「葬儀の最中に来たら、誰か対応できるんでしょうね」

「ええ。対応させていただきます」

葬儀場のスタッフというよりデパートの店員のような受け答えだ。馬鹿丁寧も時と場合を選ぶべきだろうと余計な心配をする。

「お義姉さん、せめて次に桜が咲くのを見てから逝きたいって言ってたのよ」

「左様でございますか」

「それが叶わず死んじゃったから、私が無理して、桜のちらし寿司を出してくれる仕出し屋さんを探したの。そういう人なの、私は」

またこの調子だ。功六がうんざりしたそのとき。

「あれ。ひょっとして藤枝さんじゃないですか？」

名を呼ばれ、顔を戻す。記帳台を挟んだそこに、制服を着た女子高生が立っていた。知っている顔だった。

「君は……、チーズかまぼこの」

初めに彼女に会ったのは昨年の五月。曳舟のスーパーマーケットでのことだった。冷蔵加工食品のコーナーでチーズかまぼこをポケットに入れるところをはっきりと見た功六は、あとを追い、店を出たところで声をかけた。結局商品は見つからなかったが、チーズかまぼこを盗る少女という姿ははっきりと功六の中に刻み込まれた。

再会したのは十月、たしか新小岩のスーパーだった。彼女はまっすぐ冷蔵加工食品コーナーへ向かい、周囲をちらりと確認してからチーズかまぼこを盗った。

新小岩では捕まえることができ、店長と警官立ち会いのもと、家族に迎えに来てもらった。現れたのは血のつながっていない義姉で、家庭環境がよくないのは明らかだった。本来、スーパーマーケットから依頼された以上のことはしないが、なんとなく気になった功六はその後、彼女の住まいを訪ね、知り合いのカウンセラーを紹介したのだった。

「覚えていてくれたんですね。中畑実夢です」

「そうそう。中畑さん。どうだい、東先生は」

「はい。とってもいい先生で、感謝しています。私もう、まんび……」

「しっ！」

人差し指を立てる。笹口と松下が、物珍しげに功六と中畑実夢のことを見ている。ここで「万引き」という言葉を出すのはまずいだろう。彼女もその雰囲気を察したようで、ごまかし笑いを浮かべると、通学バッグの中から香典袋を取り出した。

「はい。お香典です」

「ありがとうございます。ご芳名をお書きください」

一応、改まって決まり文句を言う。彼女は筆ペンを取った。

「北条さんとはどういう関係なの？」

「親が知り合いで、個人的に勉強を教わっていたんです。今日、親は来られないんですけど」

「そうか」

芳名帳に書かれた字は、意外と達筆だった。

「藤枝さんは？」中畑は突然訊ねた。「どういう関係なんですか、北条先生と」

「え、ええと……、昔、世話になったんだ」

「お勉強、教わってたんですか？」

「まさか」

「どうして『まさか』なんですか。北条先生、若い頃は学校の先生だったんですよ」

「そうだな」

万引き女子高生相手に、怯んでどうする。――自分自身にそう言い聞かせた瞬間、頭をしゃもじで殴られたような気になった。

なぜ気づかなかったのだ。この女子高生は、ついこのあいだまで万引きをしていたのだ。万引きとスリは通じるものがないだろうか。

十月に新小岩のスーパーで捕まえたときと比べて、彼女はだいぶ雰囲気が明るくなった。更生したように見える。しかし……。

一度生まれた疑念というものは、すぐに膨らむものだ。死んだ北条花江は、もう何年も前に塾の経営をやめ、年齢も七十を超えていた。いくら元塾の経営者であるとはいえ、女子高生が七十すぎの老人に個人的に勉強を教わりに行くということがあるだろうか。

とはいえ、という考えも功六の中に浮かぶ。彼女が「金鳥升代」なのだと結論づけるのはどうだろう。今まで被害にあった四つの葬儀の故人は、たしか会社の重役が三人と、地元の商店街の会長を務めた人物だった。そんな葬儀の中、女子高生が潜り込んで堂々とスリを働けるものだろうか。

「藤枝さんは、中、行かないんですか？」

絡み合う思考の糸をほどこうとしていたら、中畑実夢が訊ねてきた。

「もうそろそろ、始まっちゃうと思うんですけど」

「ん？ あ、ああ……」

いつしか、受付を待つ列はなくなっていた。笹口と松下は香典袋をまとめる作業に移っている。

「遅れておいでになる方は、私どものほうで受付をしておきます」

久米が話しかけてきた。傍らに、名前も知らない女性スタッフがいた。

「どうぞ、皆様もご参加ください」

「ああ」

功六は間抜けな返事をしてしまった。中畑と共に葬儀に参列したほうがいいのは明らかだ。中畑がスリでなかった場合でも、もう中にいるかもしれないのだから。

「座れませんね」

中畑はどこか残念そうに話しかけてくる。

二百ほどのパイプ椅子はほとんど埋まっていた。席の後方は立ち参列者用のスペースになっているが、こちらにも数十人が立っている。功六は中畑の背後に移動し、彼女が変な行動を起こさないように見張ることにした。

祭壇は花で飾られ、笑った故人の遺影がある。左右には「××年度卒業生一同」などと書かれた花輪も、十ほど飾られていた。

向かって右側は親族用の席。座っているのは二人だ。紫ブロッコリー頭の右横にいる小柄な老人が、故人の弟だろう。口を結び、眉根を寄せたような表情だった。

ほどなくして、スタンドマイクの前に司会者がやってきた。

「ただいまより、故・北条花江儀のお通夜を執り行います」

僧侶が入場し、祭壇の棺の前に座る。読経が始まると、そこかしこで手を合わせる者が出はじめた。功六はそれとなくあたりを観察していたが、誰もその場から動こうとする者はいない。しかし、熟練のスリは技術があるはずだ。このあいだにも、事を起こすかもしれない。

一通り読経が済むと、司会者が焼香の開始を告げた。喪主とその妻――紫ブロッコリー頭の彼女が立ち上がり、順に焼香を済ませる。一般参列者の番になった。パイプ椅子の最前列に座っている一団が立ち上がり、順に焼香を済ませていく。次に二列目、三列目……。

そのあいだにも、遅れてきた参列者が増えていく。功六は周囲に気を配るが、誰も動いている気配はない。

「藤枝さんも行きますよね」

中畑実夢が振り返った。腰かけている参列者の焼香はいつしか終わり、立っている参列者たちが、左右のパイプ椅子のあいだに列をなしている。

「いや、俺はあとで……」

「どうしてですか。お焼香ですよ」

中畑は意外そうだった。

「一緒に行きましょうよ」

なぜそんなに執拗に誘うのか。また不信感がわいてきた。これは、行かないほうがいい。

「最後に行くことになっている」

強引に言って、彼女を並ばせた。ところがしばらくしたあとで、

「藤枝さん」

低い声で話しかけてきた者があった。久米だった。

「どうぞ、私が見ておりますので、お焼香にお並びください。藤枝さんだけお焼香をしないとなると、却って不自然です」

先ほどのデパートの店員風の物腰とは打って変わって、射るような目つきだった。その顔

には功六を納得させるものがあった。中辻が「優秀な部下」と言っていたのも、この雰囲気をまとっているからだろうか。

中畑のあとに五人ほどを挟んで、功六も並んだ。五分もしないうちに、中畑の順番になった。前に並んでいた他の二人とともに進み出て、最も親族席に近い焼香台の前で焼香を済ませる。

そのまま左に進んで退場するはずだったが、彼女は親族席のほうを向き、ブレザーのポケットから取り出したものを見せて何か話しかけた。封筒のようだった。

喪主である故人の弟はブロッコリー妻と何かを相談していたが、やがて中畑のほうを向き、うなずいた。中畑は深く頭を下げると、読経を続ける僧侶の脇を抜け、棺に近づいた。

何をしているのか――功六だけでなく、他の参列者のあいだにもそういう雰囲気が立ち込めた。皆が見守る中、中畑は封筒を、棺の中に入れた。うつむいて合掌している。しばらくして、振り返り、もう一度親族に頭を下げた。

「あれ」

男性の声がしたのはそのときだった、

「お前さ……」

声の主はパイプ椅子の最前列にいるようだ。中畑はそちらに目を移し、明らかにぎょっとした表情を浮かべた。

「だよな」

男がそう言った直後、中畑は逃げ出した。退場者の進むほうではなく、焼香を待つ列のほうへと走ってきたのだ。

「待て！」

声の主が立ち上がる。それは、もう小一時間ばかり前、受付で笹口になれなれしく話しかけていたあの池原という男だった。やっぱりどこかで……。

「あっ！」

昨年の五月。曳舟のスーパーマーケットで初めて中畑実夢の万引きを目撃した日。中畑の持ち物を検めて何もなかったあとで、功六は悟ったのだった。万引きGメンに目を付けられていると気づいた彼女が、誰かにぶつかった。あのとき、商品は彼のもとに渡ったに違いなかった。とっさに取って返すと、ポリ袋を提げた彼が店を出ていくところに出くわした。功六は声をかけて手をつかんだが、足を踏まれて逃げられた。万引きの仲間だと断定し、追いかけたがついに取り逃がしてしまった——あの男だ。

「藤枝さん、助けて！」

パイプ椅子と焼香待ちの列のあいだの狭い隙間を抜けながら、中畑は功六に手を伸ばしてくる。いったいなぜ、彼から逃げる？　仲間ではなかったのか。何か裏切りでもあったのか。

「ちょっと待てって」

池原も追ってくる。功六が助けを拒んだと見るや、中畑は功六とその前に並んでいる女性のあいだをするりと抜け、さらに後方、出入り口のほうへ逃走した。

「待ってくれよ！　話があるんだよ！」

ざわつく参列者を池原はかき分けていく。本能的に追おうとして、藤枝は足を止めた。

通夜の場にあるまじき騒ぎ——今、誰もが自分の手荷物から注意をそらされている。スリにとって絶好の機会だ。そう思うと、一度は消えた疑念が、先ほどよりももっと大きく膨らんできた。

中畑と池原はやはりグルなのでは？　功六がスリを見つける目的でここにいることに勘づいたのでは。中畑が功六に話しかけて気をそらし、そのあいだに池原がスリを働こうという作戦だったのだ。

しかし、なかなか功六が油断しないので作戦を第二案に変更することにした。すなわち、池原が中畑を追いかけ、中畑は功六に助けを求めて外に連れ出す。そこで、第三の仲間がスリ行為を働くのだ。だとすれば、今出ていくわけにはいかない。

「皆様、ご静粛にお願いします」

司会者がマイクを通じて注意する。読経は一度も途切れることなく続いている。功六は列を離れ、会場後方へ移動し、壁を背にするようにして参列者たちを素早く観察する。ダメだ。人が多すぎる。他人の持ち物に手を伸ばそうとしている者の姿など、確認できない。

人ごみの向こう、銀縁眼鏡の久米と目が合ったが、残念そうに首を振っている。……とそのとき、久米の背後にいる男と目が合った。向こうはすぐに目をそらしたが、その行為が却って功六に確信をもたらした。

知り合いのカウンセラー、東徳也だった。……なんでここにいる？

5　中畑実夢

どうしてこんなことになってしまったのだろう。

受付の脇を抜け、開きっぱなしのドアから外へ飛び出す。コートを預けてしまったから寒いけれど、そんなことには構っていられない。

「待てって！　話を聞けよ！」

彼は懲りずに追いかけてくる。捕まったら何をされるかわからない。

さかのぼること数十分前。和香子が実夢たちに授けた〝作戦〟はこうだった。

受付の列が少なくなった頃を見計らって、実夢が身分を偽らずに堂々と藤枝さんの前に姿を現す。藤枝さんも参列するはずなので、一緒に行きましょうと会場内へ誘う。受付に藤枝さんがいなくなったのを見計らって、遅れてきた参列者を装い、東先生がやってくる。これで、藤枝さんに気づかれずに参列できる。中に人は多いだろうから、実夢はできるだけ藤枝さんを引き付けておく。大勢の参列者に紛れ、東先生は北条花江さんに最後の挨拶ができるはずだ。

藤枝さんを会場の中に誘うまではうまくいった。だけど、会場は予想よりも混雑していて、座り切れずに立っている人が多かった。これじゃあ、あとから来た東先生も立つことになる。万引きGメンのくせなのか、藤枝さんは周囲をきょろきょろしていて、東先生が見つかってしまうのではと気が気でなかった。

ようやく立って待っている参列者にもお焼香の番が回ってきたので、実夢はすぐに藤枝さんを誘った。ところが藤枝さんは列に並ぼうとしない。そのうち、実夢は別の人に促され、一人で並ぶことになってしまった。もういい、あとは運を天に任せ、第一の目的に気持ちを集中させることにした。

いよいよ実夢のお焼香の番がやってきた。実夢は喪主のおじいさんの前に立った。

「すみません。私、北条先生にお勉強を教えてもらっていて、とてもお世話になったんです。先生に手紙を書いてきたんですけれど、お棺の中に入れてもよろしいでしょうか」

喪主のおじいさんは目をぱちくりしていたけれど、奥さんらしき人と相談して、「いいですよ」と答えてくれた。

棺のそばに近づいた。北条花江さんは白い花に囲まれ、胸の上で手を組んで目をつむっていた。白いものが交じった髪は薄く、顔は痩せていて、それでも死に化粧の口紅が綺麗だった。

東先生の話を聞いていたからだろう。全然知らない人なのに、対面するとやっぱり、悲しみがこみ上げてきた。花江さんの胸の近くに封筒を置いて、手を合わせる。

当初はこれで終わりの計画だったけれど、実夢はやはり心の中に強く思っていた。東先生もこうして、花江さんと対面するべきだ。目をつむって、最後の会話を交わすべきだ。花江さん、どうぞ、東先生と最後の時間をすごしてあげてください――。

目を開け、戻ろうと振り返った。

「あれ」

パイプ椅子最前列に腰かけている男の人が、実夢の顔を見上げていた。

「お前さ……」

誰だかわかった瞬間、実夢は思わず息を呑んでしまった。

昨年の五月。曳舟のスーパーマーケット。チーズかまぼこ万引きで初めて捕まりかけた日だ。いつものようにチーズかまぼこを盗り、ポケットに入れた。なんでもないふうを装って外へ出ようと歩きはじめたところで、誰かが追ってくる気配を感じた。振り返ると、怪しげなハンチングをかぶったおじさんだった。あとから考えればそれが藤枝さんとの出会いだったわけだけれど、そのときの実夢は敗北を感じた。

見られた。この人はきっと、万引きを責めてくるだろう。今日のところは罪を逃れて立ち去るしかない。ちょうどそのとき、前方の飲料コーナーでラムネをカゴに入れようとしている男の人が目に入った。ベージュのゆったりしたパーカーで、手を入れやすそうなポケットだった。

実夢は思いきりぶつかり、その顔を睨みつけた。戸惑った男の人の目が実夢の顔に引き付けられている一瞬に、チーズかまぼこを相手のポケットに滑り込ませたのだった。自動ドアを通り抜けた直後、やっぱりハンチングのおじさんは声をかけてきた。パーカーの男に実夢がしたことには気づいている様子はない。実夢がポケットをひっくり返して見せると意外な顔をしていたけれど、すぐに「あの男か」と店の中を振り返った。実夢はその隙にさっさとずらかった。きっとあの男の人、捕まるだろうな――当時は、罪の意識などまったくなかったのだ。

チーズかまぼこを押し付けるとき、手元から目をそらそうと思いきり睨みつけたからか、脳には彼の顔がしっかりと焼き付いていたらしい。その顔を見た瞬間、一気にすべての光景が実夢の中にリプレイされたのだ。

「だよな」

彼の中に確信が生まれている。逃げよう。会場の出入り口に目をやった瞬間、実夢は別の人と目が合った。混雑している参列者たちの中にいる、東先生と。

このまま藤枝さんを連れ去れば東先生は見つかることなく北条さんと対面できる。罪をなすりつけた彼から逃げなきゃという思いとそのにわか作りの計画が、〇・一秒くらいのあいだに実夢の脳内で結びつき、とっさにお焼香待ちの列を押しのけて藤枝さんに向かった。

「待て！」

「藤枝さん、助けて」

藤枝さんは何事かという顔をしていた。ああ、藤枝さんは彼の顔を覚えていないんだとわかったけれど、実夢を助けようとしてくれることもなかった。にわか作りの計画のほうは切り捨て、参列者のあいだを縫って逃げ出した。東先生、あとは自分で何とかしてください！

「待ってくれよ！　話があるんだよ！」

こっちにはない。道路に出て乾物屋方面に逃げよう。和香子のタクシーに乗ったらこちらのものだ。――と、葬儀場の出入り口から出て門へ向かったとたん実夢の足は止まった。

前方から、ヘッドライト。

ピンク色のワゴン車が右折して、葬儀場の敷地内に入ってくるところだった。よけようにも道は狭い。ワゴン車は急ブレーキをかけ、運転席の男性と助手席の女性の驚いた表情がはっきりわかった。

実夢はとっさに右に方向転換をした。

植え込み。さらに右を見ると、建物と植え込みのあいだに立札みたいなものがあり、「関係者以外立ち入り禁止」と書かれている。

立ち入り禁止というのは、立ち入りができるという案内に等しい。きっと、裏口があるのだ。

「お、おい！」

急な方向転換に彼は戸惑ったけれど、やっぱり追いかけてくる。しつこい。

右折して建物の裏手へ。そこは車が一台ようやく入れるくらいの幅の空間で、ゴミ箱が二つ置かれているだけだった。期待に反し、裏口などなかった。左手は植え込みと塀、正面突き当たりはいっそう高い塀だ。あれを乗り越えて逃げれば……と思ったけれど、そんなのは無理だった。突き当たったら、もう一度右に曲がるしかない。

曲がると、今度はさらに狭い空間……というかただの隙間。建物と塀のあいだは数十センチしかなく、猫ぐらいしか通り抜けようとしないだろう。実夢は通れるけれど、追っ手の彼は通れまい。迷わず、お腹が建物のほうを向くような体勢で隙間に入っていく。

「たのむ、話を聞いてくれよ」

実夢はもう三メートルくらい隙間を進んでいる。目の前には、窓の面格子があってだいぶ幅は狭いけれど、実夢の頭の大きさならじゅうぶん抜けていける。ここを抜ければ、また正面入り口の前に出るはずだ。もうワゴン車は邪魔にならない位置に停車しているだろう。道路に出て、和香子のタクシーに……そこまで考えて実夢は焦った。向こうに先回りされたらどうしよう。

だが、男の人はそこまで気が回らないようだった。実夢のあとを追ってずりずりと隙間に入ってきたのだ。こうなったら建物を回って逃げるだけだ。窓の格子の部分を抜け、蟹(かに)の横這いの要領ですいすいと抜けていく。あと一メートルで正面入り口前、というところになって、

「あが」

妙な声が聞こえた。実夢は振り返った。

男の人は、面格子と塀のあいだに頭を挟まれていた。

「ま、またかよ……」

大人の男のそんな情けない声を聞くのは、初めてだった。

6　藤枝功六

「東先生」

功六は声をかけた。聞こえているはずなのに、東徳也は顔を背ける。なぜだか知らないが、無視を決め込んでいるらしい。

本来なら放っておくべきところだろう。だが、探偵事務所勤めの性が、それを許さなかった。功六は参列者たちをかき分け、東の近くまで迫り、その肩を叩いた。

「東先生」

「ん……。ああ、これは、藤枝さん」

動揺していた。カウンセラーのくせに自己の心理を隠すのが下手だ。功六がこの葬儀に参列しているのを知っていた顔つきだった。中畑実夢に続き、東までいるとは。いったい、どういうことか？

「故人とは、どういうご関係で？」

「ん……。まあ、ちょっとね」

スリを探している手前、知り合いでも怪しい者には事情を質さなければならない。

「ちょっとこちらへ」

功六は東先生の腕をつかみ、受付の前まで連れていった。開け放たれた扉からは、会場の中が見えるが、参列者は誰もこちらを気にしてはいない。クロークにいる華奢な女性スタッフだけが、不思議そうに二人を見ている。

「塾の関係ではなさそうですが」

「ご近所なんだよ。北条花江さん」

「北条さんのお宅は墨田区内です。先生のお宅は目黒ではなかったですか。ずいぶん遠い気がしますが」

「昔、近所に住んでいたという意味だ」

うるさそうに言うと、東は「ところで」と声を大きくした。

「藤枝さんこそ、どうしてここに。花江先生とはどういう関係で？」

「花江先生？」

東の目が泳ぐ。やはり「先生」と呼ぶ間柄なのか。北条花江の享年は七十四。東はたしか六十二。ということは……、

「すみません！」

出入り口から女性が駆け込んできた。喪服ではなく薄いピンク色のエプロン姿で、この寒いのに額にはじっとりと汗が浮かんでいる。

「《惣菜さくら》です。遅くなって申し訳ございません。通夜振る舞い用のお食事四十人分、お届けにあがりました！」

女性は功六に向かってぺこぺことお辞儀をした。

「本当に申し訳ございません。ちょっとトラブルがありまして。今、うちの者が運んでまいりますので」

「あのね。私は別に葬儀の関係者じゃないんだ。ただの参列者」

功六が自分自身を差しながら言うと、彼女はさらにはっとして、

「そ、そうでしたか。これは失礼しました！」

いっそう深く頭を下げた。本当は「ただの参列者」でもないのだがと、足を踏まれた程度

に胸が痛む。

「ああ、やっといらっしゃいましたか」

振り返ると、銀縁眼鏡の久米が立っていた。同時に、

「すみませーん」

出入り口から同じくピンク色のエプロンをつけた男が一人、段ボール箱が二つ載った台車を押して入ってくる。

「時間ギリギリです、どうぞこちらへ」

久米は受付のすぐ脇のドアを開く。会食場のような空間だが、長机が会食に合わせて並べ替えられていた。久米は二人の仕出し屋と女性スタッフを煽(あお)り立て、中へ入っていく。

あっちは間に合ったのか……。功六は彼らの背中を見送った。

「ずいぶんとほっとした顔をしているね」

東が突然話しかけてきた。

「まるで、葬儀場のスタッフのようだ。まさか転職したわけじゃないだろうから、葬儀に潜入して何かを探ってほしいと頼まれたのかな」

カウンセラーの顔に戻っていた。

「行かなくていいのか」

別に、彼にならば話しても構わないだろう。東と北条の関係には怪しいものがあるにせよ、

功六のターゲットではなさそうだ。うまくいけば協力してもらえるかもしれない。

「東先生、実は……」

「えっ、えっ、なんで？　なんでないの？」

遮るように会場の中で、女性の叫び声がした。

まさか。功六はとっさに飛んでいく。人ごみの真ん中で女性が一人、バッグの中を探っていた。

「どうしたんだ、樹里？」

笹口が話しかけていた。そばに寄り添うように松下もいる。バッグを探っている彼女は、受付で二人と話していた、肩がシースルーの喪服の女性だった。

「財布がないんです」

功六は樹里という女性に近づいていく。

「たしかですか？」

樹里は戸惑いながらも、ええ、と返事した。

「会場に入るときにはあったんです。ヴィトンの、折り畳みの財布です」

「そこらへんに落ちているかもしれない。探そう」

笹口はすみませんすみませんと言いながらパイプ椅子の下を見はじめる。松下も手伝いはじめるが、そんなところにあるわけがないことを藤枝は予感していた。受付に取って返し、置きっぱなしの芳名帳のページを繰った。ない。ない……。

「何をしているんだ？」

　東が話しかけてくる。

「先生も手伝ってくれませんか。『金鳥升代』という名前がないか探してください」

　簡潔に事情を説明すると、東も「わかった」と手伝いはじめた。ほどなくして、

「藤枝さん」

　東は芳名帳を開いて見せてきた。そこにはたしかに、あの名前が記されていた。

7　中畑実夢

「ま、ま、待ってくれ」

　その悲痛な声に、実夢の足は止まった。このままなら逃げ切れる。でもそれは、あまりにも非情だ。少しためらったのち、建物側に腹をつけたまま、蟹の横這いで彼に近づいていった。彼の手を取り、引っ張る。

「いたたたた、やめてくれ。抜けないんだ、こうなったら」

「こうなったら、って」

「外し方はわかってるんだよ」

まるで、前にも同じ目に遭ったことがあるような口ぶりだ。

「じゃあ、一人で外してください。私、行きます」

「待てって。少し話を……」とここで彼は言葉を止め、斜め上に目線をやった。しばらくしてから、ふふ、と笑った。

「何がおかしいんですか？」

「見てみろよ」

狭い空間で顔を反転させる。マンションと隣の建物との間に、東京スカイツリーが見えた。

「きれい……」

実夢は思わずつぶやいた。タワー部分は、明滅する橙色とゴールドのグラデーション。二つの展望台部分は、あえて回転するLEDの光以外は暗く、そのぶん、てっぺんのゲイン塔のまばゆさが映えている。江戸の賑わいと未来への希望を表した「幟」のライトアップ。寒空に凛として、見る者の背筋をピンと伸ばさせるようだ。

「好きか？　東京スカイツリー」

「それは、東京生まれ東京育ちだから」

「俺は、あいつが大嫌いだったんだ」

珍しいことを言う人だ。どこが嫌いなんですか、と訊こうとしたら、

「お前、名前は？」

向こうのほうが質問をしてきた。

「中畑実夢」

「みむ？」

「果実の実に、夢と書きます」

「へぇ。いい名前だな。俺は池原翔一だ。もう十年以上前、北条先生がまだ塾をやっている頃にアルバイト講師で世話になってたんだ」

「そうなんですか」

「実夢は？　先生の生徒……ってわけじゃないよな」

「ええと……個人的にお勉強を教わっていたんです」

さっきと同じ嘘をつく。

「へえ、最近でもやってたのか。春から入院していたって聞いたけど」

「中学の頃です」

あまり話を広げるとばれそうだ。話を変えよう。

「あの、怒ってますよね。チーズかまぼこのこと」

「ん？　いや。俺は別にお前を懲らしめようとして追いかけたんじゃないんだ。礼を言いたかったんだよ」

万引きの罪を転嫁したのに、お礼なんて。

「どういうことですか」

「……俺、大嫌いだったたって言ったろ、東京スカイツリー」

「はい」

「あいつが、俺のことをあざ笑っている気がしていたからだよ」

池原さんは身の上話を始めた。

大学時代の友人がさっさと結婚してしまい、そのいずれの式場も、東京スカイツリーを望めることを売りにしていたというのだ。当の池原さんはというと、恋愛運が薄いらしく、恋人ができてもすぐ別れてしまう。東京スカイツリーは彼の中で、劣等感の象徴として存在を増していった。

「……それって、ただの僻みですよね」

「はっきりときついことを言うなあ」

と顔が格子と塀のあいだに挟まったままの池原さんは笑う。

「しかしまあ、手短に言えばそういうことだ。だけど、あの日を境にそれは変わったんだ。実夢に、チーズかまぼこ万引きの濡れ衣を着せられた日だよ」

藤枝さんに追いかけられた池原さんは、土地勘のない住宅街を逃げ回り、三毛猫の子どもにチーズかまぼこをあげようとして、最終的におんぼろのアパートの建物と塀のあいだに挟まったのだという。――今と同じように。

「運が悪いですね」

「ああ。おまけに、挟まったその位置からは、天敵の東京スカイツリーがばっちり見えた。目を背けようにも顔がバッチリ固定されている」

「最悪」

「そう、最悪の運命を俺は呪った。だが……、そのあとに、出会いが待っていたんだ」

挟まった窓の向こうには女が一人暮らししていた、と池原さんは言った。

「詳しい話は端折るけれど、俺は挟まったまま、彼女と話し込んだ。そして彼女の助けで、面格子と塀のあいだから抜け出すことができたんだ。それ以来、彼女と連絡を取り合い、会う頻度も多くなっていった」

「それって……、付き合いはじめたっていうことですか」

実夢の問いに、池原さんは何も言わず微笑んだ。

つまり、実夢のチーズかまぼこがきっかけで、池原さんは恋人を得ることができたということだ。

「何があるかわからないですね、世の中って」

「本当だよ。だから、お前に会ったら礼を言いたかったんだ。ありがとう」

「律義」

「律義じゃない、義理堅いんだ」

はっ、と彼は一つ息を吐く。そして、実夢のほうに視線を移した。

「お前、彼氏は？」

「いないですよ」実夢は即答した。「そんなの、考えたこともないです」

「高校生だろ。そんなことばかり考えてるんじゃないのか、普通は」

「違いますよ」

本当は、興味があるし、学校の男子に何回か告白めいたこともされたことがある。でも、家のことを考えたら踏み出せなかった。家庭環境のことを話して受け入れられずに嫌な思いをするくらいなら、初めから彼氏なんて作らないほうがいい。

「まあ、私の家、ちょっと複雑で。そういうの考える余裕、ないっていうか」

万引きもそれに起因しているわけで、それによって池原さんは迷惑を被(こうむ)り、彼女ができた。あまり他人に話すことじゃないけれど、この人には聞く権利があるかもしれないと実夢の中の妙に律義な部分が結論づけた。

「家族とあまりうまくいってない？」

「あまり、じゃないですね。全然、です。幸せ真っただ中な池原さんとは、真逆ですよ」

「わかり合いたくないのか」

「わかり合いたいですよ。でも今さら、何をどうすれば、わかり合えるっていうんですか。私、万引きしてたし」

誰とわかり合いたいのかと、実夢は自問する。和香子か。父親か。

ふーん、と池原さんは言い、また視線を実夢の頭越しの空に向ける。

「偉そうなことを言えた立場じゃないけどな。家族と一緒にあそこに上ってみろよ」

「あそこ……って、東京スカイツリーですか？」

「ああ。毛嫌いしていた俺はずっと上っていなかったけれど、去年、彼女と上ったんだよ。天望デッキからは、東京の建物がうじゃうじゃっと見えてさ。子どもの頃、神社で空き箱を並べて喜んでいたことを思い出した。わかるか？」

「全然わかりませんけど」

「とにかく、信じられないほど建物があるんだ東京って街には。そして、すべての建物に出入りする人間と、物語がある。人間がいままで書いてきた本を全部集めても、まだ足りないくらいの物語がな。そう考えたら、彼女と同じ場所にいて同じ物語を作っていることが、奇跡に思えたぜ」

はっ、と池原さんはまた息を吐いた。

「あいつはあんな高い位置から、すべての奇跡を見下ろしていやがる。感動を顔に出すわけでもなく、スマートに、堂々と。やっぱり好きにはなれないけど、俺の物語を見せつけてやれ、くらいの気持ちにはなったたな」

すべての奇跡――その言葉を実夢は噛みしめる。めちゃめちゃな家庭で育って、万引きを繰り返して、それでも人に救われて変わろうとしている私の物語も、「奇跡」なんて輝かしい言葉に昇華できるのだろうか。

「東京スカイツリーめ。『大嫌い』から『嫌い』に昇格ってとこだ」

「ホント、ひねくれてますね」

実夢は言った。

「でもなんか、聞いてよかったです」

そのとき、すりガラスの窓の向こうに人影が現れた。鍵を開ける音がして、がらりと窓が開く。やせたその女性は、挟まっている池原さんを見て、

「ぎゃあああっ！」

倒れていった。

8　藤枝功六

「この名前は、女だろうか」

芳名帳に書かれた「金鳥升代」を眺めて、東が言った。

「女を装っているのかもしれません。いずれにせよ、字からは判断できない」

「どういうことなんですか」

二人のあいだから芳名帳を覗き込んだ滝川樹里は青ざめていた。

「スリが出入りしている可能性があるんです」

「ええっ？」

功六はさっと受付前に目をやった。笹口と松下はまだ会場の中で財布を探しているらしい。それで異変を感じ取った参列者たちが何人か、会場から出てきた。もし、このまま外に犯人が出ていったら……。

「みなさん、一時、ドアを閉めさせていただきます！　東先生！」

「あ、ああ」

東と二人で、出入り口のドアを閉めにかかる。ざわつく参列者をなだめようとしていると、「すみません」と会食場からエプロン姿の仕出し屋の二人が出てきた。

「いったい、何事でしょうか？」

「今、出ていかれると困るんです」

「私たち、これからまた、別のところへ配達に行かなければならないんです」

男のほうが腕時計に目をやる。

「大変だ、もう十三分も遅れている」

「外に出していただけないでしょうか。お得意さんが減ってしまうと、私たち、もう……」

東が功六の肩に手を置いてきた。

「この二人はそこの部屋に料理を運んだだけだ。スリということはありえないよ」

東の言うとおりだった。功六は閉めたばかりのドアを、人ひとり通れるだけ開いた。

「どうぞ」

「ありがとうございます」

頭を下げ、二人はそそくさと出ていく。それを見て参列者たちが騒ぎはじめた。

「どういうことなんだ」「私たちはどうして出てはいけないの?」「説明してくれ」

このままでは収拾がつかなくなる。全員の身体検査をするか。それとも、字を書いてもらって「金鳥升代」と比べてみるか……。そのとき、

「ぎゃあああっ!」

女性の悲鳴が響いた。一瞬にして静まる参列者たち。

「その部屋だ!」

東が、今しがた仕出し屋の二人が出てきた部屋を指差した。功六は駆け足で入っていく。

長机の上には、料理のプラスチックケースが積み上げられている。部屋の奥、窓際に、女性スタッフが腰を抜かしてへたり込んでいた。久米が固まって、窓の外を凝視している。

功六も窓へ近づき、その異常な事態を目にした。窓の外には金属製の面格子があり、三〇センチほど向こうはすぐコンクリートの塀だ。そのわずかな隙間に、男の顔が横向きに挟まっているのだった。池原だった。

すぐ脇に、追われていたはずの中畑実夢が心配そうな顔をして立っている。

「い、池原先生、何をやってるんですか？」

部屋に飛び込んできた笹口が、目を丸くして近づいた。

「おう、笹口」池原と呼ばれた挟まり男のほうは、意外にも陽気だった。「ちょっと、挟まっちまってな。悪いけど、油を持ってきてくれないか」

「油ですか？　そんなの、ないですよ」

「ぬるぬるしたのならなんでもいいよ」

「私、クレンジングオイルならあります」

笹口と一緒にやってきた松下清美が、バッグから持ち運び用の小型の容器を取り出す。

「エチゼンクラゲのアレルギー、ないですよね？」

「そんなアレルギー、聞いたことねえよ」

池原が返すと同時に、

「いったい、何事なのよ？」

今度は紫ブロッコリーとその夫がやってきた。紫ブロッコリーは窓の池原より、机の上の料理に興味を引かれている。

「あらまあ、やっときたの、お料理。そうそう、これよ。私がチラシで見つけたの。お義姉さんったら、本当に楽しみにしていたもの、今年の桜。私、なんとかそれを見せてあげたいと思ってあれして……」

例によって自分のことをまくしたてる彼女の背後で、北条花江の弟は小さな目をぱちくりさせていた。窓の外の池原に注目しているのかと思いきや、その視線の先は、功六に向けられていた。

いや、違う。彼の視線は功六からずれていく。功六のそばにいた東が、部屋の隅へと移動していくところだった。両手で額を掻いている。明らかに、顔を隠す所作に見えた。

「どうしたのです、東先生？」

功六が声をかけると、東は「しっ！」と功六を睨みつけた。こんなに怖い東の顔は初めてだ。

「あずま……」

北条の弟がその名を繰り返す。すでに部屋の隅で追い詰められたようになって固まっている東に近づいていき、その手をつかんで顔から離させた。

「あんた、東徳也か？」

「あ、いえ。あの……」

しどろもどろになりながら、東は言った。

「来ていたのか」

「あなた、どなたなんです、その方は？」

紫ブロッコリーが訊ねる。妻のほうを振り返り、その小柄な喪主は声を震わせた。

「――姉さんを、教職から追い遣った男だよ」

9　東徳也

徳也は、三人兄弟の末っ子として、東京都目黒区に生まれた。

商社に勤める父は戦後の高度経済成長を肌で感じてきた世代であり、「学歴がなければ話にならない」と、とにかくわが子を机に向かわせた。上の兄二人は国立の大学に進学し、長男も次男もほぼ父と同じような一流の企業に就職する道を固めつつあった。

日本は世界をリードするにふさわしい経済大国だ。上の兄は、高校に入学したばかりの徳也を捕まえると、日夜そんなことを吹き込んだ。そんなこともあって初めは勉学に身を入れていた徳也だったが、次第に心境に変化が生まれていった。

きっかけは、「本当にこんなことでいいのだろうか」という、若者によくある疑問だった。勉強には身が入らず、授業もサボりがちになり、ジャズ喫茶や映画館に出入りするようになった。あれよあれよという間に成績は落ちていき、父や兄になじられる毎日。徳也は反発して暴れ、家からも離れがちになった。よからぬ連中とつるんで夜遊びをし、タバコも酒も覚えた。

留年による二度目の高校一年生が始まった。徳也のクラスの担任になったのは、若い女教師だった。北条花江、二十八歳。すでに学校でも不良のレッテルを貼られていた徳也のことを他の教師は避けていたが、花江だけは真剣に向き合おうとした。徳也は、心に刺さったとげが一本一本抜かれていくように彼女に心を開いていき、家族や将来の悩みを少しずつ話すようになった。

徳也にとって意外だったことは、花江もまた、家族との確執を抱えていたことだった。国立の名門大学を出た花江は、研究者になることを父親から期待されていた。しかしその反対を押し切って、高校の教師になったのだった。

「私、実はね、父と口喧嘩をして家を飛び出して、今は安いアパートを借りて暮らしているの」

彼女は言った。

「父に感謝はしているわ。でも、今は謝る気にはならない。けっこう、意地っ張りなのよね」

教師が生徒に見せた、一抹の弱さ。初めはそうだったのかもしれない。しかし二人で話す機会が増えていくにしたがい、お互いの気持ちは近づいていき、やがてその関係は、十二歳の年齢差と、教師と生徒という立場を超えた恋人どうしへと変わっていった。

花江の借りていた四畳半一間のアパートに、徳也は通うようになった。一つの鍋で作ったインスタントラーメンを分け合うような、若い夫婦のような毎日だった。もちろん、そんな甘い生活がいつまでも続くわけはなく、ある日、二人はそろって校長室に呼び出された。

「私が、東君を誘ったんです」

花江はそう言って、徳也をかばった。

＊

「この男のせいで、姉は……、北条花江は、学校を辞めさせられたんだ」

喪服の小柄な男——花江の弟は、居合わせた者たちにいきさつを簡潔に説明し、徳也の顔を睨みつけた。

北条花江が学校を去ってすぐ、徳也は両親とともに謝罪のために北条家を訪れた。花江は出てこず、代わって徳也の前に現れたのが、花江の父と、この弟だった。当時すでにどこかの有名企業に就職していた彼は、獣でも見るように徳也を睨みつけていた。顔はだいぶ老けたが、徳也を睨みつける目は、あの日とまったく同じだ。

「どの面下げてやってきたんだ、この野郎！」

徳也は床に目を落とした。

何も言い返すことはできなかった。花江は、子どもの頃からの夢だった教師の職を、最も不名誉な行為の責任を負わされる形で、辞めることとなった。いくら二人の気持ちが真剣だったとしても、その事実は変わらない。それは、全部徳也のせいだった。

「お前は、姉の人生を台無しにしたんだ」

そのとおりだ。

やっぱり、来るべきではなかった。

俺など、そもそも、花江に出会うべきじゃなかったんだ……。

と、そのとき、

「違います！」

ずいぶん若い女性の声が響いた。氷のような静けさに沈んでいた一同の目が、出入り口に向けられる。徳也も顔を上げた。

中畑実夢だった。

さっきまで外にいたのに、いつの間にやってきたのか、肩で息をしていた。

「東先生のおかげで、花江さんは幸せだったはずです！」

*

花江が学校を去ったあと、徳也は高校生活をやり直した。浪人生活を経て大学に進学し、心理学を専攻した。教師と道ならぬ関係になったわが子のことを父親もあきらめており、大学に進学できただけでもめっけもんだという感覚になっていた。大学時代は人が変わったように勉強した。卒業後は臨床心理士として病院で働き、その後、とある企業の専属カウンセラーとなった。

三十の年に結婚し、息子を一人授かった。五十の年で更生施設に職場を変え、非行少年の心のケアに当たるようになった。同時に、青少年を対象とした《NPO法人　枝をひろげて》から声がかかり、週に二度はそこでカウンセリングをするようになった。息子は就職をして独り立ちをし、五十二のときに、妻を病気で亡くした。

一人になるのが早すぎたとはいえ、平凡な老後を迎える人生のはずだった。

ところが、一年前――。

あの日、徳也は買い物のために電車に乗った。とある駅で乗車し、向かいの席に座った女性の顔に、徳也は釘付(くぎづ)けになった。じっと見ていると目が合い、向こうも反応した。

北条花江だった。

先生ですよね。そう声をかけたとたん、あの四畳半一間のアパートのにおいが、二人で食べた伸び切ったラーメンの味が、徳也の中によみがえった。

二人は同じ駅で降り、喫茶店で話し込んだ。

花江は学校を去ったあと、一年間の休養を経て学習塾を開いたという。人の道を外れたという意識のあった花江は受験勉強のテクニックだけを教えるのだと心に誓い、生徒たちと向き合ってきた。がむしゃらに指導をしてきたおかげで、地域では受験の名門塾として名を知られるようになったのだという。

そのせいで、結婚はできなかったわ。花江は笑った。自分が結婚したことがとても悪いことのような気がして、徳也は謝った。どうして謝るのよ、立派じゃない。そう言いながらも、どこか花江は寂しそうに見えた。

家内は亡くなり、子どももう独立しています。他意はなく、そう言った。いや、何かを期待していたのかもしれない。

弟は、あなたのことをまだ許していないわ。花江はそれだけ言った。

店内の音楽だけが流れる沈黙があった。

花江は席を立った。

さよならしましょう。もう、会うこともないわね。

徳也はその手首をつかんだ。やめましょうと花江は言ったが、徳也は引き留めた。結局、メッセージアプリの連絡先だけを交換して、別れた。

こんな便利なもの、あの頃は考えられなかったわよね。やっぱり花江は寂しそうだった。

やりとりをしたのは、三回だけだ。

一回目は再会したその日の夜。おやすみなさい、今日は楽しかった。こちらこそ、ありがとう。――その程度のやりとりだった。

　それからしばらく連絡は取り合わずにいたが、四月、とある患者のカウンセリングで精神が疲弊（ひへい）した徳也は酒を飲み、無性に孤独を感じた。会いたい。つい、花江にそうメッセージを送った。どうしたのとすぐに返信があり、徳也は一方的に気持ちをぶつけた。花江は親身になって聞いてくれたものの、会うことは叶わなかった。翌朝、スマホを見て激しく後悔した徳也はメッセージを消し、もう二度と連絡するまいと誓った。

　三度目のやりとりは、七月。連絡をしてきたのは、花江のほうからだった。前から持っていた病気が悪くなり、入院することになりました。たぶんこのまま、退院することはないでしょう。あなたとのことはいい思い出です。これが最後。ありがとう。さようなら。――身も引き裂かれんばかりの思いで徳也は矢継ぎ早にメッセージを送り、入院先の病院名をなんとか聞き出した。

　知り合いの医師のいる病院だった。個人情報を漏らすわけにはいかないと突っぱねるその知り合いに懇願し、たしかに北条花江という患者が入院していることを確認してもらった。

　家族に知られるかもしれないから、来ないでください。もうメッセージも送らないで。

　その頼みを裏切り、病院の前まで行ったことは五度を数えた。

　もう一度あの手に触れることさえできれば。もう一度あの声を聴くことができたら。しかし、病院に一歩、足を踏み入れることができなかった。建物を見上げ、あのどこかの窓の向こうに花江がいるのだと思うことしかできなかった。

そして、一昨日――。

花江が死んだという情報を、知り合いの医師から聞いた。おせっかいかと思ったが、と、彼は葬儀の日時と場所まで調べてくれていた。

こんな自分が行くわけには……。花江への気持ちを押し込め、徳也はいつものようにNPOの仕事へ行った。面談の相手は、中畑実夢だった。万引きの常習犯として昨年の十月から定期的に面談をしている彼女はいつになく明るく、「今週もスーパーマーケットの前を通りましたけれど、何も変な気は起きませんでした」と報告してきた。

いつもどおりの受け答えをしたつもりが、彼女は何かを感じ取ったのだろう。

「先生、なんかいつもと違いますけど、何かありました？」

大事な人を亡くしたんだ。君も、今のうちに大事な人とたくさん話をしておいたほうがいい。

花江のことを彼女に話したのは、中畑の人生に役に立ててほしいと思ったからだった。だが、話しているうちに熱がこもりすぎてしまった。徳也の感情がダイレクトに伝わったためか、実夢は涙を流した。

「先生も行けばいいじゃないですか。お通夜」

先方の家族は自分を許していないだろう。追い返されるに決まっている。

実夢は涙を拭いて訊ねた。

「じゃあ、先生、今、花江先生に対して、何をしてあげたいですか？」

意外な質問だったが、答えはすぐに出た。手紙を書きたい。それを、棺に入れることができたら、と。

「それ、私がやりますよ」

実夢は言った。

「私は先生に感謝しているんです。先生のために、何かしてあげたいんです」

*

突如現れたその女子高生の話を、全員が黙って聞いていた。

「だから私、北条花江さんのことなんて何も知らないのに、今日、来たんです。本当に、ごめんなさい。でも、東先生を責めないであげてください」

実夢は、北条の弟に頭を下げた。しかしそれでもなお、彼の怒りは収まっていないようだった。北条の弟は、再び東に顔を向けた。

「恥ずかしくないのか、お前は。姉の人生を台無しにした挙句、こんな年端も行かない子を巻き込んで」

返す言葉がなかった。彼の言うとおりだ。

「どこまで北条家をコケにすれば気が済むんだ。姉の人生を台無しにしただけでなく、葬儀までめちゃくちゃにして。お前は悪魔だ」

「北条さん、もうそのへんで」

真っ赤になって怒鳴り散らす北条の姿を見かね、友人と思しき男性が、止めに入った。

「いいやよくない。道徳に反した人間がこの場にいるだけで穢れる。失せろ。教師と生徒が恋愛関係になることなど、あっていいわけが――」

「どうして！」

一同の目が声のほうへ向く。

「どうしてですか」

中畑実夢ではなかった。窓に挟まった男をクレンジングオイルで救おうとしていた女性だった。

「先生と生徒が、恋愛関係になるのって、いけないことですか。愛って、いろんな形があるんじゃないですか。尊敬の気持ちが、恋する気持ちに変わって、何がいけないんですか？」

怒気を含んだような彼女の声は、次第に震えていき、その目から涙がこぼれた。

「花江先生は幸せだったと思います。教師と生徒が恋愛しちゃいけないっていう社会の規範を超えて、迷いなくお互いを好きっていう気持ちを言えたんだから。……言い出せなくて、ずっと気持ちを抱えたままの人だっているんですから。振り向いてもらえなくて、でもその気持ちも変えられなくて、何年も何年も苦しい思いをしている人だって……、いるんですから……」

わああ、わあああと、彼女は声を上げて泣きはじめる。突然のことに参列者たちは戸惑っている。

「いい加減にしろっ！」

北条の弟が怒鳴りつけた。

「私のたった一人の姉の葬儀だぞ。もとはと言えば、お前が……」

徳也は胸倉をつかまれた。相手のほうが背は低いので持ち上げられることはなかったが、腕っぷしは強く、壁に押し付けられた。

「やめなさい、北条さん」「北条様、お気を確かに」

藤枝と銀縁眼鏡の葬儀場スタッフが二人がかりで止めにかかる。

「うるさいっ！」

北条の弟は振り返り、その二人を押し戻した。

「ああっ」

銀縁眼鏡の葬儀場スタッフがバランスを崩し、倒れ、長机の角に頭をぶつける。積まれた料理のプラスチックケースが崩れた。

「きゃあっ！」

銀縁眼鏡は仰向けに倒れ、動かなくなった。スーツのジャケットははだけ、ワイシャツが丸見えになっている。

「あれ？」

肩が透けた喪服の女性が、倒れた銀縁眼鏡のそばに近づいていった。はだけた状態のジャケットの内ポケットに手を伸ばし、そこから覗き見えていたものをすっと抜き取る。

「……これ、私のです」

女性用の、折り畳み財布。銀縁眼鏡の葬儀場スタッフは、皆の中心で白目をむいていた。

10　藤枝功六

久米の体はロープでパイプ椅子に縛り付けられた。受付をしていた女性スタッフが警察に連絡をし、すぐにこちらに来ると報告してきた。功六は、騒ぎが大きくなる前に無関係な参列者を帰すように残りのスタッフに指示をすると、久米の目を覚ましにかかった。

「おい！　おい！」

頬を何度か叩くと、やがて久米は目を開けた。

「は、わ、私は。なんでございますか？」

きょろきょろしていたが、自分が縛られている状況と、折り畳み財布を持った滝川樹里の恐ろしい形相にすべてを察したのだろう、観念してすべてを話した。

きっかけは昨年のある葬式で棺を運んでいるとき、手が滑って棺を離してしまったことだという。棺が傾いて遺体の位置が少しずれた程度で済んだものの、久米は他のスタッフ全員の前で中辻に大目玉を食らった。

久米は大学を卒業し、正規の採用ルートでマネージャーを任されている身である。高卒でコネ入社であるくせに偉そうな中辻のことを以前から見下していたが、この一件以来「中辻を陥れてやる」という気持ちが膨らんだ。

初めは夏の葬儀のときだった。うまくいったので、次からはもっと中辻を苦しめようと、芳名帳にいたずらをすることにした。葬儀が始まれば受付には誰もいない時間がある。そのときに書き込むのは簡単だと彼は言った。そうして、スリ行為は続けられた。

「まったく、なんてことだ」

北条の弟は頭を抱え、憔悴し切った声を絞り出した。

「いったい何人の人間が、北条家の通夜に泥を塗れば気が済むんだ」

「もういいじゃないのよ」

紫ブロッコリーが、ため息交じりに言った。

「お料理も到着したんだし。ほらお寿司に綺麗な桜が咲いてるわ。お義姉さんも、喜んでくれているわよ。さあさ、あなたも、通夜振る舞いに参加していってください。余分もありますから」

彼女が話しかけている相手は、東だった。これには功六も驚いた。

「え……」

「お義姉さんのことを、愛してらしたんでしょ？」

「ええ。あ、はい。それはもちろん、愛していました」

「何を言っているんだ！」

北条の弟がまた怒鳴る。

「お前もお前だ。こんなやつを通夜振る舞いに招待するなど。親父がなんて言うか」

「死んだお義父さんは関係ないでしょ！」

紫ブロッコリーは声を荒らげた。

「あなたが大事なのは家の名前でしょ。もううんざりよ。お義姉さんの気持ちなんて、なんにもわかってないじゃないの！」

「し、しかしお前……」

「あなた、お義姉さんが入院してから何回お見舞いに行きましたか？　お義姉さんの欲しいものを差し入れしたことが一度でもあった？　ただ体裁を気にしてばっかりのあなたより、はっきりとお義姉さんのことを『愛していました』って言えるこちらの方のほうが、ずっとこの場にふさわしいわ！」

　北条の弟は言葉を詰まらせたような顔で、妻の顔を睨みつけている。周囲で見守る参列者もまた、夫より妻の言い分のほうになびいている空気だった。

　やがて北条の弟は無言のまま、部屋を出ていった。

「さあ、準備を始めましょう」

　何事もなかったかのように、妻のほうは通夜振る舞いの準備を始める。

「藤枝さん」

　その姿を目で追っていると、中畑実夢が話しかけてきた。

「なんだか、すみませんでした」

「ああ、まあ、俺は別に何も迷惑を被っちゃいないが」

　困ったことをしてくれたもんだ。その言葉を、功六は飲み込んだ。視界の隅に、目をハンカチで覆っている東の姿が見えたからだった。

「東先生を置いて、私は帰ります。それでは」

　功六と、紫ブロッコリーに頭を下げると、中畑は東に無言で手を振った。去っていく彼女の背中は、少し前まで万引きの常習犯だったとは思えないほど堂々としていた。

「ほらあなた、お手ふきを配っちゃってください」

　紫ブロッコリーがお手ふきの束を、功六に渡してきた。

「あの……」

「はい？」

「いろいろ、ありがとうございました」

功六が言うと、紫ブロッコリーはせっせと割り箸を配置しながら答えた。

「私、安心したのよ」

「安心？」

「ほらお義姉さん、ずっと勉強勉強だったじゃない。塾をやめたあとも、学習塾協会みたいなところに顔出したり、テキストの編集をあれしたり。そんなんで人生楽しいのかしらって、私、ずーっと心配していたの。だからね、お義姉さんにもちゃんと、想ってくれる相手がいたっていうことにほっとしちゃって。せっかくこういう場にふさわしいお料理をあれしたんだから、大事に想ってくれる人に食べて送ってもらいたいわよ」

そして手を止め、功六を見た。

「そういう人、私は」

色付きレンズの向こうの目は、何より満足げだった。

11　中畑実夢

「これ、どうぞ」

　受付の女の人が、会葬御礼の紙袋を渡してきた。気分はだいぶ落ち着いたらしいけれど、目はまだ泣いた名残で赤い。

「私、花江先生、知らないんですけど、もらっていいんですか？」

「あなたの勇気への報酬として」

　彼女は微笑み、実夢はありがたく受け取った。

「おい」

　外へ出て歩き出したとき、背後から声をかけられた。紙袋を振りながら、池原さんがやってきた。実夢に並び、歩調をそろえて歩き出す。

「お肌、つるつるじゃないですか」

「エチゼンクラゲのコラーゲンだってよ」

　頰を撫(な)で回して、池原さんは笑う。

「それにしても、はちゃめちゃなお通夜だったな」

「楽しかったんじゃないですか。花江先生」

「お前、知らないんだろ、花江先生のこと」

「まあ、そうですけど」

葬儀場の敷地を出ると、参列者は皆一様に、左へ進んでいく。実夢はまっすぐだ。

「お前、どこ行くんだよ？」

「この先に、タクシーを待たせてあるんです」

へぇ、と池原さんは目を丸くしたあとで、「じゃあ、ここでお別れか」と言った。

「そうみたいですね」

「最後にお前にだけは言っておくよ」

「なんですか？」

「俺、決めたんだ。明日、プロポーズする」

実夢は驚いた。だがすぐに、胸に温かいものが広がっていった。くるりと身をひるがえし、東の空を指差す。

「じゃあ、あれの見えるところで、プロポーズしてください」

そこにはもちろん、「幟」をまとった、東京スカイツリー――。池原さんもそれを見上げ、「ああ」と答えた。

「何時ですか？」

「午後七時。お前、上っとけよ」

「もちろんです。奇跡を見せてください」

「お前もな」

二人は、微笑み合って別れた。

乾物店の角を曲がると、ちゃんと和香子は待っていてくれた。

「東先生は？」

後部座席に乗り込むと、すぐにそう訊ねてきた。

「寝ずの番というのに参加するって」

「そう……。よかったね」

車にエンジンがかかる。ゆっくりと発進して、すぐに信号を左折し、大通りに入った。まだ八時半だというのに意外とすいていた。青戸の家に着くには、二十分もかからないだろう。

暗い窓に、別れてきたばかりの池原さんの顔が浮かぶ。

偉そうなことを言えた立場じゃないけどな。家族と一緒にあそこに上ってみろよ――。

明日、プロポーズすると言っていた。東京スカイツリーの見える場所で。それだったら
……。

「ねえ、和香子」

「わっ、見なさいよ。右斜め前」

呼びかけたそのとき、和香子のほうが声を上げた。右斜め前？　実夢は窓の外を見る。

さっき、葬儀場で実夢にぶつかりそうになったピンクのワゴン車が停められている。その近くで、自動販売機の明かりに照らされて、男女が抱き合っているのだった。

「公道だっていうのに、見せつけてくれるわ」

そばを通り抜けざまに和香子はクラクションを鳴らした。ワゴン車はあっという間に、後方へと遠ざかっていく。

東京スカイツリーはすべての物語を見下ろしている。

――一つの恋が、今、幸せな結末を迎えようとしていた。

第五幕　プロポーズ

東京メトロ銀座線の浅草駅で下車し、改札を抜けて階段を上がると、そこはデパートの入り口だった。人ごみをかきわけて外への出口を探し外に出る。乾燥した寒風が頬を撫でる一月の夕暮れ。浅草寺界隈からは少し離れているため、人通りは多くない。

少し歩き、助六夢通りという細い道に入る。右手には公園、そして隅田川。公園の中の石畳を、言問橋のほうへ向かっていく。

目的のレストランが近づいてくるにつれ、翔一の気持ちは高揚してきた。不安と緊張が肩に大きな重力をかけてくるようだった。

大丈夫だろうか……と、ネガティブな気持ちが頭をもたげた頃、青く幻想的な照明で飾られた東武スカイツリーラインの鉄橋が見えた。ゆっくりと墨田区方面へ渡っていく車両の向こうには、あいつがそびえ立っている。

今日の装いは「雅」だ。白く彩られた鉄塔の中に、熱せられた炭を思わせるように強弱を繰り返す赤紫色。金箔をちりばめたような光の粒が明滅している。二つの展望台の周囲を同じタイミングでなぞるようにLEDの白い光が回っていて、まるで親子のUFOが浮かんでいるようだった。浅草という地は嫌でも江戸を感じさせるが、将来、こんなものが隅田川の向こう側に建つと当時の人間が知ったらぶっとんでいたに違いない。翔一の中の妙に冷静な部分がそんなことを考える。

立ち止まり、大きく息を吸う。隅田川の水の匂いが体中に取り込まれる。

弱気が勝っている。翔一は自分自身を分析した。高さ六三四メートルのてっぺんから自信満々な赤い光を放つあいつを見上げ、翔一は自分自身を分析した。このままでは今日も、いつもと同じく他愛のない話をして終わってしまうかもしれない。そんなことになったら……と、そのとき、

「わっ」

黒い塊が猛スピードで走ってきて、すれ違いざまに翔一にぶつかっていった。勢いのまま体を反転させ、それを確認する。

立ち止まってこちらに体を向けていたのは、小学校四、五年生くらいの女の子だった。

「あっ」

翔一は思わず声を上げた。

ファー付きのダウンコート。デニム地のスカートの下に黒いタイツ。細い目と、肩から下げられたダチョウ形のビニールバッグ——。

「今日は、猫ちゃんはいません」

その言葉で、確定となった。あの運命の日にも会った、ダチョウ少女だった。

「それとも、探しに行きますか、困ってる猫ちゃんを」

「あのなあ……」

さっきまでの緊張が、一気にほどけたようだった。

「俺は今日、大事な用事があるんだ。チーズかまぼこを持ってたとしても、お前についていくつもりはない」

「そうですか。素敵な恰好ですもんね」

少しも笑わず、ダチョウ少女は言った。今日の翔一はスーツ姿にロングコートといういでたちだ。気持ちを作るため、胸ポケットにチーフは入れてあるが、コートに隠れて見えないはずだった。

「大変ですね男の人って。でも、幸せになるためには、必ずこなさなければならない試練なのかもしれません。ファイトです。じゃあ」

一方的に言い放つとくるりと回れ右をし、背筋をピンと伸ばしたまま、彼女はものすごいスピードで走り去っていった。その身のこなしを見ながら、そういえばダンスをやっていると言っていたなと翔一は思い出す。

幸せになるためには、必ずこなさなければならない試練——少女が言ったことを頭の中で繰り返した。

「なんて勘のいいやつだ」

目的のレストラン《シャン・ド・マルス》が入るビルに着いた。階段を上がって二階の店に入り、ボーイに名前を告げると、席に通された。

窓際の四人席。向かい合うように二人分、三角に畳まれたナプキンと皿、カトラリー、それに空のシャンパングラスが用意してある。初めて来たときは向こうの二人席だったが、こちらのほうが広いからと気を利かせてくれたのだろうか。

ふうと一呼吸して、翔一は椅子を引き、腰を下ろす。腕時計で七時五分前であることを確認し、窓の外に目を移した。隅田川の水面にビルの明かりが映っている。あいつ——東京スカイツリーはやはり、いけすかない姿で翔一のことを見下ろしていた。

天望デッキに目をやり、昨晩花江先生の通夜で出会った女子高生のことを、翔一は考えはじめた。

中畑実夢。すべては、彼女に万引きしたチーズかまぼこを押し付けられたのが始まりと言っていい。腹をすかせた三毛猫をそれでおびき寄せようとして面格子と塀のあいだに挟まり、運命の出会いを果たしたのだから。

家族とわかり合えない。実夢はそんなことを言っていた。もしその、わかり合えない家族と今あの天望デッキから、東京の街を見下ろしているのなら……。やはり、今夜成功させなければならないだろう。

翔一は目を閉じた。めぐみと出会ってから今日までのことを、ゆっくりと思い返した。

＊

来宮めぐみに電話をしたのは、翔一が無残に挟まったあの日から一週間後のことだった。本当はもう少し早く連絡したかったが、強引な印象を与える気もしたし、めぐみのほうにも大学の先生とのことに心の整理をつける時間が必要だろうと配慮したためだった。

「調子はどうだ？」

〈うん。もう東京に帰って、仕事に復帰してる〉

名古屋の実家に滞在したのはたったの三日だけだったらしい。

「そうか。元気で安心した。今度会えないかな。近況報告もかねて」

〈いいね。ああ、それなら、一緒に東京スカイツリーに上らない？〉

「えっ？」

〈嫌いな東京スカイツリーを好きになるチャンスだと思って〉

自分との関係を発展させようと思っている。翔一の勘がそう告げた。

めぐみと再会したのはその週の土曜日、昼すぎだった。スカイツリーは混んでいたが、並んでエレベーターのチケットを買い、やたらきらびやかなエレベーターで、まずは天望デッキまで上った。雲一つない快晴で、眺望は最高だった。東京都内の夥しい数の建物。隅田川を進む船や、首都高を走るトラックがおもちゃのように見えた。新宿の高層ビル群、六本木ヒルズ、そして東京タワーまでも見下ろす奇妙な快感。特に翔一の心を躍らせたのは南側の景色だ。横浜から、羽田空港、お台場、葛西、幕張新都心までが見渡せ、まるで地図の中に迷い込んだような感覚になった。

「楽しそうだね」

はしゃぎすぎていたのだろう、笑いながらめぐみが言った。

「まだ、嫌い？　東京スカイツリー」

めぐみは翔一の顔を見上げるようにして訊ねた。きれいな目だと思った。

「ああ、まあ……少しは格上げだ」

ごまかすように言って、再び街を見下ろす。

「小学生の頃、空き箱を集めるのにはまってたことがあってさ。ビスケットとか石鹸とかなんかの景品とか、そういうボール紙の空き箱を二百個ぐらい持ってたんだ。近所の神社に、ビールケースの上にベニヤ板を渡した汚い台があってさ、そこに全部持っていって並べるんだよ。見回して、これは全部俺のものだって、優越感というか独占感というか、そういうものに浸ってた。こういうごちゃごちゃした建物を上から見ていて、そんなことを思い出すよ」

「ふーん。……なんだか、わかるかも」

　何よそれ、という答えが返ってくるかと思ったので、少し嬉しかった。

「六年生のとき、母親に捨てなさいって言われたんだけど捨てられなくてなあ……。母親は譲歩して言うわけ、『大事なの十個に絞ってあとは捨てたら』なんて。でもこっちにしてみれば一つ一つに思い入れがあるだろ」

「そうだね」

「ごちゃごちゃしてるなあと思っているこの景色のビルの一つ一つにも人がいて、それぞれの物語があるんだよな。なんかそう考えると、わざわざ出会えたことが奇跡に思えるぜ」

　告白とまではいかないまでも、婉曲（えんきょく）に気持ちを伝えたつもりだった。今日、君との日々を始めたいのだ――と。めぐみは少し黙ったが、「うん」と、迷ったように答えた。

　その後、さらに上の天望回廊へと上った。地上四五一・二メートル、最高地点のソラカラポイント。足元のビルはさっきよりも小さく、眺望はさらに遠くまで見えるようになった。

「ひゃぁー、すごいなあ」

　翔一はわざと大げさにはしゃいでみせたが、めぐみは笑顔を見せなかった。そればかりか、二十三区内でいちばん標高の高いその場所で、なぜか曇った表情だった。

「どうした？　高いところが怖いか？」

「ううん……。こんなところで言うのも恥ずかしいんだけど、私、仕事、辞めようと思って」

「えっ？」

もう上司に辞意は伝え、あとは引き継ぎのために働いているという。新しい職を探してはいるが見つからず、将来の見通しが立たないと言った。

「私、名古屋に帰ろうかな……」

「待てよ」翔一はすぐに止めた。止めてほしかったのだろうと思った。たぶん、さっき、翔一の気持ちは伝わっていて、迷っているのだ。ここでどう言葉をかけるかで二人の将来は決まる。

「せっかく知り合ったんだし。もう少し、東京で頑張ってみようぜ」

頑張ってみろよ、ではなく、頑張ってみようぜという言い方にした。めぐみは翔一の顔を見上げた。

「うん」

「あれこれ心配しててもしょうがないだろ。そうだ、このあと、食事に行こうぜ。浅草にいい店があるんだ。たぶんここから見える。こっちこっち」

隅田川沿いのカジュアルフレンチ《シャン・ド・マルス》。玲歌と付き合っていたときに行った店だった。グルメサイトには「要予約」とあったが、当日でも運よく席を取ることができ、午後六時にはその店に入ることができた。

店に入ってからもしばらく、めぐみの表情は曇っていた。しかし、食事を始め、一度手洗いに立って戻ってから明るくなった。会話の端々に冗談が出たし、翔一の言うことに大げさに笑ったりもした。

「なんだよ、急にテンション高くなったな」

「せっかく食事に誘ってくれたのに、くよくよしててもしょうがないし。ね、翔ちゃん」

明らかに距離を詰めてきている。翔一は素直に嬉しくなった。

その後、めぐみとは何度もデートをしている。何と言っても、名前も知らないうちからお互いの見せたくない部分を見せ合った仲なので秘密などあろうはずがなく、心はつながっていた。明確に「付き合おう」というセリフは野暮だから口にしていないが、お互いに恋人なのだという認識は会うたびに高まっていた。

めぐみが正式に大学の事務を辞めたのは夏前のことだった。再就職には苦労していたが、十月にようやく別の仕事も見つけた。セミナーやパーティーといった大口の客を対象として弁当を作る店だそうで、即戦力として重宝されていると自分で言っていた。

新しい仕事はけっこう忙しいらしく、十一月の半ばから会う機会が減っていった。クリスマス、忘年会、正月と、集まりの多い時期になると休みがない仕事なのだという。

会えないのは残念だったが、めぐみの生活が再び充実してくることは素直に嬉しかった。忙しさが失恋の傷をいやしてくれる経験は翔一にもあった。

年が明けたら、会おう。そして、心機一転、将来へ向けた付き合いをしていこう。

一月二日に新年の挨拶のメッセージを送り、次の日に「会えないか」と控えめに訊ねた。

すると、「年明けも忙しくて、九日なら会えるかな」という返事があった。

――あのお店がいいな、スカイツリーに上ったあとに二人で行ったフレンチのお店。

大丈夫だと返すと、こう返事があった。

――いつも予約してもらって悪いから、私が予約しておくね。

二人の思い出の店。彼女はひょっとすると翔一が決心するずっと前、あの日の段階ですでに予感していたのかもしれない。

今日が、とても大事な日になることを。

＊

「ごめんね、遅くなって」

その声に我に返る。頬を紅潮させためぐみが、手を振りながら近づいてきた。コートを脱ぎ、店員に預ける。

「職場を出るとき、ごたごたがあって」

腕時計に目を落とす。八分の遅刻だった。

「気にするなって」

口の中が乾いているのを感じた。笑顔が引きつっていないだろうかと、翔一は自分の表情が心配になる。

「コースでいいか？」

メニューを見せながら訊いた。

「アラカルトにしよう」

意外なほどはっきりとした口調で、めぐみは答えた。コースの内容も見ていないというのに。

「コースだと、ほら」何か困ったような顔をしてめぐみは言った。「追加ができないから」

「そんなに食うつもりかよ」

「うん……まあ……」

腹が減っているのだろう。遠慮がないのはいいことだ。相談しながら、二人はいくつかのメニューを注文した。

「仕事は忙しい？」

店員が去ってから、翔一は訊いた。

「うん。とっても。でも毎日楽しい。充実してる。翔一さんは？」

この店で一度だけ「翔ちゃん」と呼ばれたが、以降、めぐみの翔一の呼び名は「翔一さん」となっていた。今までの恋人にはそう呼ばれたことがなく、新鮮で心地よかった。

久々に会うめぐみは太陽のような笑顔だった。

独占したい気持ちが募る。食事を始めたら、機を逸してしまうかもしれない。今、言ってしまおう。

「めぐみ。実は俺、今日、話があるんだ」

「私のほうも、話があるの」

「えっ？」

「でも、翔一さんの話からでいいよ。言って」

「いや、めぐみのほうからにしろよ。俺のは……」

今日、この店を指定してきたのはめぐみのほうだ。話がある。まさか。めぐみのほうも……。

「あっ」

バッグの中に手をやるめぐみ。スマホを取り出した。

「ちょっと待ってね」

手早く返信を打つと、めぐみは手を上げ、店員を呼んだ。

「お皿とカトラリーをもう一人分、お願いします」

もう一人分？　疑問。それはすぐに翔一の中で、混乱に変わっていった。

「かしこまりました」

「おいめぐみ、何、勝手に」

「ごめん」遮るように、めぐみは謝った。「先に三人分用意されていたら、変に思うだろうって。ぎりぎりまで黙っていようって、彼が」

彼……？　混乱の渦に、焦りと絶望の色が混じってくる。

「ひょっとしたら、四人席に通された時点で気づくかなって、ちょっと思っていたけど」

どんな混乱の中にいても、人間には冷静な部分があるらしい。ああそうだ。この店には二人席のほうが多く、向こうの窓際はカップルだらけだ。にもかかわらず、めぐみは四人席を予約した……。

「今、外に来てる。すぐ上がってくると思う」

めぐみがそう言うと同時に、店の扉が開く気配がした。翔一はそちらに顔を向ける。そして、店員にコートを預けているあいつと目が合った。

あいつは軽く手を上げ、恥ずかしそうに俺たちのテーブルに向かってくる。めぐみの手招きに誘われるようにめぐみの隣に腰かけた。

「翔ちゃん、いろいろ、その……黙っていてごめん」

「どういうことだ？」

乾き切った口からはそういう言葉が出た。

「ええとね、その……」

「ちゃんとして。自分で言うって言ったんだから」

めぐみにたしなめられ、あいつは背筋を伸ばし、翔一の目を見る。

「俺たち、結婚することにしたんだ」

……。

………。

……全身の血が抜けていく。

歪んでいく視界の中、店員が三人目の皿とカトラリーを置いていった。

第六幕　スカイツリーの花嫁花婿

1　花嫁・城野めぐみ

えんじ色のクッションの貼られた大きな扉の向こうでは、司会者の南條さんが披露宴客に向けて挨拶をしているのが聞こえる。髪の毛をだらりと伸ばして、ベロアのジャケットなんかを着て、その彫りの深い顔が初めはずいぶん胡散臭い印象だったけれど、何度か打ち合わせをしているうちに信用できる人だと思えてきた。

朝から式場にやってきてヘアメイクと着付けをして、両家挨拶をして写真を撮って、なんだかもうへとへとのはずなのに、気分は高揚していた。ウェディングドレスは想像以上に重くて歩きにくい。でもこれはそのまま、幸せの重みなのだ。

「新郎様、大丈夫ですか？」

五十代の介添え人が、彼に心配そうに訊ねている。

「え……ええ、ああ」

「ちょっと緊張しているだけです」

めぐみは笑って代わりに答えた。がちがちになるのは予測できたけれど、ここまでとは。

「それでは、新郎新婦の入場です」

めぐみの返事と同時に南條さんがそう告げるのが聞こえる。

「行きますよ」

介添え人の小声。すぐに、扉が開かれた。

大音量の音楽と拍手。

暗闇の中から照らされる、煌々としたスポットライト。

二人で入場し、同時に礼。そのままドレスに気をつけながらゆっくりと高砂に上り、新郎新婦席でもう一度、礼。

拍手が鳴りやむのを待ってから、二人は同時に腰を下ろす。

天井の照明がついて部屋全体が明るくなり、五十人ほどの招待客の顔が見えるようになった。

「皆様、ありがとうございます」

南條さんがにこやかな顔で二人に視線を送ってくる。

「それでは、お二人が本日この素晴らしい日を迎えるまでの軌跡を、私のほうから紹介させていただきたいと思います」

めぐみは軽くうなずき、今までのことを思い返す。

出会いは一年前。あの日から、本当にいろんなことがあった。

＊

「私も、乗せていってくれないかな」

今となっては、ずいぶん不躾な頼みだったと思う。

水戸街道沿いの中華料理屋だった。アパートの面格子と塀の間に挟まった翔一さんをサラダ油の力で助け出し、学の家の最後の掃除をしたあと、「麻婆豆腐でも食いたいな」と翔一さんが言うのでやってきたのだ。

「手伝った礼なんだからお前がすべて出せ」

翔一さんはそんなことを言って、これから大阪まで夜通し運転をする学を横目に美味しそうにビールの中ジョッキを飲み干し、花椒の効きすぎた辛い麻婆豆腐を汗だくになって平らげた。

「俺、もう行くよ」

学が立ち上がったのは八時半になろうかというときだ。店に入ってから四十分も経っていなかったと思う。

「向こうに着くの朝になっちゃうし。明日中に叔父さんに軽トラ、返さなきゃ」

「そうか。じゃあお別れか。俺たちも出るか」

少しだけ寂しそうな翔一さんの横で、めぐみは言ったのだ。

「私も、乗せていってくれないかな」

健吾のことや自殺未遂のことは話題に出さなかったけれど、名古屋に実家があるということは、すでに掃除中に話していた。それを受けて学も「じゃあ大阪までの通り道だね」と言っていた。

もちろんそれは冗談だったようで、めぐみの申し出に学は明らかに戸惑っていた。

「すぐに、実家に帰りたくて……」

あの部屋に一人で戻れば、また健吾のことを思い出す。身の回りの品物をいちいち健吾の思い出に結び付け、また自分が嫌になって、気持ちが弱くなってしまう。そんな夜から逃げたかった。

「乗せてってやれよ、城野」

翔一さんが口添えをしてくれた。

あとで知ることだけれど、学は本当に呆れるくらいに優しい性格だから、断れなかったのだろう。

「うん。じゃあ、いいよ」

軽トラックの助手席は狭かったけれど、これから夜のドライブが始まるのだと思ったら少しだけ前向きになれる気がした。

「気をつけてな」

翔一さんはさわやかに手を振り、学は「うん」と言って車を発進させた。

三人でいたときにはけっこう話しかけてきた印象のある学だったが、二人きりになると急に無口になった。運転があまり得意ではないのかもしれず、話しかけたら悪いような気もして黙っていた。

窓外を流れていく街の光を見ていたら、また健吾の顔が浮かんできた。初めて触れた肌のぬくもりや、かけてくれた優しい言葉の数々が映画の回想シーンのように頭をよぎり、涙腺を踏みつけていった。

「ラジオでも聴く？」

高速道路に入る直前の赤信号で、学がラジオをつけた。すると、ハイテンションな女性ボーカルの声が大音量で響いた。うるさいと思った瞬間、信じられないことが起きた。学が一緒に歌いはじめたのだ。信号は青に変わり、上機嫌でアクセルを踏み、加速しながら。

「ごめん。これ、好きなアニメの主題歌なんだ」

ワンコーラスを歌い切ったあとで、学は言った。

「知ってる？　『クインテットさつき』」

「いえ……」

「クラシック楽団の女の子たちが魔獣と対戦するっていう、まあ聞いただけだと変な話なんだけど、スケールが壮大でさあ、キャラクターが可愛くてさあ、特に主人公のさつきちゃんがね」

軽トラの荷台にもそのフィギュアがたくさん積んであると学は言うと、嬉々としてそのアニメについて語りはじめた。声優がどうだ、主題歌や挿入歌がどうだ、ＤＶＤ特典がどうだ……なじみのない話だったのでめぐみは戸惑ったが、こちらが何も話を振らなくても気にせずにしゃべり続けてくれるのは楽だった。

ひとしきり話が終わると学は嘘のように黙った。

沈黙はまた、健吾のことを思い出させた。静岡に入ったあたりで、急に涙が出てきて止まらなくなった。

「ど、どうしたの？」

慌てた様子で学は訊いた。

「ごめんなさい。実は私、とても悪いことをして」

「悪いことって？」

「不倫」

　そこから三十分ほどは、めぐみが一方的に話す番だった。立て板に水とばかりにアニメの話をしていた学の口は閉じたままだった。だが、運転しながら彼は確実にめぐみの話に耳を傾けてくれていた。

「それはさあ……、めぐみさんが悪いんじゃないよ」

　健吾のことを話し終えたあとで、学はぽつりと言った。

「運が悪かったんだ」

　翔一さんと同じく、てっきり健吾の悪口を言うかと思っていたので、意外だった。

「運？」

「そう。……っていうか俺、見た目も趣味も仕事もこんなだから、女の人と付き合ったことがなくって、不倫だって全然興味のない芸能人がやるものだと思ってる。だから……リアルの恋愛の話とかそういうのうまく言えなくって」

　なんとなく想定内のことだ。

「でもさ、仕事とか趣味とか、人生のことってすべて、運だと俺は思ってるんだ。人に与えられた幸運・不運っていうのはプラスマイナスゼロになるっていうあれ、信じてるっていうか。だから、子どもの頃から『嫌だなあ』って思うことがあったら俺、『不幸の前借り』をしたって考えるようにして生きてきた」

　聞いたことのない表現だ。

「不幸の……前借り……」

「いや、前借りっていう表現が合ってるかどうかわからないけど、『先にマイナスを被っといたんだから、あとからプラスが来るでしょう』って考え方だよ。まあ実際には、ネットショッピングで詐欺まがいの商品を売りつけられたあとにコンビニのくじでヨーグルトが当たったとか、怖いお兄さんに因縁つけられたあとで、美味いパンを見つけたとか、マイナスに見合っていないようなプラスばっかりなんだけど、それでも何かマイナスがあったときに、未来がちょっと楽しみになる」

「なるほど。それは……『前借り』より『先払い』って言ったほうがいいかもね」

「ああ！」学は叫んで、一瞬めぐみのほうに顔を向け、すぐにまたフロントガラスのほうを見た。「そうだね、先払いだ。そう呼ぶことにしよう」

一瞬、事故でも起こしかけたのかと思ってヒヤリとしためぐみは、緊張からの緩和で思わず笑いを漏らした。とぼけた人だ。

「だからさ、その先生の奥さんと息子さんが、めぐみさんの存在によって知らず知らずのうちに不幸になっていたとしても、めぐみさんはちっとも気に病むことなんかないんだよ。だって、奥さんも息子さんもそれで『不幸の先払い』をしたことになるんだから。二人にもこれから幸せが届いて当然なわけだから」

不思議なことに、心の中が楽になっていくのがわかった。合っているのかわからないけれど、自分の中にはない考え方だ。

「もし本当にそうなら、私も救われる……のかな」

「もちろん。それどころか、傷ついためぐみさんにはそれ相応の、ものすごい幸せが待っているると思うよ」

「優しいんだね」

「優しいのはめぐみさんのほうじゃないか」

学は笑い出した。

「不倫をした女の人って、普通は相手の男の奥さんや子どものことを憎らしく思うんじゃないのかなあ。あの人たちさえいなきゃ彼は私のものになる！　呪い殺したい！　……とかさ。仕事柄、そういう女の人はたくさん知ってるよ。でもめぐみさんは、相手の奥さんや子どもさんには恨みを抱いていない。それどころか、二人に幸せが届くと思うと自分が救われるなんて言うんだもん」

そうかなあと、めぐみは自分の言動を振り返る。自分が優しいなどとは思ったことがない。騙されていたとはいえ、向こう見ずに恋愛に突っ走って人を傷つけたことは間違いない。でも、そんな自分のことを「優しい」と言ってくれる人がいることに、引いた涙がまた少し出そうになった。

「ありがとう……」礼を言い、もう自分は大丈夫だと告げる意味も含めて気になったことを質問することにした。

「ところで城野さんって、仕事は何をしてるの？　『そういう女の人』って……」

するとと学は言葉を詰まらせた。

「ああ……実は俺、大学を卒業して以来勤めていた会社を去年クビになったんだ。再就職先もなかなか見つからなくて、翔ちゃんには心配をかけたくないから秘密にしていたんだけど」

「じゃあ、無職？」

「いや。必死になって職探しして、ようやく二月から働きはじめたんだ。その……、キャバクラのボーイ。俺、呑み込みが悪くて、いっつも叱られたり蹴られたり」

へへと恥ずかしそうに笑う。

「先週店にオーナーが来てさ、大阪の店舗の従業員がごっそり辞めて人手が足りないから、一人都合してくれって。その日のうちに俺の大阪行きが決まったってわけ」

「そんな横暴……」

「横暴だよね。でもこれが俺みたいなどんくさい人間の人生なんだよ。平気平気。前借り……じゃなくって先払いだ。知ってる？　日本橋（にっぽんばし）ってところは『大阪の秋葉原』って呼ばれているらしいよ」

ハンドルを握りながら、一応は楽しそうだった。それでも、にじみ出る寂しさをめぐみは感じずにいられなかった。どうにか気分を明るくさせてあげられないかとめぐみは考えたが、あまりうまい会話も思いつかないまま名古屋インターを出て、日付が変わる前にはめぐみの家に着いた。

「ありがとう。これ、お礼に」

財布から一万円札を取り出して渡そうとすると、学は拒否した。

「ここで幸福をもらったら、先払いがチャラになっちゃうよ。まあ、めぐみさんのおかげで楽しい道中だったから、もうだいぶチャラになった気はするけれど」

じゃあねとやけにあっさりとした感じで、彼は軽トラックを発車させた。めぐみは軽トラックが見えなくなるまで実家の前にたたずんでいた。また会おうね、とは言ってもらえなかった――心に小さな穴が開いた。

実家に滞在したのはわずか三日だった。月曜に職場に欠勤連絡を入れ、「しばらく休みたい」と申し出たところ、あと二日が限界だとすげなく言われたからだった。水曜朝始発の新幹線に乗って曳舟の部屋に帰ると、バスタブには冷たい水が溜まり、洗い場には包丁が落ちたままだった。

出勤するとすぐに上司に辞意を伝えた。職場の規定で意思表示から一か月は勤務を続けなければならなかったが、有給休暇があったので実際には二週間でよかった。それでも大学に顔を出さなければならないのは嫌だった。健吾に未練はなかったけれど、やっぱり顔を合わせるようなことがあったらと怖かった。先払いだよ先払いと、心の中で学が励ましてくれている気がした。でももう、彼に会うことはないんだろう……そんなふうにすごしていたとき、翔一さんから連絡があった。

「今度会えないかな。近況報告もかねて」

会って、城野さんの連絡先を訊いたら？　ともう一人の自分が言うのが聞こえた。チャンスだ。だったら、とめぐみは提案した。

「いいね。ああ、それなら、一緒に東京スカイツリーに上らない？」

コンプレックスの克服に、という軽い動機だった。翔一さんへのお礼のつもりもあり、また、苦手なことを克服する人を隣で見て今の気持ちを晴らしたいという思いもあったかもしれない。

天望デッキでの翔一さんのはしゃぎようは予想外だった。「すげえな、横浜からずーっと幕張まで見えるぞ！」と子どもみたいにはしゃいだあとで、今度はじっと街並みを見下ろした。

「小学生の頃、空き箱を集めるのにはまってたことがあってさ。ビスケットとか石鹼とかなんかの景品とか、そういうボール紙の空き箱を二百個ぐらい持ってたんだ」

ひしめき合うビルを見ているとその空き箱たちを思い出すというようなことを、翔一さんは言った。母親に捨てろと言われても、自分にとっては一つ一つに思い入れがあったのだと。

「――ごちゃごちゃしてるなあと思っているこの景色のビルの一つ一つにも人がいて、それぞれの物語があるんだよな。なんかそう考えると、わざわざ出会えたことが奇跡に思えるぜ」

それを聞いて、少し寂しくなった。東京にはこんなにたくさんのビルがあって、人がいるのに、城野学はいないのだ。

めぐみが急に浮かない顔になったことを、翔一さんに気づかれたのだろう。そのあと、二人で食事を取っているときにも気もそぞろになってしまった。これでは、学の連絡先を訊くどころではない。

気分を一新させるべくトイレに立ったとき、スマホが震えた。画面には知らない携帯の番号。不思議に思いながら通話をタップした。

〈あの……もしもし？〉

頭からつま先まで、一気に体温が上昇した気がした。

「城野学さん？」

〈あ、え、よくわかったね〉

わかるに決まっている。ここ数日間、先払いだよ先払いと心の中でその声を聞き続けてきたのだから。

「城野さんこそどうして私の番号、知ってるの？」

〈いや、あの、こないだ翔ちゃんが挟まったとき、俺にかけてきたでしょ、そのリダイヤルで……〉

なんで気づかなかったのよとめぐみは自分で自分の頭を小突きたくなった。彼の連絡先はずっと、自分の手の中にあったというのに！

〈ごめん。こんな手段を使って、気持ち悪いよね。やっぱり、切るよ〉

「待って！　用事があるからかけてくれたんでしょ？」

〈あ、いや、めぐみさんって、まだ実家にいるの？〉

「東京に戻ってるよ。仕事ってそう簡単に辞められないんだね」

〈あー、そうなんだ。……そうだよね、あれからずいぶん経つもんなあ〉

落胆の声。めぐみの心拍数は上がっていた。

〈いや俺、次の水曜休みだから名古屋まで行ってみようかなと。もしめぐみさんまだご実家にいるなら会えないかなと。こっち来て知り合いもいないもんだからその……ごめん、やっぱり切るよ〉

「待ってってって。会うよ。会う」

〈えっ〉

「名古屋まで戻る。っていうか、私が大阪まで行く。案内してよ、大阪」

〈案内っていっても、俺も大阪あんまり知らないし〉

「どこでもいいから！」

翔一さんと一緒だと言うと、学は慌てた。そして、自分が電話をかけたことは絶対に翔ちゃんに言わないでと懇願された。馬鹿にされるのが嫌なのだろう。めぐみは固く約束し、席に戻った。そこから気分が高揚してしようがなかった。

「なんだよ、急にテンション高くなったな」

「せっかく食事に誘ってくれたのに、くよくよしててもしょうがないし、ね、翔ちゃん」

学の口調を真似して、「翔ちゃん」と呼んでみた。翔一さんのことをそう呼んだのは、あとにも先にもそのときだけだ。

翌週の水曜日の大阪は本当に楽しかった。定番で悪いんだけどと学がまず連れていってくれたのは、あべのハルカスだった。星空のような内装のエレベーターで地上三〇〇メートルの展望台へ。三百六十度ガラス張りで、大阪の街が一望できて素敵だった……が、自分から連れてきたくせに高所恐怖症だとかで学は窓に近づこうとせず、「こんなことなら通天閣にしときゃよかったよ。あっちは九四・五メートルだって」ととんちんかんなことを言っていた。

「こないだ、翔一さんとスカイツリーに上ったんだ」

カフェスペースで休憩中、めぐみは言った。

「えっ。じゃあ翔ちゃんと……」

「違うって。翔一さんは友だち。きっと向こうもそう思ってるよ。ほら、スカイツリーに呪われてるとかなんとか言ってたでしょ。それを克服できるかなと思って」

「ああ、なるほど、そういうことか」

「すっごくはしゃいでた。あれでスカイツリーが嫌いだなんて誰も信じないよ」

「想像できるなあ。遊ぶときは思いきりだから、翔ちゃんは」

二人で顔を見合わせて笑った。共通の友人がいるというのは、嬉しいことだ。

そのあとは天王寺動物園を見て、新世界をぶらつき、難波に出て夕食を取った。道頓堀川に沿ったビルの二階で、たこ焼きを自分たちで焼けるという店だった。

「もっと気の利いた店がよかったかなあ」不慣れな手つきでたこ焼きを回しながら、学は言った。「でも俺、女の子と食事とか行ったことないし、キラキラした内装の店は仕事でほとほと飽きてるから」

「楽しいし、嬉しいよ。とっても」

めぐみは言いながら、自分でもピックを動かす。学のことを言えないくらいに不器用だったが、こういうのがよかったんだと心から思っていた。健吾の連れていってくれた店はどこも洗練されていて、自分が大事にされているのだと信じていた。ある意味では本当に大事にされていたのだろう。だが、学とたこ焼きをころがしている時間は、一緒に大事な時間を作ろうと言われているようだった。健吾とたこ焼きを焼くなんて想像できない。

「電話かけたとき、めぐみさん、翔ちゃんと会ってるって言ったろ。俺、あのときちょっと嫉妬したんだ」

生地はだいぶ焼けてきて、ひっくり返しやすくなってきていた。

「翔ちゃんに嫉妬するなんて、変だよ。俺よりずっとかっこよくてずっとちゃんとしてるし。でも、めぐみさんが会うって言ってくれて、よかった」

自信がないのだろう。

「……学さんも素敵だよ」

「嘘でも嬉しいよ」

やっぱりこの人は気づいていない。自分のほうからはっきり言うのも悪くない。言わなければ、また連絡をくれなくなる可能性もある。

「私は付き合いたいと思ってる。学さんと」

学の手が止まった。けっしてハンサムとは言えない顔の、小さな目が、信じられないようなものを見る目つきでめぐみをとらえていた。

「本当に？」

「じゃなきゃ、大阪まで来ないよ」

「……じゃあ、よろしくお願いします」

「よろしくお願いします」

答えたらなんだか恥ずかしくて、窓外の道頓堀川に目を向けた。観光船がゆっくりと進んでいく。心拍数は上がり切っていたけど幸せだった。やっぱり、自分から言ってよかった。

*

「――こうして、めぐみさんのほうから告白して交際が始まりました」

司会者の南條さんの言葉に、披露宴の客たちの視線が自分に集まるのを、めぐみは感じた。ちらりと学のほうを見ると、恥ずかしそうにうつむきながらハンカチで額の汗を拭いている。

「めぐみさんはそれから毎週のように大阪に通うようになりました。遠距離でこそ、愛ははぐくまれるものです」

そう。六月から七月にかけてのことをめぐみは思い出していた。

曳舟のあの部屋は賃貸時の契約により、冬までは、違約金を払わないと解約できなかった。東京に未練があったわけではなく、大阪で仕事を探してもよかったけれど、すぐに行動を起こすのはなんだか焦りすぎな気がした。遠距離恋愛そのものに酔っていたのかもしれない。

翔一さんとも何回か会っていた。部屋の外に挟まったという変わった出会い方をして、お互いに名前も知らないままにいちばん見せたくない部分を見せ合った間柄というのは不思議なものだった。きっとそれもまた、一つの友情には違いなかった。

グルメサイトに載った店を回る翔一さんの趣味は続いていて、連れていってくれる店はどこもおいしかった。でもその気の使い方は、高級店や雰囲気のいい店を選んでくれた健吾の気の使い方をたまに思い出させた。口には出さなかったけれど、学と行くミックスジュースの味の濃い喫茶店や、芸人のサインだらけの串カツ屋のほうが落ち着いていられた。

翔一さんに学のことはずっと秘密にしていた。言わないでほしいと学に頼まれていたし、翔一さんに新しい恋人がいないのに自分だけ幸せなのが悪い気がしたからだった。

南條さんは続ける。

「ところが、順調に思えた二人の交際にも、ピンチが訪れたのです」

いよいよ、あの話が始まる。学は耳が痛いだろう。

でも、この一年のあいだにあったことは余すところなく話すと、南條さんとは打ち合わせてある。二人の軌跡すべてを、披露宴の客には聞いてほしいんです。それが、新しい一歩を踏み出すのに必要なんです、と学も言っていた。

あれは忘れもしない七月二十五日――。学は、逃げたのだ。

＊

〈もう今日限りで、おしまいにしよう〉

学は電話越しにそう告げてきた。午後八時の東京駅の新幹線ホーム。改札へ向かう人波の中で突然そう告げられ、めぐみは頭が真っ白になった。

「え、今、なんて言ったの？」

〈別れたいって言ってるんだ〉

つい三時間ほど前、新大阪駅で見送ってくれたばかりだった。

前日、学は仕事が休みだった。めぐみは朝の新幹線で大阪へ行き、一泊、学とすごしたのだ。

二日間を振り返ってみればおかしなことばかりだった。めぐみが話しかけても心ここにあらずといった感じで、作るのにだいぶ慣れたはずのたこ焼きもべちゃべちゃにしてしまった。いつもは天下茶屋(てんがちゃや)にあるワンルームの学の家に泊めてくれるのに、「たまにはいいだろ」とビジネスホテルを予約していた。

体を求めてきたりしないのはいつもどおりだとしても、学が話もせずに寝てしまうのは初めてだった。連日のキャバクラ勤務で疲れているのだろうとめぐみはそっとしておいたけれど、朝になってからは前日とは打って変わってはしゃぎはじめた。そして「あべのハルカスに上ろうよ！」と言ってきた。

付き合うことになったあの日と同じエレベーターに乗り、同じ大阪の景色を眺めているとき、妙にしんみりした顔だった。かと思うと無理やり面白くない冗談を言って声を立てて笑ったりと、気味悪ささえ覚えていたのだった。

その日は十八時に出勤だというので、見送りをしてくれても間に合う時間にと新大阪十七時二分発の新幹線に乗った。電話をかけてきた午後八時、キャバクラは営業真っ最中のはずだった。

「どうして？　私、何か悪いことした？」

〈めぐみが悪いことなんて一切ないよ。悪いのは俺のほう。背も低いし太ってるし鼻だってつぶれてるし、人間の醜いところを全部集めたみたいだ。性格も暗いしドジだし仕事もできないし金を稼げる見込みもないし〉

付き合いはじめても自信のないところは変わらず、たまにこういうネガティブなことを言うときがあった。でもその日は特にひどかった。

〈とにかくめぐみは俺なんかといるよりずっといい相手がいるはずなんだ。俺といるとめぐみは不幸になるよ。だからお願い。今日が最後。楽しかったよ、さようなら〉

最後は涙声だった。通話が切れた直後に折り返したが、もうつながらなかった。めぐみはすぐにまた新大阪行きの自由席券を買い、下り新幹線に乗り込んだ。

学の勤め先の店の名前は知らなかったが、一度だけ「店の真ん中に金ぴかの蓄音機のオブジェがある」と聞いたことがあった。その情報だけを頼りに新幹線の中で検索したところ、《Gramophone ナンバ》という店が引っかかった。

ミナミに着いたのは二十三時。通り全体がアルコールと埃と化粧のにおいで充満している中に、《Gramophone ナンバ》はあり、三十代半ばの客引きがいた。

「城野学はここに勤めていますか？」

「なんや。あいつにスカウトされたん？」

とんちんかんな返事だったが、学の勤め先であるのは間違いなさそうだった。そのとき、客を見送って青いドレスの女が店から出てきた。彼女はめぐみを見るなり「あーっ！」と指差してきた。

「タヌキチの彼女やん！」

「たぬきち？」

学の店でのあだ名のようだった。

「先週の水曜やったか、アメ村行ったやろ。タヌキチがあんた連れて歩いてんの、サエコと見たわ。タヌキチに似合わへん可愛い子やから怪しいわぁて、次の日タヌキチに訊いたら彼女やって。うちもサエコも大爆笑」

思い出したように口元に手を当てる。

「どうしたらあんたなんかに彼女ができるんってはやし立ててたら、店長が飛んできてな、いきなりタヌキチのこと殴りつけてん」

仕事もまともにでけへんやつが彼女なんか作るな。店長とやらの言い分はそういうものだったらしい。

「しゃあないわ。まず店長は東京弁が嫌いやろ。それに加えてタヌキチは動きもトロいし、先週やったか店のシャンパン落として三本も割ったわ」

「あの日の店長のキレようはエグかったな。お前なんか一生、女養ってけるだけの給料もらえんわ！　……タヌキチ、ほんまに道頓堀川に投げ捨てられるかと思た」

客引きの男も思い出しながらぼやいた。

「とにかくそんなタヌキチがデートしとったのが気に入らんかったのやろ。店長、タヌキチのことボコボコにして。その日のうちに追い出したわ」

めぐみははらわたが煮えくり返って仕方なかったが、

「追い出したって、どこに？」

「知らんわ。辞めたか、他の店舗に行ったか」

「辞めたんやろ。あいつはこの業界、向かへんて」

めぐみは天下茶屋へ向かった。

学の部屋は静まり返っていた。インターホンを押しても誰も出てくる様子がない。電話は相変わらずつながらない。どこか一人で飲みにでも行っているのだろうか。だとしたら戻ってくるだろうと一時間ほど待っていたら、隣の部屋のドアが開いてゴミ袋を手にした中年女性が出てきた。

「その部屋の兄ちゃん、引っ越さはったで」

三日ほど前、どこかから軽トラを借りたかと思うと、一日がかりで荷物を積み込み、どこかへ持っていったのだという。めぐみにはこの一泊二日、すべてを隠していたのだ。

「だからビジネスホテルだったの……」

呆れと悲しさと徒労をかみしめながら、アパートをあとにした。とぼとぼとあてどもなく歩き、ふと見上げたら、飲み屋に挟まれた狭い路地の向こうにあべのハルカスがそびえているのが見えた。初めて上ったあの日と、つい数時間前の思い出を並べる。学の表情、声、隠し事、とぼけたところ、とんちんかんなところ、そして、弱さと優しさ……。

「私は、翔一さんとは違う」

なぜかそんなことをつぶやいていた。あべのハルカスに呪われたなどとは思わない。生まれてからずっと来たことのなかったこの街には、初めて本当に大事だと思えた人との思い出が詰まっている。取り戻さなきゃ。

再び《Gramophone ナンバ》に戻り、さっきの客引きの男に自分の電話番号を書いて渡し、「学の消息についてわかったら連絡がほしい」と告げた。客引きは目をぱちぱちさせていたが、「ええで」と笑った。

「大阪は人情の街や。それに、俺はタヌキチのこと案外好きやったんや」

「ありがとうございます」

「俺にまかしとき。ほんま、こんなに思うてくれてる彼女がいるのに、どこ行きよったんやあいつは」

その客引きから電話があったのは、一週間後だった。すでに八月になっていた。

〈タヌキチの行方がわかったで〉

「えっ？」

〈森戸オーナーが事情を知ってな、東京の店舗に戻したらしいねん。店名はうちと同じ《Gramophone》で、錦糸町や〉

とりあえず消息がわかってほっとしためぐみだったが、店に電話をかけても逃げられるかもしれない。このまま別れてしまうのだとしても、とにかく会って話をしたい。——そしてめぐみは、絶対に学に会える方法を考えついた。

「前職は、大学の事務員だって？」

面接のとき、店長だという杉本は、《Gramophone 錦糸町》の店内でめぐみをじろじろと見ながら言った。

「失業して、再就職先が見つからなくて……」

「まあ、そういう子は他にもいるからね。深く事情は訊かないよ。うちの店は、新人はまず昼キャバから入ってもらうけど、いいかな」

夜よりもリーズナブルな料金でサービスを提供する昼キャバというシステムのことを、めぐみは初めて知った。

　店内でのルールや立ち居振る舞いなどを習い、翌々日の八月七日に初出勤となった。新人は先輩のテーブルについて接客デビューする。めぐみがつくことになったのはナナカさんという三十代くらいのキャバ嬢で、控室で挨拶をすると「はいかしこまりー」と古い受け答えをしてタバコを吸いに屋上に行ってしまった。

　その後、夏帆、樹里と名乗る若い二人がやってきた。城野学という従業員を知っているかと訊こうかと思ったが、個人的な目的で勤めはじめたことがわかったらまずいだろうと考え直し、夏帆が一人でべらべらしゃべるのを聞き続けていたときだった。

「失礼します。おはようございます」

　入ってきたその顔に、めぐみは心臓が飛び出そうになった。学だった。頭は丸刈りにしていた。

「樹里さん、ナナカさんが呼んでます」

「呼んでる？　店でですか？」

「いや、上です」

　学はめぐみのことに気づいておらず、樹里とそのまま出ていってしまった。

　夏帆はスマホを見ながらまだしゃべり続けていたけれど、めぐみは聞いていなかった。学は、めぐみに気づかなかった。気合を入れて化粧をしすぎたせいか。それとも、こんなところにめぐみがいるわけがないという先入観があるからか。

テレビの音と夏帆のしゃべりを五分ほど聞き続けていると、またドアが開いて学が顔を出した。

「失礼します。夏帆ちゃん、お願いします」

今度ははっきり目が合った。そして、学は凍りついた。

「知ってるお客さんかなあ？」

「なんで……」

学は完全にめぐみに話しかけていたが、

「なんでって、お話の準備とかあるしぃ」

何も知らない夏帆は自分に向けられた言葉だと勘違いしていた。学が何も答えないので夏帆は首をかしげながら出ていき、学もそれについていこうとした。

「待ってください」

どうして敬語になったのかわからないけれど、とにかく学を引き留めはした。学は外を気にしながら部屋に入ってきてドアを閉めた。久しぶりに、二人きりだった。

「新人のさつきちゃんって、めぐみだったの……ああっ！　そういうことか。『クインテットさつき』から名前、取ったの？」

激しくとんちんかんなことを言う学に対し、様々な感情が塊となってこみ上げてきた。怒り、呆れ、安心、悲しみ、悔しさ、嬉しさ……。

「私のおばあちゃんの名前っ！」

不思議なもので、大声を出したことですべては吹き飛び、妙な冷静さだけが残った。

「どうして、私の前から消えたの？」

「……福本(ふくもと)さんに聞いたんだろ」

あの大阪人情の客引きの名前だった。

「ナンバの店長の言うとおりだよ。俺みたいな何をやってもうまくいかない人間は周りを不幸にするだけ。めぐみは別の男を探したほうがいいんだ。俺、仕事があるから行くよ」

「先払い、返してもらわなきゃ」

ドアノブに置かれた学の手が止まった。

「新幹線のホームで一方的に別れを告げられてから、私がどれだけ悲しかったか。一人で大阪の街を歩き回ってどれだけ惨めだったか。ナンバのケバいキャバ嬢に笑われてどれだけ恥ずかしかったか。学がいなくなって、どれだけ……寂しかったか。このぶんの先払いを返してもらわなきゃ、気が済まない」

「……どうすればいいの？」

「私に、告白して」

「えっ？」

「一度目は、私が告白したんだから。もう一度私と付き合いたかったら、学のほうから告白して。そうしたら私、嬉しいと思う」

学はめぐみの顔を見なかった。ドアノブを握ったまま一瞬震えたように見えたが、何も言わず、ドアを開けて出ていった。

肩から力が抜けていき、すとん、と汚いソファーに腰を落とした。これで終わりならまあしょうがないか、とすら思えていた。とにかく言いたいことは言ったのだ。テレビだけが、延々としゃべり続けている。

ドアが開いて、樹里が帰ってきた。

「あ、涼しい。本当に外、暑くて嫌になっちゃいますよ」

曖昧にうなずいた。すると彼女はさらに言葉を継いできた。

「ねえ、『うだる』ってどういう意味か、わかります？」

「はい？」

「よく言うでしょ、『うだるような暑さ』って。その『うだる』」

「あ、ああ……、すみません、わかりません」

どうでもいいことを気にするキャバ嬢だ。それより、様子がおかしいことに気づかれてはいけない。まさか、今の今まで一方的に別れを告げてきた彼氏を問い詰めていたとは思わないだろう。

テレビに夢中なふりをしていたら、錦糸町界隈で男が日本刀を盗んで逃走したというあまりないニュースが流れはじめた。

「これって、この近くじゃないですか？」

ずっと黙っているのは変だと思い、ごまかすように話しかけた。

「一振り、って数えるんですね。初めて知りました。日本刀の数え方。こうやって、振るからですかね。一振り、二振り」

「そうですね、振るからでしょうね」

そう答える樹里の心に火がついたらしい。

「蝶って、どう数えるか、知ってます？」

とにかく、日本語に興味のある人のようだった。

「ひとひらり、ふたひらり」

「なんですか、それ」

めぐみの答えに樹里が突っ込んだそのとき、再びドアが開いた。

「樹里さん、お願いします」

学は、めぐみのほうをまったく見なかった。屋上から帰ってきたナナカさんとともにめぐみが初めて客前に出たときもそうだ。まるで関係のない従業員だとでも言いたげに、不自然なくらいによそよそしかった。

そっちがその気ならと、めぐみも意地になってキャバクラ嬢の仕事に集中しはじめた矢先、信じられないことが起こった。

「森戸はいるかあっ！」

目出し帽をかぶった男が乱入してきて、日本刀を振り回した。彼はすぐに夏帆を人質に取り、その場の全員を屋上に誘導するよう、学に命令した。

どうして屋上へ出られることを知っているのか、ひょっとして店の関係者なんじゃないか、だとしたら学が知っている人なんじゃないか……と、一同を屋上へ導きつつある学に訊ねようかと思ったら、彼は振り返って「大丈夫？」と周囲に聞こえないくらいの小声で訊いてきた。何か答えればよかったけれど、変に意地になっていて無視してやったら、ものすごく悲しそうな顔をしていた。

炎天下の屋上に上ることを強要され、一列に並ばされたあと、杉本店長と学、三人の客はそろって犯人にびくびくしていた。夏帆が目を回して泡を吹いても自分からは動き出さずおろおろするばかり。

腹立たしさと情けなさ、それに暑さへの苛立ちも手伝って、めぐみは夏帆の代わりに人質になることを申し出た。喉に日本刀を当てられたときにはさすがに生命の危機を感じたけれど、もうどうでもいい、という気持ちのほうが勝っていたかもしれない。

ここまで追いかけた男が、こんなに情けなかったなんて。やっぱり恋なんて全部幻想なの

かもしれない。だったらこのまま夏の太陽の下で死んでもいいかもしれない。——ところが、

「放してあげてください」

ここへきてようやく、学は動いた。目出し帽の男に土下座までしてめぐみを解放させ、代わりに人質となった。皆の目には、その意味が全然わからなかっただろう。犯人ですら戸惑っていたくらいだ。

「タヌキチ、なんで?」というナナカさんの問いに、学は答えた。

「運命なんです。せっかく巡ってきた運命だから、僕が死ぬわけ、ないんです」

そしてめぐみに向かって、はっきり言ったのだ。

「生きて帰れたら、君に告白する。だから、死ぬわけにはいかない」

結局この事件は、居合わせたカシンさんというインド料理店経営者の秘書が警官を連れて現れたことで収拾がついた。もっとも犯人はその前に太陽にやられて倒れていたけれど。

その日の営業はそれきりとなった。警察の事情聴取を受けたあと、店を出ると、先に聴取を受け終わっていた学が恥ずかしそうな顔をして待っていた。

二人で錦糸町駅近くのディスカウントショップへ行き、セール品のたこ焼き器を買った。

2　花婿・城野学

「運命の再会は、二人の心を前よりも強く結び付けました」

司会者の南條さんの口は滑らかになっている。

入場の寸前までは壊れてしまいそうに心臓がばくばくしていた。もともと汗かきなうえに体内に暖炉でもあるんじゃないかというくらいに体が熱くて、額から汗がだらだら流れ、自分が雑巾にでもなったような気分だった。

それが今はだいぶ落ち着いてきて、南條さんの言葉をまともに聞けるようになっていた。

披露宴は花嫁にとって人生最大の大舞台。花婿が緊張していい場所じゃないんですよ、楽しみましょう――本番前、そう言って肩をぽんぽんと叩いてきた南條さんの言葉を思い出した。

めぐみと共に式場をこの《プリエール・トーキョー》に決め、司会者のプロフィールリストの中に彼の写真を見つけたときの既視感を、学は忘れない。

「あれ……この人、どこかで会ったような気がする」そう学が言うと、めぐみは「面白そうな人じゃん。縁があるんだよ」と、彼に司会を依頼することを即決した。

既視感の正体に気づいたのは、それから一週間後に初めて顔合わせをしたときだった。

実は、俺も来月、結婚を控えているんですよ。にやりと笑うその顔で、学は「あっ！」と思い出したのだった。

問いただすと、やはり学と南條はそれ以前に会っていたことがわかった。――お互い、気まずい記憶とともに。

「同じ東京に住むようになり、二人は会う機会も増えていきました」

あのときの気まずさなどなかったかのように、平然と南條さんは進行を続けている。

「しかしながら、二人の生活はけっして楽なものではありませんでした。学さんは夜の飲食店の勤務で休みもままならず、めぐみさんのほうも再就職がままならない時期があったそうです。二人はときにすれ違い、喧嘩をすることもありました」

すれ違い……喧嘩……そう表現すればあっさりしているけれど、本当に大変だったし、経験のないことばかりで、どうしたらいいのかわからなかった。

もちろん、披露宴の席で話すようなことではない。でも、けっして忘れることはできない。

十月の末――「ハロウィン・イヴ・パーティー」を含む数日間のことが、頭の中によみがえってきて、学の顔は熱くなってくる。

＊

八月七日、店に乱入して日本刀を振り回したのは竹野静夫という名の男だった。十九歳の頃から《Gramophone》グループでボーイとして働いており、二か月前に辞めるまでは長らく池袋店にいたが、その前に少しだけ錦糸町店にいたこともあるらしい。《Gramophone》グループを束ねる森戸オーナーに給料を上げろと直談判をしたうえでめ、暴言を吐き散らしてクビになっていた。それを恨んでの凶行だったという。

後々警察に聞いたところによると、竹野は森戸オーナーが錦糸町店に視察に来ているとなぜか思い込み、乗り込んだのだそうだ。

事態に収拾がついたあと急いで店に駆け付けた森戸オーナーは、何が起こったのかを詳しく訊いてきた。当然、学とめぐみの不審な行動は居合わせた全員に見られていたわけで、二人の関係が明らかになった。

店の女の子とボーイが恋愛関係に陥ることは、こういう店では御法度（ごはっと）だった。

「今回のことは、すでにタヌキチの彼女である女が黙って面接に来て働きはじめた、ってだけのことだろ？」

森戸オーナーの寛容な一言、そして、めぐみが自ら「ご迷惑になるでしょうから私は辞めます」と早々に申し出たことにより、学はおとがめなしとなった。

「私はもともと別に再就職先を探すつもりだったしね」

めぐみは明るく言った。

そしてこの事件をきっかけに、二人はまた付き合いはじめた。

それからの日々は大阪にいた頃よりずっと楽しかった。週に三、四回はどちらかの住まいで一緒にすごすようになった。合鍵もお互いに渡しており、めぐみは学が留守のあいだに部屋を掃除したり食事を作っておいてくれたりした。大阪から帰ってきて以来暇がなくてフィギュアは箱にしまったままだったが、めぐみはそれも出してセンスよく並べてくれた。再会の日に錦糸町のディスカウントショップで買ったたこ焼き器はめぐみの部屋に置いてあり、よく二人でたこ焼きを焼いた。道頓堀川沿いの店の鉄板より火力調整が難しく、「へたくそ」と笑い合いながらお互いの不恰好な完成品を頰ばった。

ほどなくしてめぐみのほうも仕事を見つけた。給料は大学の事務職に比べてだいぶ安いが、アットホームでとても働きやすい職場だと満足していた。すべてが順調で、すべてが幸せだった。それなのに――。

そもそもの事の起こりは十月十六日のことだった。

「みんなに言いたいことがある」

午後六時、夜時間の開店前のミーティング。そう言う杉本店長の横で、店にやってきた森戸オーナーがいかめしい顔で皆を見回していた。その時点で事情を聞かされていた学は身を引き締めただけだったが、店の女の子たちのあいだに緊張が走るのがわかった。いつも余裕たっぷりの笑顔でいる森戸オーナーが怖い顔をしていたからだ。

「昨日、出入金記録と現金を照合したところ、ぴったり二万円分の差があった。売り上げが二万円足りないんだ」

事務所の金庫の鍵は営業中、開けてある。ボーイが誰も出入りしていないときにさっと盗むのは簡単だということだった。

「俺は今のこの《Gramophone 錦糸町》の雰囲気が好きだ。従業員も女の子もみんな、家族のようなものだと思っている。だからみんなのことを信じているし、事を荒立てたくはないんだ。心当たりがある者がいたら名乗り出てくれ。今日中に申し出てくれれば、なかったことにしようと思っている」

名乗り出る者などいなかった。そればかりか、信じていると言いながら明らかに疑っている口ぶりに、女の子たちの雰囲気は悪くなった。営業終了後、森戸オーナーはかなり不機嫌で、学はいつもよりきつく当たられた。

気分が落ち込んだ学はめぐみに会いたくなって曳舟の部屋に行った。日付が変わっていたにもかかわらずめぐみは家におらず、合鍵を使って入った。

「あれぇ、来てたの。ごめん」

めぐみが帰ってきたのは一時も近くなってからのこと。訊けば、翔ちゃんと会っていたという。

「酒、飲んでるのか」

「そう。翔一さんも好きだからね」

上機嫌なめぐみの様子に、体の中が熱くなるのを感じた。

「いい気なもんだよな、俺がこんなに忙しいっていうのに！」

怒鳴っていた。

実際のところ、学はめぐみとの将来を考えつつあった。難波店のキャバクラ嬢たちに笑われるくらい不釣り合いだとはわかっているけれど、めぐみはとても優しくしてくれる。自分と再会するためにわざわざキャバクラ嬢になって店に乗り込んできたことにも感動した。この人を逃したら結婚は難しいだろう。学はそう考え、少々きつくても結婚資金を貯めるつもりで金を稼いでいた。

ひそかに、一緒に住むための部屋も探しはじめていた。それなのに——と気持ちが高ぶったのだった。

めぐみは驚いたように目を見張っていたが、やがて、

「何よ！」

怒鳴り返した。

「私だって翔一さんと二人で食事をすることに罪悪感を感じてないわけじゃないの。だから誘われるたびに学に訊いてるよね、『断ったほうがいいかな』って。今回なんてはっきり『私、断る』って言ったよね？　でも学が『行ってこい』って言ったんじゃない」

そのとおりだった。妙な初対面でお互いの抱える秘密を打ち明け合った翔ちゃんにめぐみが友情の念を抱くのはじゅうぶんに理解できるし、気晴らしにもなるだろうから翔ちゃんとは食事にくらい行ってほしいと思っていた。間違いなど起こすはずがないとめぐみは笑うし、学もそれを信じていた。

「そのくせ、『俺と付き合ってることはまだ言わないでくれ』なんて……。言えたらどんなに楽だと思う？」

めぐみはすべて、学の言うとおりにしてくれている。学のほうがただ、仕事でのいらつきをめぐみにぶつけているだけなのだ。

ごめん。普段ならすぐにその言葉が出ただろう。だがその日は違った。

「うるさいなあ！」

理不尽にも、ローテーブルの上にこぶしを叩きつけた。めぐみと二人、このテーブルを挟んで笑顔でたこ焼きを焼いていたのが遠い昔のようだった。めぐみの顔に浮かんだ驚き、そして、悲しみ。学はそれ以上見ていることができず、部屋を出た。

住宅街の中を走った。意味もなくたどり着いたのは、この五月まで自分が住んでいた《アボシコート》の前だった。ここで必死に荷造りをしていたあのときには、五か月後にこんな自分になっているなど想像すらしていなかった。

「くそっ……」

これまで、何かにプライドを持って生きてきたことなどなかった。勉強も運動もできず、周りにへらへらしてイジられるポジションを心地よいと思って生きてきた。アニメやフィギュアだって、好きなことは好きだが、筋金入りのマニアやコレクターの話を聞けば自分には何の知識も誇りもないことを思い知らされる。

だから、八月の炎天下の屋上でめぐみに告白をしたときには、この人とのことにだけはプライドを持とうと誓ったのだ。それが、たった二か月でこのざまだ。

せっかく自分を愛してくれる人に出会えたというのに、仕事の苛立ち一つで、その人に向き合うことすら、愛の一部を返すことすらできないなんて。今まで恋人を持つことなどあきらめ、恋愛を排斥する人生を歩んできたツケだった。

「くそっ、くそっ、くそっ！」

ローテーブルを叩いた手が、そのときになって痛みはじめた。怒りも悔恨も、ずっと避けてきた感情だからどうしていいかわからなかった。こんなに惨めな気持ちになるなら、めぐみなんて好きになるんじゃなかったと思った。

それから三日後、学は開店の二時間前に出勤し、酒の配達業者への対応や、開店準備にいそしんでいた。そこへ、森戸オーナーがやってきたのだ。

「タヌキチ。お前、一人か」

「は、はい」

何か怒られるのだろうかと身構えた。多くの店を束ねる森戸オーナーは、通常、多くとも週に一度ほどしか錦糸町店には顔を出さない。ところが、先日の二万円の件があってからその頻度は多くなっていた。ひょっとしたら疑われている？　そう考えていたら、壁のシフト表を見ていた森戸オーナーはにやりと笑った。

「二十九日、お前、休みなんだな。北千住の俺のマンションに来いよ」

「えっ、オーナーのお宅にですか」

「ハロウィンの日は全店でハロウィン・パーティーだろ？　その前夜祭じゃないけど、各店の暇なやつ集めて、二十九日には『ハロウィン・イヴ・パーティー』やるんだ。忙しいか？」

忙しくはないが、気分は乗らなかった。めぐみの部屋を飛び出して、そのまま自宅へ戻ってから三日間、めぐみとは連絡を取り合っていなかった。しかし、オーナーの誘いを断れるはずもなく、気合を入れた仮装をしてこいという命令にも「もちろんです」と愛想笑いで答えてしまった。

「そうだ。彼女も連れてこいよ」

「はい？」

「さつきちゃんだっけ？　店、辞めなきゃいけない雰囲気を作っちまったからな」

もともと続ける気はなかったはずです、とは言えなかった。

「もちろん、彼女も仮装は必須な」

学の答えも聞かず、オーナーは出ていった。今の状態では、めぐみをパーティーに誘うなんてとてもできそうにない。当日になって病気になったとでも言い訳すればいいか、などと考えていた。

その日の閉店後、金庫を閉めて早々に帰ってしまった杉本店長に代わり、学は午前三時すぎまでかかって後片付けをした。戸締まり確認のため、女の子たちの控室に入ってぎょっとした。ソファーに夏帆がうつむいて座っていたのだ。

「……まだ、帰ってなかったの？」

夏帆は顔を上げた。営業時間中に見せていた明るさはどこにもなく、げっそりした表情だった。

「どうしたの？」

「タヌキチ……聞いてくれる？」

十歳くらい年下だが、彼女は学に敬語を使わない。いつもの間延びしたようなしゃべり方ではなく、深刻そうだった。

「二万円、あるでしょ。金庫から消えた」

「ああ」

「あれ、私なの」

学は驚いた。

「夏帆ちゃんが盗ったの？　いったい、どうして」

「私の親、借金があって。どうしても足りなくなって……」

夏帆の目から涙がこぼれ出た。彼女の両親は工場を経営していたがうまくいかずにつぶしてしまい、その返済に追われているのだという。ついに犯罪者になってしまったと泣きはじめる夏帆を学はなぐさめた。

「大丈夫だよ。俺が立て替えとくから」

「え？」

「金庫の裏に二万円落ちてたことにして、俺が店長に返しとくから。夏帆ちゃんは余裕ができたときに返してくれればいいから」

次の日の出勤直後、学は自分が言ったとおりにした。

「金庫の裏なんて何度も見たけどなあ」

杉本店長はいぶかしみながらも学の二万円を受け取り、ミーティングで二万円は見つかったとみんなの前で報告した。その日の閉店後も、夏帆は控室に残っていた。

「タヌキチ、ありがとう。必ず返すから」

潤んだ目で、夏帆は言った。

「余裕のあるときでいいよ。それより、誰かにばれないほうが大事だから」

「……なんで。なんでそんなに優しくしてくれるの？」

夏帆は学に身を寄せてきた。心臓がどきどきした。

「なんでって。実は今、お金に余裕があって」

言ってしまってからしまったと思った。たかられるかもしれないという防衛本能が働いたのだった。

「いや、実は彼女と同棲しようと思って。生活資金を貯めていたんだ。だけど、ちょっとそれがダメになりそうで」

「彼女って、さつきのこと？」

あの暑い日本刀事件の日、めぐみがそう名乗っていたことを学は思い出していた。学は夏帆に、先日のいきさつを話した。

「ひどいね、疲れて帰ってきた彼氏を怒鳴るなんて」

夏帆はいつしか、ぴったりと学の体に自分の体をつけていた。

「タヌキチは、彼女のどこが好きなの？」

「どこがって、こんな俺と付き合ってくれるところ、全部だよ。俺なんて、全然モテないのに」

「もっと自信を持ったほうがいいよ。タヌキチは自分で思ってるより素敵だよ。きっと彼女より、私のほうがわかってると思う」

そして夏帆は、学に抱き付いてきたのだった。

「今日、タヌキチのうちに行ってもいい？」

「え……。夏帆ちゃん、酔ってるだろ」

「酔ってはいるけど、本気だよ」

こんなふうに迫られたことなどもちろんない。学は心が揺らいだ。だが、軽くその体を離した。

「ダメだよ、やっぱり」

学はその日、夏帆を住まいのある葛西までタクシーで送った。夏帆は後部座席の隣の席で始終黙っていたが、アパートの前で停車したとき、突然学の手を握ってきた。

「一度だけ、デートして」

学と夏帆の顔は、数センチ。酒気と香水の混ざり合った独特の香りがした。

「ランチでいいから」

時間と店の名を一方的に告げ、夏帆はタクシーを降りた。

次の日、迷った挙句、待ちぼうけを食わせるのはかわいそうだという結論に至り、学は待ち合わせ場所へ行った。

「やっぱり来てくれた。ありがとう」

夏帆は店で見るのとはずいぶん違う、シックな装いだった。口調もはきはきしていて、いつもの媚びるような感じとのギャップにどきりともさせられた。しかし何より学にとって新鮮だったのは、彼女が『クインテットさつき』のファンだったことだ。ストーリーのこと、声優のこと、主題歌のこと……普段、めぐみとは盛り上がれない話題に、学の心は高揚した。

自分がモテる男ではないことは学はじゅうぶん承知していた。だから変な気を起こすことはなかった。その日は夏帆は休みで学だけに出勤予定が入っていたが、午後四時に別れるとき、

「また一緒に出かけてくれる？」

と夏帆は訊いた。どうせ社交辞令だろうし、拒否するような態度を取って店で気まずくなってもよくない。それに、またアニメの話で盛り上がれるなら楽しいだろうと、軽い気持ちで「いいよ」と返事をした。あとになって思えば、これがよくなかった。

その日、深夜に帰宅すると、部屋の扉の鍵は開いていた。

「おかえり」

キッチンにはめぐみが立っていて、鍋の中に味噌汁が見えた。

「ごはん、まだかなと思って。お店のお惣菜の余ったの、もらってきたの。からあげ、おい

しいんだよ」

少し恥ずかしそうにめぐみは笑った。

「ありがとう」

学もそう言って笑った。昼間、夏帆と会っていた罪悪感もあるが、それ以上に安堵が大きかった。仕事の疲労のあとはやっぱり、めぐみの笑顔に限ると思った。

「こないだ、ごめんね」食卓を囲み、初めにそう謝ったのはめぐみのほうだった。「ただの知り合いとの食事にしては酔いすぎだったたし、帰りも遅かった。相手が翔一さんだとしても、学に連絡はすべきだったよ」

「俺のほうが悪かったんだよ」

からあげを喉に詰まらせそうになりながら学は言った。

「恋愛経験がないからさ。その……うまいさじ加減がわからないっていうか」

「うまくやろうと思わなくていいんじゃない？　私も私のままで学のことを好きになったんだから、学も学のままで」

めぐみの顔は、どうしようもなく魅力的だった。もっと強くなろう、この人のために。学は自分自身にそう誓った。

「でも、やっぱりそろそろ翔一さんには言ったほうがいいと思うの」

「俺から言うよ。頃合いを見て」

「頃合いって?」

「それは……頃合いさ」

「結婚することをめぐみの両親に認めてもらえるだけの貯金ができたら、と学は考えていた。不器用だし重いと、わかってはいたが、これが自分なりのけじめのつけ方なのだと学は信じていた。

「わかった」

めぐみは一応納得してくれ、それ以上その話はせずに、森戸オーナーの家でのハロウィン・イヴ・パーティーのことを話した。めぐみは思いのほか乗り気で、絶対に行くと言った。

「私も気合入れて仮装していくから。高校の同級生で、こっちでメイクの仕事をやってる子がいるの」

お互い、何の仮装をするかは秘密にして、当日森戸オーナーの部屋で落ち合うことにしようとめぐみは言った。たまに見せるこういう子どもじみたところも、めぐみの魅力だった。

十月二十九日はすぐにやってきた。学は秋葉原の近くにあるハロウィンメイクもサービスしてくれる貸衣装店を見つけてネット予約し、吸血鬼に化けた。やたら底の高いシークレットブーツを貸してくれたので視界はいつもより一五センチも高く、それがさらに気分を高揚させた。このままタクシーに乗ったら運転手は驚くだろうなと、いたずら心が刺激された。

「あいた」

タクシーに乗るとき、そのシークレットブーツのせいで頭をぶつけてしまった。

運転手は茶髪の、三十歳くらいの女性だった。

「びっくりしましたか？」

行き先を告げたあとで、学は訊いた。

「今日、パーティーなんですよ。ハロウィンの」

「ああ」

興味を持ってくれるかと思いきや、戸惑っているようだったので話は適当に切り上げた。

いくつめかの交差点で信号に引っかかったときに、スマホに森戸オーナーから着信があった。

「もしもし？」

〈おお、タヌキチ。お前、秋葉原の近くで仮装してくるって言ってたよな？〉

「はい？　……そうですが、もう向かってます」

〈カシンさんも近くにいるらしいんだ〉

「はい」

〈俺のマンションの場所がよくわからないっていうから、お前、連れてきてくれねえか？〉

オーナーはカシンさんの待っているビルの名を告げた。学の知っているフィギュア専門店の入っているビルだった。

〈着替えがまだだって言うから今から三十分後くらいかな〉

「はあ、そうですか」

〈頼んだぞ〉

通話は切れた。森戸オーナーの命令なら仕方がない。

「運転手さん、すみません。秋葉原に戻ってくれますか？」

「えっ。戻るんですか？」

不審がっていた運転手は車を秋葉原へ戻し、オーナーが指定したビルの前で学は降りた。

カシンさんが出てきたのはそれからきっかり三十分後、みごとなちょんまげの侍姿だった。

「タヌキチ。ヤバい顔色ね」

「社長こそ、すごい恰好ですね」

「社長ジャナイ。拙者、カシン左衛門！」

ナンバ店で働いていたとき、自動車整備工場の経営者である客を、店の女の子が呼ぶように下の名前で呼んだことがある。直後、浅原店長に裏に引っ張られ、こっぴどく叱られたのだった。「経営者のことはみんな社長と呼ぶねん！」……錦糸町の杉本店長はそんなことを言わないし、森戸オーナーも気にしないだろう。だが、心についた傷に蓋をするように、それ以来、いくら名前で呼べと言われても経営者の客は「社長」で通している。

「ハイ呼んで。カシン左衛門」

「わかりました……カシン左衛門」

無理して呼ぶと、カシンさんはにっこり笑った。それにしてもインド人のサムライって……せっかくの吸血鬼がかすんでしまっているような気がした。

今度拾ったタクシーの運転手は五十代のこわもてで、とてもハロウィンに興味がありそうではないので学は黙っていたかったが、カシンさんははしゃいでしょうがなかった。とにかくすぐ刀を抜こうとするし、何かにつけて運転手に話を振る。十歳の子どもみたいに天真爛漫で自分勝手で、これでいてインド料理店を十二店舗も経営する金持ちなのだからわからない。いつでもこうしてすごせたらいいのにと、うらやましくなった。

学はそんなカシンさんを落ち着かせるのに必死で、運転手は学のことを秘書か何かだと思っているようだった。カシンさんは甘納豆がパーティー会場にあるかどうか確認しろと騒ぎはじめ、学は森戸オーナーに訊くため、スマホを取り出そうとした。

「あれ？」

スマホがなかった。焦ってパニックになった。「落ち着きなさいっテ」とカシンさんになだめられる始末だ。

「ワタシみたいにやっときなさいっテ。ターバンにスマートウォッチ。緊急用」

言いながらカシンさんは自分のスマホを取り出し、学から番号を聞いた。

〈はい。住所、わかったー？〉

学のスマホに出たのは若い男性で、聞けば、直前にめぐみから着信があったという。めぐみのことを「奥さん」と言われたことにじんわりとした誇らしさがあったが、どうやら怒っているらしいと言っていた。いったい何に怒っているのか。とにかくスマホを受け取らせてくれと頼み、押上駅ロータリーのタクシー乗り場で待ち合わせをした。

　東京スカイツリーを足元から見上げるようなタクシー乗り場に、相手は先に来ていた。同じタクシー会社だったらしく、学たちを乗せてきた男の運転手はさっき学を乗せた茶髪の女性運転手に話しかけている。学のスマホを手にしていたのは髪を長く伸ばした彫りの深い顔立ちの男性――後に結婚披露宴の司会を頼む相手だなんて、このときはもちろん知らなかった――で、にこやかにスマホを渡してきた。

「奥さん、えらい怒ってたぜ。早く行ってやれ」

「ありがとうございます」

　とそのとき、

「あー、少佐ジャナーイ！」

　タクシーに待たせておいたはずのカシンさんが、笑いながらやってきた。相手の男性は〝大佐〟と呼ばれる常連客の息子だというのだ。

「ちょ、ちょっと待って」

　なぜか、茶髪の女性運転手が降りてきた。ただならぬ雰囲気だった。

「南條さんのお父さんは、高波にのまれて死んだはずだけど」

「のまれない、元気、元気、ムシロ飲みスギヨー。ねー、少佐」

「あ、ああ、まあ……飲みすぎですね」

焦る彼の前でカシンさんの口は止まらず、その日、彼がフィアンセと結婚式場を見に行くというプライベートの情報までばらしたところで、

「ええっ⁉　何よ、それっ！」

茶髪の女性運転手が怒鳴った。こちらの運転手の制止を振り切り、〝少佐〟に喧嘩腰で迫っていく。これは、逃げたほうがいい。運転手もカシンさんも学と同じように思ったらしく、すぐに元のタクシーに乗り込んで北千住を目指した。

「何かわからないけど、女ッテ怖いよネー」

カシンさんがつぶやいたこの言葉を、すぐに学も思い知ることになる。

森戸オーナーのマンションには、午後五時すぎに到着した。二十人チームどうしの綱引きができそうなくらいに広いエントランスを抜け、オートロックの扉を開いてもらってエレベーターで二十八階へ上がった。海外の高級ホテルのような廊下を行き、玄関のインターホンを押すと、チョコレート色の扉が開いてゾンビが顔を出した。

「タヌキチ、お前、おせえよ。彼女ともう一人、なんとかしろ」

声でオーナーだとわかったが、学の仮装に触れないばかりか、眉をひそめている。浮かない顔はゾンビメイクのせいだけではなさそうだった。玄関を入ると、オーナーはすぐ脇の部

屋のドアを指差し、「ここだ」と学に告げ、カシンさんを案内して奥へ行った。残された学はそのドアを開く。

女性が二人いた。一人は店と同じくきらびやかな姿の夏帆。もう一人は和服を着た化け猫だ。

「あっ、マナブぅ」

夏帆が甘えた声を出した。化け猫のほうはすごい勢いで近づいてくる。

「どういうことなのか、説明してよっ！」

スマホの画面を差し出してくる化け猫は、めぐみだった。……よくできたメイクだ。鼻もひげも本物のようだし、特殊メイクなのか、顔の上半分には細かな毛まで生えていて……と感心している場合ではなかった。スマホの画面には、レストランで寄り添う学と夏帆の画像があった。

「付き合ってるんだよね、私たち」

「ちっ、違う……」

「だって、デートしたじゃない」

「したの？」

学を睨み付ける眼光は猫そのものだった。カラーコンタクトを入れたのかと、学の中の妙に冷静な部分が思っていた。

「デートは……まあ、したかな。でもそれは……」

「最低っ！」

化け猫の手が伸びてきて、学の顔を引っ掻いた。

「痛っ！……ま、待って」

弁解しようとする学の腕に、夏帆が絡みついてくる。柔らかい胸の感触が肘に当たる。

「マナブ、優しくて、私の両親の借金も肩代わりしてくれるって。将来のことも考えてくれてるって」

「言ってない。めぐみ、聞いてくれ」

「にゃあーっ！」

すっかり化け猫と同化しためぐみはもう一度、学の顔を天から地へ振り下ろすように引っ掻き、廊下へ飛び出した。

「行かないでよ、マナブぅ」

追いかけようとする学を、ものすごい力で夏帆が引き留めた。

＊

「しかし、喧嘩をしてもなお、心のつながりを強めていく二人なのでした」

南條さんの言葉を聞きながら学はハンカチで額を拭うと、軽く塗ったドーランがごっそり取れた。めぐみとの関係を修復するのは、そんなに簡単なことではなかった。本当に、思い出すだけで嫌な汗が出る。

あの日はなんとか夏帆を振り切って森戸オーナーのマンションから逃げたものの、夏帆は学の住所を突き止めており、その翌日から仕事帰りに待ち伏せされるようになった。店では普通に接客しているのに、仕事が終わると学の恋人のような振る舞いをし、振り切ってもタクシーで自宅へ追いかけてきた。なんとかまいてめぐみに連絡をして事情を説明しても「デートに行ったことは私に黙っていたわけでしょ」とつっぱねられ、結局はネットカフェに泊まることになった。

森戸オーナーもさすがに事情を重く見て、夏帆は解雇となった。それでも、学の住所が夏帆に知られてしまっていることに変わりはない。ネットカフェから店に通う生活を一週間も続けた。

手詰まりになった学に手を差し伸べてくれたのは樹里（本当の名は松下清美ということを、八月の日本刀の事件のときに知ったが、学は店の名で呼んでいる）だった。八月のたった一日の出勤で、めぐみは彼女と意気投合したらしく交流は続いており、二人のことを応援してくれていたのだ。

めぐみから「浮気」の顚末（てんまつ）を相談された樹里は、学のことを信じてくれ、夏帆について他の店舗の女の子などからいろいろ情報を得たらしい。夏帆がストーカー体質で、かつて付き合っていた男とそれで別れているという事実がわかった。そればかりか夏帆の面接を担当した杉本店長にも話を聞き、夏帆の両親が工場を経営していた話など嘘だということも判明した。

夏帆は男を破滅させるのを楽しんでいる女だった。二万円を盗んだときから計画はスタートしていたに違いなかった。何がきっかけかわからないが、なんでも言うことを聞きそうな学は恰好のターゲットだったのだろう。――樹里の説明を聞き、めぐみはようやく誤解を解いて、学に同情的になった。

「お二人にとってさらなる転機は十一月でした。学さんの転職です」

南條さんは披露宴客に向けてつとめて明るく言ったが、あの頃のことを思い出すだけで身震いする。

学は出勤が怖くなったのだ。いつまた夏帆が店の前に現れて腕に縋りついてくるか、想像するだけで錦糸町に近づくのすら嫌になった。ナンバ店の浅原店長に何度殴られても時間になれば足は店に向いていたのに。「女ッテ怖いよネー」というカシンさんの言葉に笑えないほどの精神状態だと自分でわかった学は、森戸オーナーに辞意を伝えた。

なぜかどんくさい学のことを気に入っているらしい森戸オーナーはしつこく引き留めたが、最後には辞めることを承諾してくれた。

「またいつでも戻ってこいよ」

本当に森戸オーナーには感謝している。

「それをきっかけに、お二人は一緒の部屋に住むようになりました」

南條さんの言葉に、学は下を向いて苦笑する。家賃が払えなくなっただけだ。

フィギュアも半分以上処分した。学の大事なものなんでしょとめぐみは気遣ってくれたけれど、もうそれより大事なものがすぐそばにあった。

「住まいも同じ、職場もやがて同じに。一日中同じ生活をすることでお互いをさらに理解していったのです。ちなみにお二人はお互いの存在を、古くからの親しい友人にはお話ししていなかったそうです。まさに秘密のあいだにはぐくまれた深い愛といえるでしょう」

新郎友人席から冷やかしのヤジが飛んだ。小藤と川端がニヤニヤしながら学を見ている。

その横で、翔ちゃんだけが腕を組んで仏頂面をしていた。

だってしょうがないじゃないか。学は心の中でつぶやいた。

俺がめぐみと付き合ってるなんて言ったら、翔ちゃんは絶対にはやし立てるに決まってる。紹介料をよこせとかなんとか……そんなことをされたら、それ以降俺はめぐみの前でうまく振る舞えなくなってしまう。……めぐみのことは、誰にも邪魔されずに自分自身の考えで進めてみたかったんだ。

「みなさまご静粛に。これからが大切なところです。いよいよ二人は、将来の結婚を意識しはじめるのです」

静粛にという言葉とは裏腹に、客席は盛り上がってくる。

同棲を始めたときの高鳴りが学の胸に再現された。あの頃――。

《惣菜さくら》でめぐみと一緒に働きはじめた頃は、経済的な心配はあったものの、新しいことが始まったようで本当にうきうきしていた。給料は二人合わせても大したものではなかったけれど、幸せが目の前で形になっていくのを感じられた。

だが――結婚までにまだもう一つ波乱があることを、そのときの二人は知らなかった。

*

「助かるわあ、とにかく人手が足りなくて困ってるのよ」

《惣菜さくら》に面接に行ったとき、経営者である野淵（のぶち）さくらさんはにこやかに学を受け入れてくれた。

墨田区本所（ほんじょ）の商店街の中にある小さな店で、かつては店舗販売もしていたというが今はもっぱら企業セミナーやイベント・パーティー、葬儀の通夜振る舞いなどを対象に商売しているという。そのため、表通りに面したシャッターは閉められたままで、暗闇の店舗スペースには空っぽのショーケースが寂しげに放置されていた。

その代わり、決して広くない厨房は大忙しで、様々な調味料や食材のにおいが入り交じっていた。大鍋の前できんぴらごぼうを炒めている六十がらみの男性が振り返り、学をちらりと一瞥して再び鍋に向き合った。

「うちの旦那。焼き物・炒め物・揚げ物はほとんど担当してくれてる」

さくらさんが紹介した。名前は義之さんというそうだ。

「学ちゃんにも調理はそのうち手伝ってもらうかもしれないけれど、今日のところはめぐみちゃんと一緒に盛り付けをしてちょうだい」

めぐみの指導のもと、完成品の写真と見比べながらプラスチックの弁当箱におひたしやポテトサラダなどを詰める作業をした。単純な仕事かと思いきや、量をそろえたり見栄えをよくしたりといったところに、今まで使ったことのない神経を使わせられた。もともと学は細かい作業が得意なほうではない。フィギュアだって色を塗ったりするのが好きなわけではないから既製のものを買うのだ。

「もう、そんなんじゃ売り物にならないよ！」

めぐみに怒られながらも、なんとか百人前の弁当のおかずを詰め終わると、次は葬儀場用のオードブル、別の団体の弁当と、とにかくやることは次から次へとあり、ようやく休憩をもらえたのは午後三時になってからだった。

昼食は惣菜の余り。午前中からずっと格闘し続けてきた相手なので、空腹なのに全然うまそうに見えなかった。

食後、少し新鮮な空気を吸いたいと思って外に出ると、シャッターの前で義之さんがタバコを吸っていた。

「けっこう大変な仕事ですね」

何か話しかけないとと思って、口をついて出た言葉がこれだった。

「学、だっけか」

「はい」

「今までは何をしていたんだ？」

「……キャバクラのボーイです」

「楽して稼げる仕事だったか？」

「いえ、決して。まあ、あっちのほうが給料はよかったですが」

「正直なやつだな」

義之さんのほころんだ口元から煙が漏れた。

「正直者が楽して稼げる仕事なんてねえ。人を騙して手っ取り早く稼ぐか、馬鹿みたいにまじめにゆっくり稼ぐかのどっちかだ」

自分には前者は合わない。学は直感した。善とか悪の問題ではなく、手っ取り早く稼ぐという言葉自体がしっくりこなかった。

「正直なやつだ」

何を感じ取ったのか、義之さんはもう一度同じことを言ってタバコを携帯灰皿でもみ消した。

「十分後に仕事再開だ。六時には配達に出てもらうからな」

「えっ。僕が配達するんですか？」

「運転はできると聞いてるぞ」

「できますけど……、今日来たばかりですから」

「関係ねえ。俺もカミさんもお前を雇うって決めたんだ」

「はあ、ありがとうございます」

「言っとくけどな、今日はまだ暇なほうだ。来月の末は戦争だぞ」

「来月の末というと、クリスマスですか」

「それは前哨戦（ぜんしょうせん）だ。本戦はおせち料理。限定二百食だが、これぱっかりは家庭用のも受け付けていて、ここ何年も楽しみにしてくれるお客さんがいるんだ。俺の栗きんとんが人気なんだ」

誇らしげに口角を上げ、義之さんは店に戻っていった。

《惣菜さくら》の定休日は月曜日。学とめぐみはそれ以外の日は朝の六時に家を出て夜九時すぎに帰宅するという生活を続けた。ほぼ毎日、余った惣菜を持ち帰ったものをおかずにしたが、どんなに疲れていてもめぐみは味噌汁だけは作ってくれた。

「毎日何か、学のためにしてあげたいの」

それが理由だった。

愛は、日々の勤労の疲労の中で深まるのかもしれない。『クインテットさつき』のフィギュアが並ぶ棚のすぐそばのキッチンで野菜を刻むめぐみの後ろ姿を見て、学はそんなことを考えた。めぐみのためにできることは何でもしようと、掃除や洗濯は学が担当することになった。

職場も同じなので、一日中一緒にいられる。給料は高くないが、食事に困ることはない。これ以上何がいる？　世界一とはいわないまでも、東京でいちばんの幸せ者のような気がした。幸福感は学に自信を与え、仕事の手際はどんどんよくなった。

「年が明けたら、学ちゃんにも本格的に調理を手伝ってもらうわね」

十二月に入ったある日、さくらさんにそう告げられた。

「わかりました」

身の引き締まる思いで返事をすると、さくらさんは心持ち学のほうへ身を近づけた。

「それと、訊きたいんだけど」

「はい？」

「いつプロポーズするのよ？」

「いや……」

「早くしちゃいなさいよ。タイミング逃すとできないわよ」

仕事を離れると、普通の世話好きの年配の女性なのだった。

プロポーズには指輪がつきものだと学は思っていた。しかし、そんなものを買えるほどの余裕は今の学にはない。それに、めぐみは以前の大学の先生との不倫で「洗練された素敵なものにはほとほと飽きた」とも言っていたから指輪を渡すプロポーズを喜ぶかわからない。むしろ、経済的に厳しいのに何考えてんのと言われそうだ。

考えた末、月曜日の休みに少し出かけてくると言って一人で区役所へ足を運び、婚姻届の用紙をもらってきた。自分の欄にだけ先に記入・捺印（なついん）してじっくりと眺めた。これを提出したらその日から夫婦――そう考えると、紙切れ一枚なのに相応の責任がのしかかってくるようだった。

指輪を用意できない代わりに日付だけはロマンチックにしようと思った。十二月二十五日、クリスマス。すべての配達を終えたあとだ。

〝前哨戦〟は、十二月二十二日から始まった。受注したクリスマスオードブルはかなりの数があり、義之さんは鍋の前につきっきりでからあげを揚げ続けていた。めぐみとさくらさんは別にやることがたくさんあり、学は慣れない衣付けの作業を延々と任された。パック詰めの作業は深夜から早朝まで続き、仮眠を取ったあとで配達。そしてまた作業……。

結局、落ち着いて座れたのは二十五日の午後九時になってからだった。

「みんな、お疲れだったな」

義之さんの笑顔はげっそりしていた。疲労困憊（こんぱい）。しかし、自分にはまだ大仕事が残っている。婚姻届を畳んで入れてあるエプロンのポケットにそっと手を載せた。めぐみを見ると、やっぱり疲れ切った様子でペットボトルのお茶を飲んでいた。

野淵夫妻の見ている前で渡すのは気恥ずかしい。裏に呼び出そうか……そう迷っているとき、どさりと音がした。

義之さんが、床に倒れていた。

「あなた？……あなた！」

すぐに救急車で病院に運ばれた義之さんは、そのまま入院した。

さくらさんによれば、義之さんは二年前にも軽い脳梗塞（こうそく）で倒れていたそうだ。その後目立った後遺症もなく日々の仕事をこなしていたので特に心配はしていなかったが、今回の徹夜続きで変調をきたしたのだろうということだった。

二十七日になって見舞いに行くと、義之さんはベッドの上で憔悴し切った表情だった。右半身がしびれ、手も満足に動かせない状態だという。

「ちくしょう。本当ならもうおせちに取りかかんなきゃいけねえのによ」

おせち料理は三十一日に各家庭に配達することになっていた。品数が多いので早めに準備をしなければならない。

「私たちが頑張ります」

めぐみがそう言ったが、義之さんはにこりともしなかった。

「栗きんとん、どうするんだよ……」

「そうね」

さくらさんも顔を曇らせた。《惣菜さくら》のお得意先にはおせち料理そのものよりおまけとしてついてくる栗きんとんを楽しみにしている人が多い。材料の絶妙な配合は義之さんでなければ難しく、さくらさんでさえ味を再現するのは不可能だという。

その日、義之さんからレシピを聞いためぐみは店で栗きんとんを作り、再び病院へ戻って義之さんに味見をしてもらったが、「これじゃあダメだ」と首を振られた。

学も少しは手伝ったが、他のおかずをおろそかにするわけにもいかず、結局、義之さんから栗きんとんの合格サインが出ることがないまま、おせち料理自体のおかずも二品ほど削らざるを得なくなり、全体的に質素な感じになってしまった。

「これじゃあ、お客さん、がっかりするわね」

出来上がったおせち料理を見てさくらさんは寂しそうにつぶやいた。いたたまれなくなった学は「配達のときに事情を説明して謝ります」と申し出た。

「私も行く」

そう言うめぐみとともにワゴン車に乗り込み、注文してくれたお客さんのもとを訪れ、事情を丁寧に説明して頭を下げた。ほとんどのお客さんは許してくれたが、それでもさくらさんの言ったとおり、栗きんとんがないことに当てが外れたような顔をされた。

年越しはアパートには帰らず、さくらさんを含めて店で三人ですごした。この場を借りて延期になっていたプロポーズを……とも思ってエプロンのポケットには婚姻届を忍ばせていたが、とてもそんな雰囲気ではなかった。謝罪したにもかかわらず、苦情の電話が何件かかかってきたからだった。

はじめはさくらさんが対応していたが、電話が鳴るたびに胃の痛そうな顔をするので、途中から学が受け持った。かなりきつい言葉をかけてくる人もいたが、ナンバ店で連日浴びせられた罵倒に比べれば大したことはなく、このときばかりは免疫をつけてくれた浅原店長に対する感謝の念が浮かんだ。

そのうち除夜の鐘が聞こえはじめたが、疲れ切っていた三人の誰も初詣に行こうなどとは言い出さず、店の奥に敷かれた布団で眠った。

翌日からは休みだった。三連休という予定だったが、三日にさくらさんから連絡が来て「とりあえず六日までは休んで。七日に一度来てもらって、そのあとはまた少し休みが続くと思う」と言われた。

二人とも実家に帰る気にもなれず不安のまますごしていた。

学には義之さんのことの他に、もう一つ不吉さを感じることがあった。婚姻届を失くしてしまったのだ。気づいたのは一月一日の夜だった。肌身離さず持っていたつもりだったが、いつの間にか消えてしまっていた。

婚姻届自体はまたもらってくればいい。だが、また自信がなくなっていた。お前になどめぐみにプロポーズする資格などないと、見えない何かに言われているような気さえした。

そんなとき、めぐみに翔ちゃんから連絡があったらしい。

「どうしよう。久しぶりに会わないかって言われたけど」

「会ってくればいいじゃないか」学は即答した。「気分転換にもなるし」

「学も一緒に行かない？」

少し考えたが、やっぱり行くタイミングではないと思った。めぐみは九日になら会えると返事をしたようだった。

そして、一月七日がやってきた。

「これを機に、店を閉めようかと思うの」

出勤した二人を前に、さくらさんは言った。義之さんの体はよくならず、入院は長引きそうだということだ。

「規模を縮小すれば三人でできないこともないんじゃないですか」

めぐみがそう提案したが、さくらさんは悲しそうに目を伏せたままだった。

「そうなんだけどね、まあ、うちについて、新年早々よくない噂が立ってるのね。悪い材料を使って、少量のおかずでお金をふんだくってるとか、そういう」

おせち料理が例年より格段に劣っていたのが理由だろうとさくらさんは言った。

「昨日も長年のお得意様だったお宅から『来年からは別の店におせち料理を頼む』って直々に電話をいただいたわ。うちみたいな小さい店は、地域に悪評が立つとやっていけないの。まあ、うちの人ももう休んでいい頃だろうって言うしね」

義之さんがそう言ったことが、学にはショックだった。めぐみはもう何も言わず、呆然とさくらさんの顔を見ているだけだった。

めぐみはこの店が好きだと言っていた。この店に勤めるようになって本当の人生が始まったと思っているとさえ言っていた。

めぐみの好きなものなら、守ってやらなければならない。たとえ自分がどうしようもなく不器用だとわかっていても。

「俺たちに、お店を貸してもらえませんか？」

さくらさんとめぐみがそろって学の顔を見た。

「俺とめぐみでやってみたいんです。その……、今、やっとつかみかけた幸せなんで」

「やってみたいって言っても、材料も仕入れなきゃいけないし、こういう什器(じゅうき)だって。税金のこともあるわ」

「まじめにコツコツやります。それしかできないんで」

　なんととんちんかんな受け答えなのだろうと自分でも思う。呆れたような沈黙の中、電話が鳴った。いちばん近くにいた学が受話器を取った。

「お電話ありがとうございます。《惣菜さくら》です」

〈ああ、はじめまして〉

　年配の女性の声だった。

〈今朝がた、義理の姉が亡くなりましてね。生前、『次の桜を見るまでは生きたいわねえ』って言ってたんだけど、それが叶わなかったのよ。だから私、心が痛くてね〉

「はあ……」

　何の話だろうか。

〈せめて通夜振る舞いの料理やなんかは、姉が見たがっていた桜にまつわるものがいいんじゃないかと思って。この、『桜ちらし寿司』なんてきれいでいいじゃない。これを、四十人分、用意できるかしら〉

「ええと、つまり、注文ですか？」

〈そう言ってるでしょ、はじめから〉

　そうは言っていないが、本来、クレームではなく注文のための電話番号である。たぶん、チラシか何かを見て電話をくれたのだろう。

〈お通夜におめでたい桜のお料理なんて非常識と言われそうだけど、このほうがお義姉さんのためになると思うから。そういう人だから私は〉

「ありがとうございます。お義姉さん、喜ぶと思います」

〈あらあなた、いい人ねえ〉

届け先と時間、名前を確認して受話器を置くと、学は二人を振り返った。

「注文です」

「かしこまりましたっ！」

元気よくめぐみが答える。さくらさんは二人の顔を交互に見ていたが、目頭を押さえ「ありがとう」とつぶやいた。

注文はその日のうちにもう二件、あった。インド料理店の新年会と、内装会社の社員送別会。いずれも一月八日の夜の時間帯だ。

次の日、朝から三件分の料理が始まった。あとから受けた二件は去年から作っているオードブルだったので慣れていたが、最初に学が受けた葬儀場の『桜ちらし寿司』は、実は飾り包丁が煩雑(はんざつ)で時間がかかるのでもう一年も前に販売をやめていたものだったらしい。

「受けちゃったからしょうがないわ」

さくらさんはそう言って学に飾り包丁を指導してくれたが、ニンジンや大根を桜の花びらの形に切るのにとても手間取り、すべての商品がそろったのは午後五時四十五分のことだった。

さくらさんは店じまいをし、そのまま病院へ見舞いに行くとのことだった。急いですべてをワゴン車に積み、一件目のインド料理店へ向かった。

「あれー！　タヌキチジャナーイ？」

めぐみとともにオードブルを持って店を訪れると、ターバンを巻いて民族衣装を着たインド人が学のことを指差してきた。

「カシンさん！」

そういえば店名に聞き覚えがある気がしていた。

「グラモフォン、やめたでしょ、急に」

「わけあって、今、仕出し屋をやっています。彼女も一緒に」

「わあ、あなたも知ってる。参加して、パーティー。甘納豆いっぱいある」

「せっかくですけど、まだ配達が」

「ヤー！　せっかくの再会、帰る、許さナイ」

学とめぐみは無理やり椅子に座らされ、若いインド人従業員たちがどんどん皿に盛ってくる料理を食べさせられた。それでも引き留めるので、「あとでまた来ますから」と約束し、ようやく解放された。

「なんだか慌ただしいパーティーだったね」

「ああ」

それでも、久しぶりに元気が出た。なんだか、二人の新しい門出を祝福してくれているような気がした。……と、気分が高揚していたのが理由だろう。

学は次の配達先への道を間違えた。カーナビの指示を無視してこちらのほうが早いだろうと細い道に入ったのが間違いだったのだ。

「うそ、『現在使用されていません』だって！」

めぐみはスマホを片手に嘆いている。

「葬儀場の電話番号、間違えてメモしたんじゃないの？」

「そ、そうかも……」

まったく、なんて自分はドジなんだと学は情けなくなる。

「向こうにはスマホの電話番号、教えてないよね？　さくらさんはお見舞いに行っちゃってるし、お店の電話はこっちに転送にはなっていないし……」

葬儀場には六時三十分から七時のあいだに届ける予定だったが、もう七時三十分になろうとしていた。三件目の内装会社には七時四十分に届けることになっている。ほとんど泣きそうになりながら運転を続け、葬儀場にたどり着いたのは七時四十分だった。

故人の名前の書かれた看板の前を大きく曲がり、敷地内に入った瞬間だった。

「うわっ！」

車の前に、制服姿の女子高生が向かってきたのだった。慌ててブレーキを踏んだので事なきを得た。女子高生は方向を変えて左側へ駆けていく。数メートル遅れて、喪服姿の男が追いかけていく。

「あれ？」

すぐにライトの明かりの中から消えたその男の顔に、学は見覚えがある気がしていた。

「……翔ちゃん？」

「何言ってんのよ」横からめぐみが突っ込んだ。「なんで翔一さんがこんなところにいるの？　しっかりしてよ。早く駐車場に入れて、届けないと」

「ああ、そうだね」

ワゴン車を停めるとめぐみは葬儀場のスタッフに遅れたことを詫びに、一人で建物のほうへダッシュした。学はすぐさま台車を降ろし、商品を積んだ。

「すみませーん」

台車を押して建物の中へ入ると、銀縁眼鏡の葬儀場スタッフが「時間ギリギリです」と言って会食場のようなところへ学を誘導した。学はちらし寿司のプラスチックケースを長机の上に置いていく。もう一件届けなければならないということをめぐみが必死で訴えると、銀縁眼鏡は「さようでございますか。ではあとはこちらでやっておきます」とデパートの店員のような受け答えをした。

ところが会食場を出ていくと予想外のことが起きていた。喪服姿の中年男性二人が出入り口を封鎖しており、他の弔問客たちが騒いでいたのだ。

「いったい、何事でしょうか？」

学は訊ねた。

「今、出ていかれると困るんです」

「私たち、これからまた、別のところへ配達に行かなければならないんです」

学は腕時計に目を落とした。

「大変だ、もう十三分も遅れている」

中年男性のうちの一人がもう一人をなだめ、なんとか二人は外へ出してもらえた。何の騒ぎなのか詮索(せんさく)している暇などなかった。すぐにワゴンへ乗り込み、残り一件の配達先へ向かう。

カーナビの示す道を信用して行ったので、二十分ほどで着き、すべて配達を終えることができた。

「ふぅー」

配達を終えてワゴンに乗り込んだとき、どちらからともなくため息が出た。顔を見合わせて笑う。

「お疲れ様。……ごめんね、今日も俺のミスで」

「大丈夫」めぐみは学の肩に手を置いた。「ちゃんと配達はできたんだから。カシンさんのところに行く？　約束もしちゃったし」

「ああ。でもその前に、落ち着いてコーヒーでも飲みたいな。自動販売機を探すか」

ワゴン車を少し走らせると、シャッターの閉まった商店の前に自動販売機の明かりが見えたので停車した。車は走っておらず人影もない。ふと学は、思い出したことがあった。

「あ、そうだ。さくらさんに配達終了の報告をしないと」

「じゃあ、私、買ってくる。微糖でよかったよね」

めぐみが助手席から降りていくのを見送りながら、学はスマホを出した。さくらさんはすぐに出た。

「さくらさん。さっき、配達終わりました。ちょっと道に迷って、届けるのが遅くなってしまったんですが」

〈あら、お疲れ様〉

「ワゴン車を店に返したら、今日は帰ってよかったんですよね。では……」

〈ああ、ちょっと待って。めぐみちゃんは近くにいるの？〉

さくらさんはなぜか、声を潜めた。

「今、コーヒーを買いに行ってます」

〈それならちょうどいいわ。学ちゃん、エプロンの胸の内側に布が縫い付けてあるでしょ〉

何を言っているのかとエプロンの胸の内側を見ると、たしかにある。エプロンと同じ生地だったので気づかなかったのだ。

「なんですか、これ」

〈しつけ糸だから指で切れるわ。布を取ってみなさい〉

車内灯をつけて言われたとおりにすると、布の下から折り畳まれた紙が出てきた。開いてみて「あっ」と声が出た。失くしたと思っていた婚姻届だった。

〈年末、エプロンのポケットに入れたままにしてあったでしょう〉

そういうことだったのか……と、記入欄を上から下へと眺め、あれ、と思った。証人欄に「野淵義之」「野淵さくら」と名前があり、捺印までされていた。

〈おい、学か〉

さくらさんに代わって義之さんの声が耳に届いた。

〈お前、うちの店を借りたいと言ったらしいな〉

「ええと……その……」

〈貸してやる。だが条件があるぞ。今すぐ、めぐみちゃんに結婚を申し込め〉

「そんな突然……」

〈うちの店はな、夫婦でやる店って決まってるんだ。俺が決めた。俺が決めた〉

俺が決めた。その言葉に、学は背筋を伸ばされた気がした。

〈いいな。面会時間の終了時刻もだいぶすぎちまったが、それだけ言いたくて看護師に無理言ってカミさんをいさせてもらったんだ。じゃあな、切るぞ〉

口をつぐんだかのように静かになるスマホ。フロントガラスの向こう、ビルとビルのあいだには「幟」の照明にライトアップされた東京スカイツリーがある。

橙色とゴールドのグラデーションは、未来への活力を表していると聞いたことがある。なんて自信に満ちあふれたたたずまいだろう。挟まった翔ちゃんを助けたあの日も、錦糸町でめぐみとたこ焼き器を買ったときも、北千住の森戸オーナーの家で化け猫のめぐみに引っ掻かれたときも、思えばあのタワーは、東京での二人の様子をいつもいつも見ていた。

「今夜……なんだね?」

二つの展望台部分をぐるぐる回り続ける白い光に問いかけたが、答えが返ってくるはずもなかった。決めるのは、自分なのだから。

運転席から降りる。めぐみは自動販売機の前に立ち、うー、とうなり声を上げていた。

「めぐみ」

話しかけると、彼女は振り返った。

「あ、ごめん。コーヒー牛乳もいいけどおしるこもいいなって、悩んでいたとこ」

自動販売機の光に照らされためぐみは、白い息を吐きながら微笑んだ。だが、学の表情を見てすぐに何かを察したようだった。

彼女が今、ここにいる。それだけでいい。飾る言葉は何もいらない。

学は婚姻届を両手で広げ、めぐみの前に差し出した。

「俺と、結婚してください」

めぐみの顔に驚きの表情が浮かんだ。

人生で最も長い数秒間がすぎた。めぐみはゆっくりと右手を伸ばし、婚姻届をつかんだ。

「……はい」

その目が、潤んでいた。学は婚姻届を離した両手をそのまま広げる。めぐみは学のほうに身を寄せる。大事なぬくもりをしっかりと抱きとめた。

「どうしよう」学の胸で、めぐみは言った。「先払い、全部返ってきちゃった」

「俺といたら、これからもたくさん先払いしなきゃいけないこと、あると思うよ」

「だったら毎回こうやって返してくれればいい。私はそのたびに、幸せになれるから」

めぐみを抱く腕に力を込める。

視界の端をタクシーが一台、クラクションを鳴らしながら通りすぎていく。自分たちの愛の証人のように、学には思えた。

＊

「こうしてお二人は今日、皆様の前で永遠の愛を誓うこととなったのです」

クライマックスを迎え、南條さんは興奮していた。

「『自分たちはいろんな人に支えられてここにいる』。今日の披露宴の打ち合わせのとき、お二人は私にそうおっしゃいました」

その気持ちに嘘はない。学は招待客たちのテーブルを見回した。まずはめぐみのご両親。今回、披露宴を催すことができたのは、めぐみの祖母のさつきさんが遺(のこ)した貯金のおかげだった。「めぐみの結婚式を挙げるのに使ってほしい」としっかり遺言が残されていたのだという。

次に、学の両親。わが息子の結婚などすっかりあきらめていた母親は、めぐみに初めて会ったときには「絶対に学を捨てないでちょうだいね」と両手を握って懇願し、学を赤面させた。いまだに鬱陶(うっとう)しいところはあるが、それだけ心配してくれているということだろう。

他のテーブルにも、学とめぐみの二人の結婚になくてはならなかった人たちがいる。

だが、中でもいちばん感謝したいのは——。

「それではここで、ご友人代表のスピーチに移らせていただきたいと思います」

南條は声を落ち着かせ、プログラムを進行させる。

『彼には学生時代からずっと、お世話になっています』新郎の学様は私に楽しそうにそうおっしゃいました。『この人がいなければ、私たちが出会うことはありませんでした』新婦のめぐみ様は私に力強くおっしゃいました。まさにお二人のキューピッドとなったこの方をご紹介しましょう。新郎・新婦ご友人、池原翔一様、前のほうへどうぞ」

会場は拍手に包まれる。小藤と川畑にはやし立てられ、「やめろうるせえな」と言いながら翔ちゃんは立ち上がる。そして、学とめぐみのほうをちらりと見て、恥ずかしそうに口角を上げると、いそいそとスタンドマイクのほうへ向かう。

翔ちゃん、ありがとうな。

スタンドマイクの前で緊張している友人に向かい、学は心の中でつぶやいた。

ダイアローグ　二次会

「もしもし、もしもし……」

「うーっ」

「もしもし、っていうのは電話みたいで変ですね。こういうとき、なんて言ったらいいんだろう。起きてください。おーきーてー」

「……なんだよ、お前」

「あ、起きられましたか。こんなところで寝てたら風邪ひきますよ。五月って言っても、まだ風は冷たいですから」

「ああ……ここは、どこだっけ」

「《プリエール・トーキョー》。結婚式場です。今日は、タヌキチ……じゃなかった。城野学さんとめぐみさんの結婚式で、今は二次会の真っ最中」

「そうだ。ちょっと風に当たろうと、テラスにやってきて……、ちくしょう、頭いてえ」

「飲みすぎたんでしょう。緊張していたから」

「緊張だと？」

「友人代表スピーチ」

「ああ、同じ披露宴の出席者か。……ん？　そっちも、新婦友人代表でスピーチしてなかったか？」

「そうです。めぐみさんの誤解を解いたのが私。れっきとした友人代表ですよ」

「『友人代表』か。……まったく忌々しい」

「そんな言葉、結婚式の日に使っちゃいけませんよ。まあたしかに、面格子と塀のあいだに挟まって二人を出会わせたっていうのは、かっこいいとは言えませんけど」

「ああ、あほみたいにダサいエピソードだな」

「あれで思い出したんです。私、今年の初めに、池原さんに会ってます。私の顔、覚えてませんか？」

「……そういえば、どこかで見たような」

「クレンジングオイル」

「ん？」

「エチゼンクラゲのアレルギー、ないですよね？」

「……あっ！　花江先生の通夜で、笹口と一緒にいた」

「そうです。改めまして、松下清美です。笹口先生の生徒でした」

「俺が卒業したあとに入塾したんだな。なんで今日の披露宴に出席したんだよ」

「新郎新婦がちょっとのあいだ勤めていた錦糸町のキャバクラ。私もそこで働いてたんです。二人とは仲がよかったから呼んでもらえました」

「キャバ嬢？　そうは見えねえな」

「お店にいるときみたいなメイクで来ないですよ。隣、座っていいですか？」

「勝手にしろ。……ああちくしょう。もう一つ忌々しいことを思い出した。あいつら、あてつけみたいにこんな式場を選びやがって」

「こんな式場？」

「背後に、あいつが見えるだろう」

「……東京スカイツリーですか。きれいですよ」

「きれいだから余計にむかつくんだよ。俺はあいつに呪われてるんだ」

「なんですかそれ。聞いたことないです、東京スカイツリーに呪われるなんて」

「大学の頃、つるんでいた男が三人いるんだ。そのうち二人は早々に結婚した。二人とも東京スカイツリーの見える結婚式場で、これ見よがしに幸せになってな。残りの一人、城野だけはずっと独身でいるだろうと思っていた。少なくとも俺よりは結婚が遅いだろうと。それがどうだ。まんまと結婚。そしてまた、俺にスカイツリーを見せつけやがる」

「僻み（ひが）ですね」

「はっきり言う女だな。おんなじことを俺に言った女子高生がいるよ」

「そんなに嫌なら結婚式、来なきゃよかったじゃないですか。スピーチまで引き受けて」

「俺は、義理堅いんだ。……松下清美、だっけ」

「はい」

「あいつに上ったことがあるか？」

「スカイツリーですか？　ないです。その……実は私もあんまりいい思い出がないんで」

「そうか。俺はある。……恋人にしようとしていた女と。天望デッキからの景色を見たら、子どもの頃のコレクションを思い出した」

「コレクション？」

「空き箱だよ。ビスケットとか石鹸とか、そういう空き箱を二百個ぐらい集めてて、それをごっそり、近所の神社に持っていくんだ。そこには、ビールケースの上にベニヤ板を渡した台があってさ、ボール紙の空き箱を全部組み立てて並べて、ゆっくり眺め回すんだ」

「どうしてですか？」

「『これは全部俺のものだ』って、優越感というか独占感というか、この世の贅沢を独り占めした気分になるんだよ」

「なんですかそれ」

「一緒に行った女は『わかる』って言ってくれたんだ。感覚が合うんだと思った。それからも何度か会って、俺は付き合っている気になっていた……。いつもこうだ。相手の気持ちを確認せず、じっくり考えることもせずに先走って、勝手に自己完結して、感情的になってしまう」

「結婚はまだまだ先になりそうですね」

「本当にはっきり言う女だな。俺は傷心だぞ」

「自分ばっかり不幸を背負っているような顔をしないでください。男の人っていうのはなんでそうなんですか」

「なんだと？」

「私だって、ここ何か月も傷心なんです」

「ん？」

「去年の夏、むかし片思いしていた人に再会したんです。私の知っているその人は何でも知っていて、どんな質問にも答えてくれてかっこよくて。……久しぶりに会ったとき、彼は道を見失っている感じでした。でもその弱さを私に預けてくれた気がして、私は嬉しかったんです。はっきり付き合ったわけじゃないんですけど、それからちょくちょく会うようになりました。彼は新しい仕事を探して、私がそれを支えている気がしました」

「幸せそうな話だな」

「幸せでした。今年の初めまでは。でもその人、むかしの恋人Ｊ子に再会したんです。で、そのすぐあと、Ｊ子とよりを戻したんですよ。私への連絡はあからさまに減りました」

「きついな、それ」

「もっときついこと、教えましょうか」

「なんだよ」

「中学の頃、私の親友だった子なんですよ、そのＪ子」

「なんだそれ、ドロドロじゃねえか」

「私もう、なんだか馬鹿馬鹿しくなっちゃって。今でもまだその人に気持ちがあるような気がしますけど、ただのこだわりのような気もします。ホント、なんであんな人のことを好きだったんですかね」

「あーあ、辛気（しんき）くせえな、結婚式だっていうのに」

「人の幸せ、もううんざりですね」

「会場に戻らないで、中華でも食いに行きてえな」

「麻婆豆腐」

「そうそう」

「花椒の効いた」

「そうそう」

「思いっきり辛いやつ」

「好きなのか？」

「とっても。麻婆豆腐は辛くなきゃ」

「食いに行くか」

「はい？ ……私と池原さんでですか？」

「あれだけみんな騒いでたら、二人くらい抜け出してもわからねえよ」

「義理堅いんじゃなかったんですか」

「もう義理は果たしただろ、さすがに」

「……オーケーです。じゃあ私、お店探しますよ、この近くで」

「地下の店にしろよ」

「地下？ なんでですか？」

「決まってるだろ。あいつが見えないようにだよ」

——とはいえ、東京スカイツリーはすべての物語を見下ろしている。

新しい恋は、そろそろ始まりそうだ。


（終幕／カーテンコールは一年後）

スカイツリーの花嫁花婿・文庫版解説

藤崎翔（ふじさきしょう）
（作家）

どうも、藤崎翔と申します。このたびは解説をお任せいただきまして、誠にありがとうございます。

とりあえず、タイトルは仮で「スカイツリーの花嫁花婿・文庫版解説」なんて付けましたが、後でちゃんと考えて付けましょうね。今のままだと、小学生の読書感想文の「〇〇を読んで」ぐらい、何のひねりもないタイトルですからね。まあ、もし万が一、近日中に僕の身に何かあったら、このタイトルのままになっちゃうかもしれませんが。

それにしても、本作『スカイツリーの花嫁花婿』の作者の青柳碧人さんは、たいへん心広い方でございます。面識のない僕程度の作家に、文庫の解説を任せてくださるんですから。青柳碧人さんのような、ヒット作を連発している先輩作家さんが、わたくし藤崎翔のことを知ってくださっているとすら思っていませんでした。恐悦至極でございます。

実は、青柳さんは自覚すらない可能性が高いと思いますが、僕にとって青柳さんは、命の恩人なのです。

　というのも、実は今から約五年前、二〇一九年四月のことなんですが、僕は双葉社で『指名手配作家』という単行本を出したんです。僕自身大好きな自信作だったんですけど、残念ながらさっぱり売れませんでした。しかも『指名手配作家』は、双葉社の「小説推理」という雑誌でも連載されていて、その原稿料も双葉社からもらっていたにもかかわらず、いざ単行本で出してみたら全然売れなかったということで、僕は双葉社に多額の損失をもたらしてしまったんです。

　そういうわけで、僕はその年、双葉社が雇う殺し屋に消されることが、ほぼ確定していたんです。

　読書好きの方ならみなさんご存じだと思いますが、全然売れなくて出版社に損失をもたらした小説家というのは、出版社の雇う殺し屋に人知れず消されるというのが、出版界の暗黙の掟なんですね。たしか双葉社の殺し屋は「双葉」にちなんで、毒草から抽出した毒を主に使って、角川書店の殺し屋は「角」にちなんで、鈍器の角でターゲットを死ぬまで殴るというパワータイプで、本書を出している光文社の殺し屋は「光」にちなんで、爆発物でターゲットを一瞬のうちに葬るのが得意だと聞いております。

　当時の僕は、双葉社の殺し屋に夜中にそっと家に忍び込まれて、冷蔵庫の麦茶にでも毒を入れられるのだろうと、覚悟を決めていました。そりゃ、絶命までの苦痛が格段に大きい角川書店の殺し屋よりはましだけど、きっと双葉社の毒も苦しいんだろうなあ、光文社の殺し屋に一瞬で片付けてもらった方がまだ楽だろうなあ……なんて、毎日震えながら家で麦茶を飲んでいました。

ところが、そんな僕の『指名手配作家』と同じ日に、青柳碧人さんの『むかしむかしあるところに、死体がありました。』が、双葉社から発売されていたのです。

のちに青柳さんの代表作となる『むかしむかしあるところに、死体がありました。』は、誰もが知っている昔話を題材にしながら本格ミステリーを描き切るという、非常に独創的な発想で、僕の『指名手配作家』とは比べものにならないほどの大ヒットを記録し、僕が双葉社にもたらしてしまった赤字など軽くかき消すほどの黒字をもたらしました。その結果、気をよくした双葉社の上層部は「これが大ヒットしたから、今年は珍しく作家を一人も殺さなくていいだろう」という判断に至ったと聞いています。

……とまあ、僕と青柳さんの関係についての説明が少々長くなってしまいましたが、そんな命の恩人である青柳さんに対して、僕は勝手にシンパシーを感じてもいるのです。

僕の勝手な思い込みかもしれませんが、青柳さんも僕も、ミステリー作家という肩書きは付いているものの、実は人を殺すのがそこまで好きじゃないんじゃないか――。そんなシンパシーです。

この作家さん、人を殺すのが大好きだよな〜、もしかしてプライベートでも何人か殺してるんじゃないかな～という作風の方が、ミステリー界には結構いらっしゃいます。作品の中で、それはもう残忍に人を殺し、しかもその動機なんて取って付けたようなものだったりする作品もちらほら。「いや、そんなことなら絶対話し合いで解決できたじゃん！」と思えるような動機でも、類い稀なる計画性と実行力を発揮し、簡単に人を殺してしまう犯人がまあ多いこと。さらに殺すだけでは飽き足らず、トリックのために死体をバラバラに解体しちゃったりもする。もちろん、そういった作品が大好きだという読者の方もたくさんいらっしゃいますし、そんな読者の方が異常だとか残酷だとか言うつもりは毛頭ないのですが、僕は正直、そこまで殺人のことばかり考えたくないというか、「殺人好きのための殺人」といった趣向の小説を書くことに、どうしても抵抗があるのです。（とはいえ僕は、ある短編の中で地球人全員を滅亡させてしまったことがあるので、通算殺害人数はミステリー界でもトップクラスになってしまったと思いますが。）

　青柳さんも、先述の『むかしむかしあるところに、死体がありました。』の中では、昔話のキャラクターをそれなりに殺してはいますが、その被害者が鬼だったり海老だったりするので、悲惨さも多少薄れますし、何より本作『スカイツリーの花嫁花婿』こそが、「非殺人ミステリー」の大いなる到達点だと思うのです。

　ミステリーだけど、殺人事件の犯人を当てるのではなく、テーマは「花嫁花婿当て」。物語の冒頭で描かれる結婚式の新郎新婦が、このあと登場する人々の中の誰と誰なのか。何章にもわたる物語を読みながら、読者が推理していくという趣向なのです。人が殺されるような小説は読みたくないという方にも、安心して読んでいただけます。

小気味よいユーモアと、心に染みる人情劇。さらに随所で起こる、予想外のどんでん返し。殺人事件は起きなくても、ミステリーの醍醐味をしっかり堪能できます。そして最終章で、ついに花嫁花婿の組み合わせが明らかになった時、ミステリーとしての手がかりも物語の各所に提示されていたことが分かるのです。洞察力の冴え渡る読者だったら、冒頭のカップルが誰と誰なのか、当てることもできたのではないかと思い知らされるのです。果たしてこれを的中させられる人はいるのでしょうか。――ちなみに僕は全然無理でした。「あれ、当たったかな？」と読みながら一瞬だけ思ったのは勘違いでした。

昨今は、テレビのお笑い番組でも「人を傷つけない笑い」というのが重宝され、少しでも人を不快にさせるような表現があれば、即座に謝罪を求められるような時代です。もしかすると今後、「殺人事件を娯楽として扱うミステリー小説というのはいかがなものか」という議論も起きてしまうかもしれません。

しかし、もし仮にそんな時代になってしまったとしても、青柳碧人さんはきっと生き残ることでしょう。本作『スカイツリーの花嫁花婿』は、ミステリーの新たな地平を切り開く作品といっても過言ではないでしょう。安易な思いつきで地球人を滅亡させてしまう藤崎翔とは訳が違うのです。だいたい、売れっ子の先輩作家さんにご指名をいただいて解説を書かせてもらったのに、解説なんてそっちのけで長々と余計なことばっかり書いてるんですから、これでは光文社の怒りを買っても仕方ありません。

本書『スカイツリーの花嫁花婿』は、青柳碧人さんの進む道が今後の日本ミステリー界の新たな針路（しんろ）となることを予感させる、そんな一冊でした。……なんて、余計なことばかり書いた分をどうにか帳消しにするために、もっともらしい締め方をしてみた次第です。

＊

さて、あの解説を光文社の編集者さんに送ってからしばらく経つけど、何の返事もないな。採用ってことでいいのかな。ちょっとふざけすぎた気もするし、業界の秘密をあそこまでバラしちゃってよかったのか自信はないけど、まあ何の連絡もないってことはＯＫなのかな。

（ピンポーン）

は～い。ガチャ。あ、どうも、ご苦労様で～す。……光文社から小包だ。何だろう。ああ、ひょっとして、『スカイツリーの花嫁花婿』の見本かな？　まあ、文庫本が入ってるにしてはちょっと大きめなのと、さっきの配達員さんが、いつも来る人と違ってやけに人相が悪かったのは気になるけど、まあいいか。さてガムテープを剥がして開封……ん、中にリード線が……あっ…………

初出　「ジャーロ」70（2019年冬）号〜74（2021年1月）号

2021年5月　光文社刊

光文社文庫

スカイツリーの花嫁花婿（はなよめはなむこ）

著者　青柳碧人（あおやぎあいと）

2024年5月20日　初版1刷発行

発行者　三宅貴久
印刷　堀内印刷
製本　ナショナル製本

発行所　株式会社 光文社
〒112-8011　東京都文京区音羽1-16-6
電話（03）5395-8147　編集部
8116　書籍販売部
8125　制作部

ISBN978-4-334-10307-1　Printed in Japan

組版　萩原印刷